刘慈欣科幻系列

乡村教师

纪念珍藏版

刘慈欣 著

长江出版传媒 | 长江文艺出版社

图书在版编目（ＣＩＰ）数据

乡村教师 / 刘慈欣著.-- 武汉：长江文艺出版社，
2019.10
（刘慈欣科幻系列：纪念珍藏版）
ISBN 978-7-5702-1052-7

Ⅰ. ①乡… Ⅱ. ①刘… Ⅲ. ①科学幻想小说－小说集
－中国－当代 Ⅳ. ①I247.7

中国版本图书馆 CIP 数据核字(2019)第 092250 号

责任编辑：周　聪　　　　　　　　责任校对：毛　娟
封面设计：泓润书装　　　　　　　责任印制：邱　莉　　胡丽平

出版：长江出版传媒 ｜ 长江文艺出版社
地址：武汉市雄楚大街 268 号　　　邮编：430070
发行：长江文艺出版社
http://www.cjlap.com
印刷：武汉中科兴业印务有限公司

开本：680 毫米×970 毫米　　　1/16　　印张：16.75　　插页：1 页
版次：2019 年 10 月第 1 版　　　　2019 年 10 月第 1 次印刷
字数：193 千字

定价：36.00 元

让科幻照亮未来

刘慈欣

目　录

《末日三部曲》之一

①

—

流浪地球

刹车时代

我没见过黑夜，我没见过星星，我没见过春天、秋天和冬天。

我出生在刹车时代结束的时候，那时地球刚刚停止转动。

地球自转刹车用了四十二年，比联合政府的计划长了三年。妈妈给我讲过我们全家看最后一个日落的情景，太阳落得很慢，仿佛在地平线上停住了，用了三天三夜才落下去，当然，以后没有"天"也没有"夜"了，东半球在相当长的一段时间里（有十几年吧）将处于永远的黄昏中，因为太阳在地平线下并没落深，还在半边天上映出它的光芒。就在那次漫长的日落中，我出生了。

黄昏并不意味着昏暗，地球发动机把整个北半球照得通明。地球发动机安装在亚洲和美洲大陆上，因为只有这两个大陆完整坚实的板块结构才能承受发动机对地球巨大的推力。地球发动机共有一万二千台，分布在亚洲和美洲大陆的各个平原上。从我住的地方，可以看到几百台发动机喷出的等离子体光柱。你想象一个巨大的宫殿，有雅典卫城上的神殿那么大，殿中有无数根顶天立地的巨柱，每根柱子像一根巨大的日光灯管那样发出蓝白色的强光。而你，是那巨大宫殿地板上的一个细菌，这样，你就可以想象到我所在的世界是什么样子了。其实这样描述还不是太准确，是地球发动机产生的切线推力分量刹住了地球的自转，因此地球发动机的喷射必须有一定的角度，这样天空中的那些巨型光柱是倾斜的，我们是处在一个将要倾倒的巨殿中！

南半球的人来到北半球后突然置身于这个环境中，有许多人会神经失常的。比这景象更可怕的是发动机带来的酷热，户外气温高达摄氏七八十度，必须穿冷却服才能外出。在这样的气温下常常会有暴雨，而发动机光柱穿过乌云时的景象简直是一场噩梦！

光柱蓝白色的强光在云中散射，变成无数种色彩组成的疯狂涌动的光晕，整个天空仿佛被白热的火山岩浆所覆盖。爷爷老糊涂了，有一次被酷热折磨得实在受不了，看到下大雨喜出望外，赤膊冲出门去，我们没来得及拦住他。外面雨点已被地球发动机超高温的等离子光柱烤热，把他身上烫起了一层皮。

但对于我们这一代在北半球出生的人来说，这一切都很自然，就如同对于刹车时代以前的人们，太阳星星和月亮那么自然，我们把那以前人类的历史都叫作前太阳时代，那真是个让人神往的黄金时代啊！

我在小学入学时，作为一门课程，教师带我们班的三十个孩子进行了一次环球旅行。这时地球已经完全停转，地球发动机除了维持这个行星的这种静止状态外，只进行一些姿态调整，所以在从我三岁到六岁这三年中，光柱的光度大为减弱，这使得我们可以在这次旅行中更好地认识我们的世界。

我们首先在近距离见到了地球发动机，是在石家庄附近的太行山出口处看到它的，那是一座金属的高山，在我们面前赫然耸立，占据了半个天空，同它相比，西边的太行山山脉如同一串小土丘。有的孩子惊叹它如珠峰一样高。我们的班主任小星老师是一位漂亮姑娘，她笑着告诉我们，这座发动机的高度是一万一千米，比珠峰还要高一千多米，人们管它叫"上帝的喷灯"。我们站在它巨大的阴影中，感受着它通过大地传来的振动。

地球发动机分为两大类，大一些的叫"山"，小一些的叫"峰"。我们登上了"华北794号山"。登"山"比登"峰"花的时间长，因为"峰"是靠巨型电梯上下的，上"山"则要坐汽车沿盘"山"公路走。我们的汽车混在不见首尾的长车队中，沿着光滑的钢铁公路向上爬行。我们的左边是青色的金属峭壁，右边是万丈深渊。车队是由50吨的巨型自卸卡车组成，车上满载着从太行山上挖下的岩石。汽车很快升到了5000米以上，下面的大地已看不清细节，只能看到反射的地球发动机的一片青光。小星老师让我们戴上氧气面罩。随着我们距喷口越来越近，光度和温度都在剧增，面罩的颜色渐渐变深，冷却服中的微型压缩机也大功率地忙碌起来。在6000米处，我们见到了进料口，一车车的大石块倒进那闪着幽幽红光的大洞中，一点声音都没传出来。我问小星老师地球发动机是如何把岩石做燃料的。

"重元素聚变是一门很深的学问，现在给你们还讲不明白。你们只需要知道，地球发动机是人类建造的力量最大的机器，比如我们所在的华北

794 号，全功率运行时能向大地产生 150 亿吨的推力。"我们的汽车终于登上了顶峰，喷口就在我们头顶上。由于光柱的直径太大，我们现在抬头看到的是一堵发着蓝光的等离子体巨墙，这巨墙向上伸延到无限高处。这时，我突然想起不久前的一堂哲学课，那个憔悴的老师给我们出了一个谜语。

"你在平原上走着走着，突然迎面遇到一堵墙，这墙向上无限高，向下无限深，向左无限远，向右无限远，这墙是什么？"

我打了一个寒战，接着把这个谜语告诉了身边的小星老师。她想了好大一会儿，困惑地摇摇头。我把嘴凑到她耳边，把那个可怕的谜底告诉她。

"死亡。"

她默默地看了我几秒钟，突然把我紧紧地抱在怀里。我从她的肩上极目望去，迷蒙的大地上，耸立着一片金属的巨峰，从我们周围一直延伸到地平线。巨峰吐出的光柱，如一片倾斜的宇宙森林，刺破我们的摇摇欲坠的天空。

我们很快到达了海边，看到城市摩天大楼的尖顶伸出海面，退潮时白花花的海水从大楼无数的窗子中流出，形成一道道瀑布……刹车时代刚刚结束，其对地球的影响已触目惊心：地球发动机加速造成的潮汐吞没了北半球三分之二的大城市，发动机带来的全球高温溶化了极地冰川，更使这大洪水雪上加霜，波及南半球。爷爷在三十年前目睹了百米高的巨浪吞没上海的情景，他现在讲这事的时候眼还直勾勾的。事实上，我们的星球还没启程就已面目全非了，谁知道在以后漫长的外太空流浪中，还有多少苦难在等着我们呢？

我们乘上一种叫船的古老的交通工具在海面上航行。地球发动机的光柱在后面越来越远，一天以后就完全看不见了。这时，大海处在两片霞光之间，一片是西面地球发动机的光柱产生的青蓝色霞光，一片是东方海平面下的太阳产生的粉红色霞光，它们在海面上的反射使大海也分成了闪耀着两色光芒的两部分，我们的船就行驶在这两部分的分界处，这景色真是奇妙。但随着青蓝色霞光的渐渐减弱和粉红色霞光的渐渐增强，一种不安的气氛在船上弥漫开来。甲板上见不到孩子们了，他们都躲在船舱里不出来，舷窗的帘子也被紧紧拉上。一天后，我们最害怕的那一时刻终于到来了，我们集合在那间用作教室的大舱中，小星老师庄严地宣布：

"孩子们，我们要去看日出了。"

没有人动，我们目光呆滞，像突然冻住一样僵在那儿。小星老师又催了几次，还是没人动地方。她的一位男同事说：

"我早就提过，环球体验课应该放在近代史课前面，学生在心理上就比较容易适应了。"

"没那么简单，在近代史课前，他们早就从社会知道一切了。"小星老师说，她接着对几位班干部说，"你们先走，孩子们，不要怕，我小时候第一次看日出也很紧张的，但看过一次就好了。"

孩子们终于一个个站了起来，朝着舱门挪动脚步。这时，我感到一只湿湿的小手抓住了我的手，回头一看，是灵儿。

"我怕……"她嘤嘤地说。

"我们在电视上也看到过太阳，反正都一样的。"我安慰她说。

"怎么会一样呢，你在电视上看蛇和看真蛇一样吗？"

"……反正我们得上去，要不这门课会扣分的！"

我和灵儿紧紧拉着手，和其他孩子一起战战兢兢地朝甲板走去，去面对我们人生中的第一次日出。

"其实，人类把太阳同恐惧连在一起也只是这三四个世纪的事。这之前，人类是不怕太阳的，相反，太阳在他们眼中是庄严和壮美的。那时地球还在转动，人们每天都能看到日出和日落。他们对着初升的太阳欢呼，赞颂落日的美丽。"小星老师站在船头对我们说，海风吹动着她的长发，在她身后，海天连线处射出几道光芒，好像海面下的一头大得无法想象的怪兽喷出的鼻息。

终于，我们看到了那令人胆寒的火焰，开始时只是天水连线上的一个亮点，很快增大，渐渐显示出了圆弧的形状。这时，我感到自己的喉咙被什么东西掐住了，恐惧使我窒息，脚下的甲板仿佛突然消失，我在向海的深渊坠下去，坠下去……和我一起下坠的还有灵儿，她那蛛丝般柔弱的小身躯紧贴着我颤抖着；还有其他孩子，其他的所有人，整个世界，都在下坠。这时我又想起了那个谜语，我曾问过哲学老师，那堵墙是什么颜色的，他说应该是黑色的。我觉得不对，我想象中的死亡之墙应该是雪亮的，这就是为什么那道等离子体墙让我想起了它。这个时代，死亡不再是黑色的，它是闪电的颜色，当那最后的闪电到来时，世界将在瞬间变成蒸气。

三个多世纪前，天体物理学家们就发现这太阳内部氢转化为氦的速度突然加快，于是他们发射了上万个探测器穿过太阳，最终建立了这颗恒星完整精确的数学模型。巨型计算机对这个模型计算的结果表明，太阳的演化已向主星序外偏移，氦元素的聚变将在很短的时间内传遍整个太阳内部，由此产生一次叫氦闪的剧烈爆炸，之后，太阳将变为一颗巨大但暗淡的红巨星，它膨胀到如此之大，地球将在太阳内部运行！事实上在这之前的氦闪爆发中，我们的星球已被汽化了。

这一切将在四百年内发生，现在已过了三百八十年。

太阳的灾变将炸毁和吞没太阳系所有适合居住的类地行星，并使所有类木行星完全改变形态和轨道。自第一次氦闪后，随着重元素在太阳中心的反复聚集，太阳氦闪将在一段时间反复发生，这"一段时间"是相对于恒星演化来说的，其长度可能相当于上千个人类历史。所以，人类在以后的太阳系中已无法生存下去，唯一的生路是向外太空恒星际移民，而照人类目前的技术力量，全人类移民唯一可行的目标是人马座比邻星，这是距我们最近的恒星，有 4.3 光年的路程。以上看法人们已达成共识，争论的焦点在移民方式上。

为了加强教学效果，我们的船在太平洋上折返了两次，又给我们制造了两次日出。现在我们已完全适应了，也相信了南半球那些每天面对太阳的孩子确实能活下去。

以后我们就在太阳下航行了，太阳在空中越升越高，这几天凉爽下来的天气又热了起来。我正在自己的舱里昏昏欲睡，听到外面有骚乱的人声。灵儿推开门探进头来。

"嗨，飞船派和地球派又打起来了！"

我对这事儿不感兴趣，他们已经打了四个世纪了。但我还是到外面看了看，在那打成一团的几个男孩儿中，一眼就看出了挑起事儿的是阿东，他爸爸是个顽固的飞船派，因参加一次反联合政府的暴动，现在还被关在监狱里，有其父必有其子。

小星老师和几名粗壮的船员好不容易才拉开架，阿东鼻子血糊糊的，振臂高呼："把地球派扔到海里去！"

"我也是地球派，也要扔到海里去？"小星老师问。

"地球派都扔到海里去！"阿东毫不示弱，现在，在全世界飞船派情绪又呈上升趋势，所以他们又狂起来了。

"为什么这么恨我们？"小星老师问。

其他几个飞船派小子接着喊了起来。

"我们不和地球派傻瓜在地球上等死！"

"我们要坐飞船走！飞船万岁！"

....

小星老师按了一下手腕上的全息显示器，我们面前的空中立刻显示出一幅全息图像，孩子们的注意力立刻被它吸引过去，暂时安静下来。那是一个晶莹透明的密封玻璃球，大约有 10 厘米直径，球里有三分之二充满了水，水中有一只小虾、一小只珊瑚和一些绿色的藻类植物，小虾在水中悠然地游动着。小星老师说："这是阿东的一件自然课的设计作业，小球中除了这几样东西外，还有一些看不见的细菌。它们在密封的玻璃球中相互依赖、相互作用。小虾以海藻为食，从水中摄取氧气，然后排出含有机物质的粪便和二氧化碳废气，细菌将这些东西分解成无机物质和二氧化碳，然后海藻利用了这些无机物质与人造阳光进行光合作用，制造营养物质，进行生长和繁殖，同时放出氧气供小虾呼吸。这样的生态循环应该能使玻璃球中的生物在只有阳光供应的情况下生生不息。这是我见过的最好的课程设计，我知道，这里面凝聚了阿东和所有飞船派孩子的梦想，这就是你们梦中飞船的缩影啊！阿东告诉我，他按照计算机中严格的数学模型，对球中每一样生物进行了基因设计，使它们的新陈代谢正好达到平衡。他坚信，球中的生命世界会长期活下去，直到小虾寿命的终点。老师们都很钟爱这件作业，我们把它放到所要求强度的人造阳光下，也坚信阿东的预测，默默地祝福他创造的这个小小的世界。但现在，时间只过去了十几天……"

小星老师从随身带来的一个小箱子中小心翼翼地拿出了那个玻璃球，死去的小虾漂浮在水面上，水已混浊不堪，腐烂的藻类植物已失去了绿色，变成一团没有生命的毛状物覆盖在珊瑚上。

"这个小世界死了。孩子们，谁能说出为什么？"小星老师把那个死亡的世界举到孩子们面前。

"它太小了！"

"说得对，太小了，小的生态系统，不管多么精确，是经不起时间的风浪的。飞船派们想象中的飞船也一样。"

"我们的飞船可以造得像上海或纽约那么大。"阿东说，声音比刚才低了许多。

"是的，按人类目前的技术也只能造这么大，同地球相比，这样的生态系统还是太小了，太小了。"

"我们会找到新的行星。"

"这连你们自己也不相信。人马座没有行星，最近的有行星的恒星在八百五十光年以外，目前人类能建造的最快的飞船也只能达到光速的百分之零点五，这样就需十七万年时间才能到那儿，飞船规模的生态系统连这十分之一的时间都维持不了。孩子们，只有像地球这样规模的生态系统，这样气势磅礴的生态循环，才能使生命万代不息！人类在宇宙间离开了地球，就像婴儿在沙漠里离开了母亲！"

"可……老师，我们来不及的，地球来不及的，它还来不及加速到足够快，航到足够远，太阳就爆炸了！"

"时间是够的，要相信联合政府！这我说了多少遍，如果你们还不相信，我们就退一万步说：人类将自豪地去死，因为我们尽了最大的努力！"

人类的逃亡分为五步：第一步，用地球发动机使地球停止转动，使发动机喷口固定在地球运行的反方向；第二步，全功率开动地球发动机，使地球加速到逃逸速度，飞出太阳系；第三步：在外太空继续加速，飞向比邻星；第四步：在中途使地球重新自转，调转发动机方向，开始减速；第五步：地球泊入比邻星轨道，成为这颗恒星的卫星。人们把这五步分别称为刹车时代、逃逸时代、流浪时代Ⅰ（加速）、流浪时代Ⅱ（减速）、新太阳时代。

整个移民过程将延续两千五百年时间，一百代人。

我们的船继续航行，航到了地球黑夜的部分，在这里，阳光和地球发动机的光柱都照不到，在大西洋清凉的海风中，我们这些孩子第一次看到了星空。天啊，那是怎样的景象啊，美得让我们心醉。小星老师一手搂着我们，一手指着星空，看，孩子们，那就是人马座，那就是比邻星，那就是我们的新家！说完她哭了起来，我们也都跟着哭了，周围的水手和船长，这些铁打的汉子也流下了眼泪。所有的人都用泪眼探望着老师指的方向，星空在泪水中扭曲抖动，唯有那个星星是不动的，那是黑夜大海狂浪中远方陆地的灯塔，那是冰雪荒原中快要冻死的孤独旅人前方隐现的火光，那是我们心中的星星，是人类在未来一百代人的苦海中唯一的希望和支撑……

在回家的航程中，我们看到了起航的第一个信号：夜空中出现了一个巨大的彗星，那是月球。人类带不走月球，就在月球上也安装了行星发动机，把它推离地球轨道，以免在地球加速时相撞。月球上行星发动机产生的巨大彗尾使大海笼罩在一片蓝光之中，群星看不见了。月球移动产生的引力潮汐使大海巨浪冲天，我们改乘飞机向南半球的家飞去。

起航的日子终于到了！

我们一下飞机，就被地球发动机的光柱照得睁不开眼，这些光柱比以前亮了几倍，而且所有光柱都由倾斜变成笔直，地球发动机开到了最大功率，加速产生的百米巨浪轰鸣着滚上每个大陆，灼热的飓风夹着滚烫的水沫，在林立的顶天立地的等离子光柱间疯狂呼啸，拔起了陆地上所有的大树……这时从宇宙空间看，我们的星球也成了一个巨大的彗星，蓝色的彗尾刺破了黑暗的太空。

地球上路了，人类上路了。

就在起航时，爷爷去世了，他身上的烫伤已经感染。弥留之际他反复念叨着一句话。

"啊，地球，我的流浪地球啊……"

逃逸时代

学校要搬入地下城了，我们是第一批入城的居民。校车钻进了一个高大的隧洞，隧洞呈不大的坡度向地下延伸。走了有半个钟头，我们被告之已入城了。可车窗外哪有城市的样子？只看到不断掠过的错综复杂的支洞，和洞壁上无数的密封门，在高高洞顶一排泛光灯下，一切都呈单调的金属蓝色。想到后半生的大部分时光都要在这个世界中度过，我们不禁黯然神伤。

"原始人就住洞里，我们又住洞里了。"灵儿低声说，这话还是让小星老师听见了。

"没有办法的，孩子们，地面的环境很快就要变得很可怕很可怕，那时，冷的时候，吐一口唾沫，还没掉到地上呢，就冻成小冰块儿了；热的时候，再吐一口唾沫，还没掉到地上，就变成蒸汽了！"

"冷我知道，因为地球离太阳越来越远了；可为什么还会热呢？"同车的一个低年级的小娃娃问。

"笨，没学过变轨加速吗？"我没好气地说。

"没。"

灵儿耐心地解释起来，好像是为了分散刚才的悲伤。"是这样，跟你想的不同，地球发动机没那么大劲儿，它只能给地球很小的加速度，不能把地球一下子推出太阳轨道，在地球离开太阳前，还要绕着它转 15 个圈呢！在这 15 个圈中地球慢慢加速。现在，地球绕太阳转着一个挺圆的圈儿，可它的速度越快呢，这圈就越扁，越快越扁越快越扁，太阳越来越移到这个扁圈的一边儿，所以后来，地球有时离太阳会很远很远，当然冷了……"

"可……还是不对！地球到最远的地儿是很冷，可在扁圈的另一头儿，它离太阳……嗯，我想想，按轨道动力学，还是现在这么近啊，怎么会更热呢？"

真是个小天才，记忆遗传技术使这样的小娃娃成了平常人，这是人类的幸运，否则，像地球发动机这样连神都不敢想的奇迹，是不会在四个世纪内变成现实的。

我说："可还有地球发动机呢，小傻瓜，现在，一万多台那样的大喷灯全功率开动，地球就成了火箭喷口的护圈了……你们安静点吧，我心里烦！"

我们就这样开始了地下的生活，像这样在地下五百米处人口超过百万的城市遍布各个大陆。在这样的地下城中，我读完小学并升入中学。学校教育都集中在理工科上，艺术和哲学之类的教育已压缩到最少，人类没有这份闲心了。这是人类最忙的时代，每个人都有做不完的工作。很有意思的是，地球上所有的宗教在一夜之间消失得无影无踪，人们现在终于明白，就算真有上帝，他也是个王八蛋。历史课还是有的，只是课本中前太阳时代的人类历史对我们就像伊甸园中的神话一样。

父亲是空军的一名近地轨道宇航员，在家的时间很少。记得在变轨加速的第五年，在地球处于远日点时，我们全家到海边去过一次。运行到远日点顶端那一天，是一个如同新年或圣诞节一样的节日，因为这时地球距太阳最远，人们都有一种虚幻的安全感。像以前到地面上去一样，我们需穿上带有核电池的全密封加热服。外面，地球发动机林立的刺目光柱是主要能看见的东西，地面世界的其他部分都淹没于光柱的强光中，也看不出变化。我们乘飞行汽车飞了很长时间，到了光柱照不到的地方，到了能看见太阳的海边。这时的太阳已成了一个棒球大小，一动不动地悬在天边，它的光芒只在自己的周围映出了一圈晨曦似的亮影,天空呈暗暗的深蓝色,星星仍清晰可见。举目望去,哪有海啊,眼前是一片白茫茫的冰原。在这封冻的大海上,有大群狂欢的人。焰火在暗蓝色的空中开放,冰冻海面上的人们以一种不正常的忘情在狂欢着,到处都是喝醉了在冰上打滚的人,更多的人在声嘶力竭地唱着不同的歌,都想用自己的声音压住别人。

"每个人都在不顾一切地过自己想过的生活,这也没有什么不好。"爸爸突然想起了一件事,"呵,忘了告诉你们,我爱上了黎星,我要离开你们和她在一起。"

"这是谁?"妈妈平静地问。

"我的小学老师。"我替爸爸回答。我升入中学已两年,不知道爸爸和小星老师是怎么认识的,也许是在两年前那次毕业仪式上?

"那你去吧。"妈妈说。

"过一阵我肯定会厌倦,那时我就回来,你看呢?"

"你要愿意当然行。"妈妈的声音像冰冻的海面一样平稳,但很快激动起来,"啊,这一颗真漂亮,里面一定有全息散射体!"她指着刚在空中开放的一朵焰火,真诚地赞美着。

在这个时代,人们在看四个世纪以前的电影和小说时都莫名其妙,他们不明白,前太阳时代的人怎么会在不关生死的事情上倾注那么多的感情。当看到男女主人公为爱情而痛苦或哭泣时,他们的惊奇是难以言表的。在这个时代,死亡的威胁和逃生的欲望压倒了一切,除了当前太阳的状态和地球的位置,没有什么能真正引起他们的注意并打动他们了。这种注意力高度集中的关注,渐渐从本质上改变了人类的心理状态和精神生活,对于爱情这类东西,他们只是用余光瞥一下而已,就像赌徒在盯着轮盘的间隙抓住几秒钟喝口水一样。

过了两个月,爸爸真从小星老师那儿回来了,妈妈没有高兴,也没有不高兴。

爸爸对我说："黎星对你印象很好，她说你是一个有创造力的学生。"

妈妈一脸茫然："这是谁？"

"小星老师嘛，我的小学老师，爸爸这两个月就是同她在一起的！"

"哦，想起来了！"妈妈摇头笑了，"我还不到四十，记忆力就成了这个样子。"她抬头看看天花板上的全息星空，又看看四壁的全息森林，"你回来挺好，把这些图像换换吧，我和孩子都看腻了，但我们都不会调整这玩意儿。"

当地球再次向太阳跌去的时候，我们全家都把这事忘了。

有一天，新闻报道海在溶化，于是我们全家又到海边去。这是地球通过火星轨道的时候，按照这时太阳的光照量，地球的气温应该仍然是很低的，但由于地球发动机的影响，地面的气温正适宜。能不穿加热服或冷却服去地面，那感觉真令人愉快。地球发动机所在的这个半球天空还是那个样子，但到达另一个半球时，真正感到了太阳的临近：天空是明朗的纯蓝色，太阳在空中已同起航前一样明亮了。可我们从空中看到海并没溶化，还是一片白色的冰原。当我们失望地走出飞行汽车时，听到惊天动地的隆隆声，那声音仿佛来自这颗星球的最深处，真像地球要爆炸一样。

"这是大海的声音！"爸爸说，"因为气温骤升，厚厚的海冰层受热不均匀，这很像陆地上的地震。"

突然，一声雷霆般尖厉的巨响插进这低沉的隆隆声中，我们后面看海的人们欢呼起来。我看到海面上裂开一道长缝，其开裂速度之快如同广阔的冰原上突然出现的一道黑色的闪电。接着在不断的巨响中，这样的裂缝一条接一条地在海冰上出现，海水从所有的裂缝中喷出，在冰原上形成一条条迅速扩散的急流……

回家的路上，我们看到荒芜已久的大地上，野草在大片大片地钻出地面，各种花朵在怒放，嫩叶给枯死的森林披上绿装……所有的生命都在抓紧时间发泄着活力。

随着地球和太阳的距离越来越近，人们的心也一天天揪紧了。到地面上来欣赏春色的人越来越少，大部分人都深深地躲进了地下城中，这不是为了躲避即将到来的酷热、暴雨和飓风，而是躲避那随着太阳越来越近的恐惧。有一天在我睡下后，听到妈妈低声对爸爸说：

"可能真的来不及了。"

爸爸说："前四个近日点时也有这种谣言。"

"可这次是真的，我是从钱德勒博士夫人口中听说的，她丈夫是航行委员会的那个天文学家，你们都知道他的。他亲口告诉她已观测到氦的聚集在加速。"

"你听着亲爱的，我们必须抱有希望，这并不是因为希望真的存在，而是因为我们要做高贵的人。在前太阳时代，做一个高贵的人必须拥有金钱、权力或才能，而在今天只要拥有希望，希望是这个时代的黄金和宝石，不管活多长，我们都要拥有它！明天把这话告诉孩子。"

和所有的人一样，我也随着近日点的到来而心神不定。有一天放学后，我不知不觉走到了城市中心广场，在广场中央有喷泉的圆形水池边呆立着，时而低头看着蓝莹莹的池水，时而抬头望着广场圆形穹顶上梦幻般的光波纹，那是池水反射上去的。这时我看到了灵儿，她拿着一个小瓶子和一根小管儿，在吹肥皂泡。每吹出一串，她都呆呆地盯着空中飘浮的泡泡，看着它们一个个消失，然后再吹出一串……

"都这么大了还干这个，这好玩吗？"我走过去问她。

灵儿见了我以后喜出望外，"我们俩去旅行吧！"

"旅行？去哪？"

"当然是地面啦！"她挥手在空中划了一下，从手腕上的计算机甩一幅全息景象，显示出一个落日下的海滩，微风吹拂着棕榈树，道道白浪，金黄的沙滩上有一对对的情侣，他们在铺满碎金的海面前呈一对对黑色的剪影。"这是梦娜和大刚发回来的，他们俩现在还满世界转呢，他们说外面现在还不太热，外面可好呢，我们去吧！"

"他们因为旷课刚被学校开除了。"

"哼，你根本不是怕这个，你是怕太阳！"

"你不怕吗？别忘了你因为怕太阳还看过精神病医生呢。"

"可我现在不一样了，我受到了启示！你看，"灵儿用小管儿吹出了一串肥皂泡，"盯着它看！"她用手指着一个肥皂泡说。

我盯着那个泡泡，看到它表面上光和色的狂澜，那狂澜以人的感觉无法把握的复杂和精细在涌动，好像那个泡泡知道自己生命的长度，疯狂地把自己浩如烟海的记忆中无数的梦幻和传奇向世界演绎。很快，光和色的狂澜在一次无声的爆炸中消失了，我看到了一小片似有似无的水汽，这水汽也只存在了半秒钟，然后什么都没有了，好像什么都没有存在过。

"看到了吗？地球就是宇宙中的一个小水泡，啪一下，什么都没了，有什么好怕的呢？"

"不是这样的，据计算，在氦闪发生时，地球被完全蒸发掉至少需要一百个小时。"

"这就是最可怕之处了！"灵儿大叫起来，"我们在这地下五百米，就像馅饼里的肉馅一样，先给慢慢烤熟了，再蒸发掉！"

一阵冷战传遍我的全身。

"但在地面就不一样了，那里的一切瞬间被蒸发，地面上的人就像那泡泡一样，啪一下……所以，氦闪时还是在地面上为好。"

不知为什么，我没同她去，她就同阿东去了，我以后再也没见到他们。

氦闪并没有发生，地球高速掠过了近日点，第六次向远日点升去，人们绷紧的神经松弛下来。由于地球自转已停止，在太阳轨道的这一面，亚洲大陆上的地球发动机正对它的运行方向，所以在通过近日点前都停了下来，只是偶尔做一些调整姿态的运行，我们这儿处于宁静而漫长的黑夜之中。美洲大陆上的发动机则全功率运行，那里成了火箭喷口的护圈。由于太阳这时也处于西半球，那儿的高温更是可怕，草木生烟。

地球的变轨加速就这样年复一年地进行着。每当地球向远日点升去时，人们的心也随着地球与太阳距离的日益拉长而放松；而当它在新的一年向太阳跌去时，人们的心一天天紧缩起来。每次到达近日点，社会上就谣言四起，说太阳氦闪就要在这时发生了；直到地球再次升向远日点，人们的恐惧才随着天空中渐渐变小的太阳平息下来，但又在准备着下一次的恐惧……人类的精神像在荡着一个宇宙秋千，更适当地说，在经历着一场宇宙俄罗斯轮盘赌：升上远日点和跌向太阳的过程是在转动弹仓，掠过近日点时则是扣动扳机！每扣一次时的神经比上一次更紧张，我就是在这种交替的恐惧中度过了自己的少年时代。其实仔细想想，即使在远日点，地球也未脱离太阳氦闪的威力圈，如果那时太阳爆发，地球不是被汽化而是被慢慢液化，那种结果还真不如在近日点。

在逃逸时代，大灾难接踵而至。

由于地球发动机产生的加速度及运行轨道的改变，地核中铁镍核心的平衡被扰动，其影响穿过古腾堡不连续面，波及地幔，各个大陆地热逸出，火山横行，这对于人类的地下城市是致命的威胁。从第六次变轨周期后，在各大陆的地下城中，岩浆渗入灾难频繁发生。

那天当警报响起来的时候，我正走在放学回家的路上，听到市政厅的广播："F112市全体市民注意，城市北部屏障已被地应力破坏，岩浆渗入！岩浆渗入！现在岩浆流已到达第四街区！公路出口被封死，全体市民到中心广场集合，通过升降向地面撤离。注意，撤离时按危急法第五条行事，强调一遍，撤离时按危急法第五条行事！"

我环视了一下四周迷宫般的通道，地下城现在看上去并没有什么异常。但我知道现在的危险：只有两条通向外部的地下公路，其中一条去年因加固屏障的需要已被堵死，如果剩下的这条也堵死了，就只有通过经竖井直通地面的升降梯逃命了。升降梯的载运量很小，要把这座城的 36 万人运出去需要很长时间。但也没有必要去争夺生存的机会，联合政府的危急法把一切都安排好了。

古代曾有过一个伦理学问题：当洪水到来时，一个只能救走一个人的男人，是去救他的父亲呢，还是去救他的儿子？在这个时代的人看来，提出这个问题很不可理解。

当我到达中心广场时，看到人们已按年龄排起了长长的队。最靠近电梯口的是由机器人保育员抱着的婴儿，然后是幼儿园的孩子，再往后是小学生……我排在队伍中间靠前的部分。爸爸现在在近地轨道值班，城里只有我和妈妈，我现在看不到妈妈，就顺着几公里长的队身后跑，没跑多远就被士兵拦住了。我知道她在最后一段，因为这个城市主要是学校集中地，家庭很少，她已经算年纪大的那批人了。长队以让人心里着火的慢速度向前移动，三个小时后轮到我跨进升降梯时，心里一点都不轻松，因为这时在妈妈和生存之间，还隔着两万多名大学生呢！而我已闻到了浓烈的硫黄味……

我到地面两个半小时后，岩浆就在五百米深的地下吞没了整座城市。我心如刀绞地想象着妈妈最后的时刻：她同没能撤出的一万八千人一起，看着岩浆涌进市中心广场。那时已经停电，整个地下城只有岩浆那恐怖的暗红色光芒。广场那高大的白色穹顶在高温中渐渐变黑，所有的遇难者可能还没接触到岩浆，就被这上千度的高温夺去了生命。

但生活还在继续，这严酷恐惧的现实中，爱情仍不时闪现出迷人的火花。为了缓解人们的紧张情绪，在第十二次到达远日点时，联合政府居然恢复了中断达两世纪的奥运会。我作为一名机动冰橇拉力赛的选手参加了奥运会，比赛是驾驶机动冰橇，从上海出发，从冰面上横穿封冻的太平洋，到达终点纽约。

发令枪响过之后，上百只雪橇在冰冻的海洋上以每小时二百公里左右的速度出发了。开始还有几只雪橇相伴，但两天后，他们或前或后，都消失在地平线之外。这时背后地球发动机的光芒已经看不到了，我正处于地球最黑的部分。在我眼中，世界就是由广阔的星空和向四面无限延伸的冰原组成的，这冰原似乎一直延伸到宇宙的尽头，或者它本身就是宇宙的尽头。而在无限的星空和无限的冰原组成的宇宙中，只有我一个人！雪崩般的孤独感压倒了我，我想哭。我拼命地赶路，名次已无关紧要，只是为了在这可怕的孤独感杀死我之前尽早地摆脱它，而那想象中的彼岸似乎根本就不存在。

就在这时，我看到天边出现了一个人影。近了些后，我发现那是一个姑娘，正站在她的雪橇旁，她的长发在冰原上的寒风中飘动着。你知道这时遇见一个姑娘意味着什么，我们的后半生由此决定了。她是日本人，叫山彬加代子。女子组比我们先出发十二个小时，她的雪橇卡在冰缝中，把一根滑杆卡断了。我一边帮她修雪橇，一边把自己刚才的感觉告诉她。

"您说得太对了，我也是那样的感觉！是的，好像整个宇宙中就只有您一个人！知道吗，我看到您从远方出现时，就像看到太阳升起一样耶！"

"那你为什么不叫救援飞机？"

"这是一场体现人类精神的比赛，要知道，流浪地球在宇宙中是叫不到救援的！"她挥动着小拳头，以日本人特有的执着说。

"不过现在总得叫了，我们都没有备用滑竿，你的雪橇修不好了。"

"那我坐您的雪橇一起走好吗？如果您不在意名次的话。"

我当然不在意，于是我和加代子一起在冰冻的太平洋上走完了剩下的漫长路程。经过夏威夷后，我们看到了天边的曙光。在这被那个小小的太阳照亮的无际冰原上，我们向联合政府的民政部发去了结婚申请。

当我们到达纽约时，这个项目的裁判们早等得不耐烦，收摊走了。但有一个民政局的官员在等着我们，他向我们致以新婚的祝贺，然后开始履行他的职责：他挥手在空中划出一个全息图像，上面整齐地排列着几万个圆点，这是这几天全世界向联合政府登记结婚的数目。由于环境的严酷，法律规定每三对新婚配偶中只有一对有生育权，抽签决定。加代子对着半空中那几万个点犹豫了半天，点了中间的一个。当那个点变为绿色时，她高兴得跳了起来。但我的心中却不知是什么滋味，我的孩子出生在这个苦难的时代，是幸运还是不幸呢？那个官员倒是兴高采烈，他说每当一对儿"点绿"的时候他都十分高兴，他拿出了一瓶伏特加，我们三个轮着一人一口地喝着，都为人类的延续干杯。我们身后，遥远的太阳用它微弱的光芒给自由女神像镀上了一层金辉，对面，是已无人居住的曼哈顿的摩天大楼群，微弱的阳光把它们的影子长长地投在纽约港寂静的冰面上，醉意蒙眬的我，眼泪涌了出来。

地球，我的流浪地球啊！

分手前，官员递给我们一串钥匙，醉醺醺地说："这是你们在亚洲分到的房子，回家吧，哦，家多好啊！"

"有什么好的？"我漠然地说，"亚洲的地下城充满危险，这你们在西半球当然体会不到。"

"我们马上也有你们体会不到的危险了，地球又要穿过小行星带，这次是西半球对着运行方向。"

"上几个变轨周期也经过小行星带，不是没什么大事吗？"

"那只是擦着小行星带的边缘走，太空舰队当然能应付，他们可以用激光和核弹把地球航线上的那些小石块都清除掉。但这次……你们没看新闻？这次地球要从小行星带正中穿过去！舰队只能对付那些小石块，唉……"

在回亚洲的飞机上，加代子问我："那些石块很大吗？"

我父亲现在就在太空舰队干那件工作，所以尽管政府为了避免惊慌照例封锁消息，我还是知道一些情况。我告诉加代子，那些石块大的像一座大山，五千万吨级的热核炸弹只能在上面打出一个小坑。"他们就要使用人类手中的威力最大的武器了！"我神秘地告诉加代子。

"你是说反物质炸弹?!"

"还能是什么?"

"太空舰队的巡航范围是多远?"

"现在他们力量有限，我爸说只有一百五十万公里左右。"

"啊，那我们能看到了!"

"最好别看。"

加代子还是看了，而且是没戴护目镜看的。反物质炸弹的第一次闪光是在我们起飞不久后从太空传来的，那时加代子正在欣赏飞机舷窗外空中的星星，这使她的双眼失明了一个多小时，以后的一个多月眼睛都红肿流泪。那真是让人心惊肉跳的时刻，反物质炸弹不断地击中小行星，湮灭的强光此起彼伏地在漆黑的太空中闪现，仿佛宇宙中有一群巨人围着地球用闪光灯疯狂拍照似的。

半小时后，我们看到了火流星，它们拖着长长的火尾划破长空，给人一种恐怖的美感。火流星越来越多，每一个在空中划过的距离越来越长。突然，机身在一声巨响中震颤了一下，紧接着又是连续的巨响和震颤。加代子惊叫着扑到我怀中，她显然以为飞机被流星击中了，这时舱里响起了机长的声音。

"请各位乘客不要惊慌，这是流星冲破音障产生的超音速爆音，请大家戴上耳机，否则您的听觉会受到永久的损害。由于飞行安全已无法保证，我们将在夏威夷紧急降落。"

这时我盯住了一个火流星，那个火球的体积比别的大出许多，我不相信它能在大气中烧完。果然，那火球疾驰过大半个天空，越来越小，但还是坠入了冰海。从万米高空看到，海面被击中的位置出现了一个小白点，那白点立刻扩散成一个白色的圆圈，圆圈迅速在海面扩大。

"那是浪吗？"加代子颤着声儿问我。

"是浪，上百米的浪。不过海封冻了，冰面会很快使它衰减的。"我自我安慰地说，不再看下面。

我们很快在檀香山降落，由当地政府安排去地下城。我们的汽车沿着海岸走，天空中布满了火流星，那些红发恶魔好像是从太空中的某一个点同时迸发出来的。一颗流星在距海岸不远处击中了海面，没有看到水柱，但水蒸气形成的白色蘑菇云高高地升起。涌浪从冰层下传到岸边，厚厚的冰层轰隆隆地破碎了，冰面显出了浪的形状，好像有一群柔软的巨兽在下面排着队游过。

"这块有多大？"我问那位来接应我们的官员。

"不超过五公斤，不会比你的脑袋大吧。不过刚接到通知，在北方八百公里的海面上，刚落下一颗二十吨左右的。"

这时他手腕上的通讯机响了，他看了一眼后对司机说："来不及到204号门了，就近找个入口吧！"

汽车拐了个弯，在一个地下城入口前停了下来。我们下车后，看到入口处有几个士兵，他们都一动不动地盯着远方的一个方向，眼里充满了恐惧。我们都顺着他们的目光看去，在天海连线处，我们看到一层黑色的屏障，初一看好像是天边低低的云层，但那"云层"的高度太齐了，像一堵横在天边的长墙，再仔细看，墙头还镶着一线白边。

"那是什么呀？"加代子怯生生地问一个军官，得到的回答让我们毛发直竖。

"浪。"

地下城高大的铁门隆隆地关上了，约莫过了十分钟，我们感到从地面传来的低沉的声音，咕噜噜的，像一个巨人在地面打滚。我们面面相觑，大家都知道，百米高的巨浪正在滚过夏威夷，也将滚过各个大陆。但另一种震动更吓人，仿佛有一只巨拳从太空中不断地击打地球，在地下这震动并不大，只能隐约感到，但每一个震动都直达我们灵魂深处。这是流星在不断地击中地面。

我们的星球所遭到的残酷轰炸断断续续持续了一个星期。

当我们走出地下城时，加代子惊叫："天啊，天怎么是这样的！"

天空是灰色的，这是因为高层大气弥漫着小行星撞击陆地时产生的灰尘，星星和太阳都消失在这无际的灰色中，仿佛整个宇宙在下着一场大雾。地面上，滔天巨浪留下的海水还没来得及退去就封冻了，城市幸存的高楼形单影只地立在冰面上，挂着长长的冰凌柱。冰面上落了一层撞击尘，于是这个世界只剩下一种颜色：灰色。

我和加代子继续回亚洲的旅行。在飞机越过早已无意义的国际日期变更线时，我们见到了人类所见过的最黑的黑夜，飞机仿佛潜行在墨汁的海洋中。看着机舱外那没有一丝光线的世界，我们的心情也暗到了极点。

"什么时候到头儿呢？"加代子喃喃地说。我不知道她指的是这个旅程还是这充满苦难和灾难的生活，我现在觉得两者都没有尽头。是啊，即使地球航出了氦闪的威力圈，我们得以逃生，又怎么样呢？我们只是那漫长阶梯的最下一级，当我们的一百代重孙爬上阶梯的顶端，见到新生活的光明时，我们的骨头都变成灰了。我不敢想象未来的苦难和艰辛，更不敢想象要带着爱人和孩子走过这条看不到头的泥泞路，我累了，实在走不动了……就在我被悲伤和绝望窒息的时候，机舱里响起了一声女人的惊叫：

"啊！不！不能亲爱的！！"

我循声看去，见那个女人正从旁边的一个男人手中夺下一支手枪，他刚才显然想把枪口凑到自己的太阳穴上。这人很瘦弱，目光呆滞地看着前方无限远处。女人把头埋在他膝上，嘤嘤地哭了起来。

"安静。"男人冷冷地说。

哭声消失了，只有飞机发动机的嗡嗡声在轻响，像不变的哀乐。在我的感觉中，飞机已粘在这巨大的黑暗中，一动不动，而整个宇宙，除了黑暗和飞机，什么都没有了。加代子紧紧钻在我怀里，浑身冰凉。

突然，机舱前部有一阵骚动，有人在兴奋地低语。我向窗外看去，发现飞机前方出现了一片朦胧的光亮，那光亮是蓝色的，没有形状，十分均匀地出现在前方弥漫着撞击尘的夜空中。

那是地球发动机的光芒。

西半球的地球发动机已被陨石击毁了三分之一，但损失比起航前的预测要少；东半球的地球发动机由于背向撞击面，完好无损。从功率上来说，它们是能使地球完成逃逸航行的。

在我眼中，前方朦胧的蓝光，如同从深海漫长的上浮后看到的海面的亮光，我的呼吸又顺畅起来。

我又听到那个女人的声音："亲爱的，痛苦呀恐惧呀这些东西，也只有在活着时才能感觉到，死了，死了什么也没有了，那边只有黑暗。还是活着好，你说呢？"

那瘦弱的男人没有回答，他盯着前方的蓝光看，眼泪流了下来。我知道他能活下去了，只要那希望的蓝光还亮着，我们就都能活下去，我又想起了父亲关于希望的那些话。

一下飞机，我和加代子没有去我们在地下城中的新家，而是到设在地面的太空舰队基地去找父亲，但在基地，我只见到了追授他的一枚冰冷的勋章。这勋章是一名空军少将给我的，他告诉我，在清除地球航线上的小行星的行动中，一块被反物质炸弹炸出的小行星碎片击中了父亲的单座微型飞船。

"当时那个石块和飞船的相对速度有每秒一百公里，撞击使飞船座舱瞬间汽化了，他没有一点痛苦，我向您保证，没有一点痛苦。"将军说。

当地球又向太阳跌回去的时候，我和加代子又到地面上来看春天，但没有看到。世界仍是一片灰色，阴暗的天空下，大地上分布着由残留海水形成的一个个冰冻湖泊，见不到一点绿色。大气中的撞击尘挡住了阳光，使气温难以回升。甚至在近日点，海洋和大地都没有解冻，太阳呈一个朦胧的光晕，仿佛是撞击尘后面的一个幽灵。

三年以后，空中的撞击尘才有所消散，人类终于最后一次通过近日点，向远日点升去。在这个近日点，东半球的人有幸目睹了地球历史上最快的一次日出和日落。太阳从海平面上一跃而起，迅速划过长空，大地上万物的影子在很快地变换着角度，仿佛是无数根钟表的秒针。这也是地球上最短的一个白天，只有不到一个小时。当一小时后太阳跌入地平线，黑暗降临大地时，我感到一阵伤感。这转瞬即逝的一天，仿佛是对地球在太阳系四十五亿年进化史的一个短暂的总结。直到宇宙的末日，它不会再回来了。

"天黑了。"加代子忧伤地说。

"最长的一夜。"我说。东半球的这一夜将延续两千五百年，一百代人后，人马座的曙光才能再次照亮这个大陆。西半球也将面临最长的白天，但比这里的黑夜要短得多。在那里，太阳将很快升到天顶，然后一直静止在那个位置上渐渐变小，在半世纪内，它就会融入星群难以分辨了。

按照预定的航线，地球升向与木星的会合点。航行委员会的计划是：地球第 15 圈的公转轨道是如此之扁，以至于它的远日点到达木星轨道，地球将与木星在几乎相撞的距离上擦身而过，在木星巨大引力的拉动下，地球将最终达到逃逸速度。

离开近日点后两个月，就能用肉眼看到木星了，它开始只是一个模糊的光点，但很快显出圆盘的形状，又过了一个月，木星在地球上空已有满月大小了，呈暗红色，能隐约看到上面的条纹。这时，15 年来一直垂直的地球发动机光柱中有一些开始摆动，地球在做会合前最后的姿态调整，木星渐渐沉到了地平线下。以后的三个多月，木星一直处在地球的另一面，我们看不到它，但知道两颗行星正在交会之中。

有一天我们突然被告知东半球也能看到木星了。于是人们纷纷从地下城中来到地面。当我走出城市的密封门来到地面时，发现开了 15 年的地球发动机已经全部关闭了，我再次看到了星空，这表明同木星最后的交会正在进行。人们都在紧张地盯着西方的地平线，地平线上出现了一片暗红色的光，那光区渐渐扩大，伸延到整个地平线的宽度。我现在发现那暗红色的区域上方同漆黑的星空有一道整齐的边界，那边界呈弧形，那巨大的弧形从地平线的一端跨到了另一端，在缓缓升起，巨弧下的天空都变成了暗红色，仿佛一块同星空一样大小的暗红色幕布在把地球同整个宇宙隔开。当我回过神来时，不由得倒吸一口冷气，那暗红色的幕布就是木星！我早就知道木星的体积是地球的 1300 倍，现在才真正感觉到它的巨大。这宇宙巨怪在整个地平线上升起时产生的那种恐惧和压抑感是难以用语言描述的，一名记者后来写道："不知是我身处噩梦中，还是这整个宇宙都是一个造物主巨大而变态的头脑中的噩梦！"木星恐怖地上升着，渐渐占据了半个天空。这时，我们可以清楚地看到它云层中的风暴，那风暴把云层搅动成让人迷茫的混乱线条，我知道那厚厚的云层下是沸腾的液氢和液氦的大洋。著名的大红斑出现了，这个在木星表面维持了几十万年的大旋涡大得可以吞下整个地球。这时木星已占满了整个天空，地球仿佛是浮在木星沸腾的暗红色云海上的一只气球！而木星的大红斑就处在天空正中，如一只红色的巨眼盯着我们的世界，大地笼罩在它那阴森的红光中……这时，谁都无法相信小小的地球能逃出这巨大怪物的引力场，从地面上看，地球甚至连成为木星的卫星都不可能，我们就要掉进那无边云海覆盖着的地狱中去了！但领航工程师们的计算是精确的，暗红色的迷乱的天空在缓缓移动着，不知过了多长时间，西方的天边露出了黑色的一角，那黑色迅速扩大，其中有星星在闪烁，地球正在冲出木星的引力魔掌。这时警报尖叫起来，木星产生的引力潮汐正在向内陆推进，后来得知，这次大潮百多米高的巨浪再次横扫了整个大陆。在跑进地下城的密封门时，我最后看了一眼仍占据半个天空的木星，发现木星的云海中有一道明显的划痕，后来知道，那是地球引力作用在木星表面的痕迹，我们的星球也在木星表面拉起了如山的液氢和液氦的巨浪。这时，木星巨大的引力正在把地球加速甩向外太空。

离开木星时，地球已达到了逃逸速度，它不再需要返回潜藏着死亡的太阳，向广漠的外太空飞去，漫长的流浪时代开始了。

就在木星暗红色的阴影下，我的儿子在地层深处出生了。

叛　乱

离开木星后，亚洲大陆上一万多台地球发动机再次全功率开动，这一次它们要不停地运行五百年，不停地加速地球。这五百年中，发动机将把亚洲大陆上一半的山脉用作燃料消耗掉。

从四个多世纪死亡的恐惧中解脱出来，人们长出了一口气。但预料中的狂欢并没有出现，接下来发生的事情出乎所有人的想象。

在地下城的庆祝集会后，我一个人穿上密封服来到地面。童年时熟悉的群山已被超级挖掘机夷为平地，大地上只有裸露的岩石和坚硬的冻土，冻土上到处有白色的斑块，那是大海潮留下的盐渍。面前那座爷爷和爸爸度过了一生的曾有千万人口的大城市现在已是一片废墟，高楼钢筋外露的残骸在地球发动机光柱的蓝光中拖着长长的影子，好像是史前巨兽的化石……一次次的洪水和小行星的撞击已摧毁了地面上的一切，各大陆上的城市和植被都荡然无存，地球表面已变成火星一样的荒漠。

这一段时间，加代子心神不定。她常常扔下孩子不管，一个人开着飞行汽车出去旅行，回来后，只是说她去了西半球。最后，她拉我一起去了。

我们的飞行汽车以四倍音速飞行了两个小时，终于能够看到太阳了，它刚刚升出太平洋，这时看上去只有棒球大小，给冰封的洋面投下一片微弱的、冷冷的光芒。加代子把飞行汽车悬停在五千米的空中，然后从后面拿出了一个长长的东西，去掉封套后我看到那是一架天文望远镜，业余爱好者用的那种。加代子打开车窗，把望远镜对准太阳，让我看。

从有色镜片中我看到了放大几百倍的太阳，我甚至清楚地看到太阳表面的缓缓移动的明暗斑点，还有日球边缘隐隐约约的日珥。

加代子把望远镜同车内的计算机联起来，把一个太阳影像采集下来。然后，她又调出了另一个太阳图像，说："这个是四个世纪前的太阳图像。"接着，计算机对两个图像进行比较。

"看到了吗？"加代子指着屏幕说，"它们的光度、像素排列、像素概率、层次统计等参数都完全一样！"

我摇摇头说："这能说明什么？一架玩具望远镜，一个低级图像处理程序，加上你这个无知的外行……别自寻烦恼了，别信那些谣言！"

"你是个白痴。"她说着，收回望远镜，把飞行汽车向回开去。这时，在我们的上方和下方，我又远远地看到了几辆飞行汽车，同我们刚才一样悬在空中，从每辆车的车窗中都伸出一架望远镜对着太阳。

以后的几个月中，一个可怕的说法像野火一样在全世界蔓延。越来越多的人自发地用更大型更精密的仪器观测太阳。后来，一个民间组织向太阳发射了一组探测器，它们在三个月后穿过日球。探测器发回的数据最后证实了那个事实。

同四个世纪前相比，太阳没有任何变化。

现在，各大陆的地下城已成了一座座骚动的火山，局势一触即发。一天，按照联合政府的法令，我和加代子把儿子送进了养育中心。回家的路上我们俩都感到维系我们关系的唯一纽带已不存在了。走到市中心广场，我们看到有人在演讲，另一些人在演讲者周围向市民分发武器。

"公民们！地球被出卖了！人类被出卖了!! 文明被出卖了!!! 我们都是一个超级骗局的牺牲品!!! 这个骗局之巨大之可怕，上帝都会为之休克！太阳还是原来的太阳，它不会爆发，过去现在将来都不会，它是永恒的象征！爆发的是联合政府中那些人阴险的野心！他们编造了这一切，只是为了建立他们的独裁帝国！他们毁了地球！他们毁了人类文明!! 公民们，有良知的公民们！拿起武器，拯救我们的星球！拯救人类文明!! 我们要推翻联合政府，控制地球发动机，把我们的星球从这寒冷的外太空开回原来的轨道！开回到我们的太阳温暖的怀抱中!!"加代子默默地走上前去，从分发武器的人手中接过了一支冲锋枪，加入那些拿到武器的市民的队列中，她没有回头，同那支庞大的队列一起消失在地下城的迷雾里。我呆呆地站在那儿，手在衣袋中紧紧攥着父亲用生命和忠诚换来的那枚勋章，它的边角把我的手扎出了血……

三天后，叛乱在各个大陆同时爆发了。

叛军所到之处，人民群起响应，到现在，很少有人怀疑自己受骗了。但我加入了联合政府的军队，这并非由于对政府的坚信，而是我三代前辈都有过军旅生涯，他们在我心中种下了忠诚的种子，不论在什么情况下，背叛联合政府对我来说是一件不可想象的事。

美洲、非洲、大洋洲和南极洲相继沦陷，联合政府收缩防线死守地球发动机所在的东亚和中亚。叛军很快对这里构成包围态势，他们对政府军占有压倒优势，之所以在相当长一段时间里攻势没有取得进展，完全是由于地球发动机。叛军不想毁掉地球发动机，所以在这一广阔的战区没有使用重武器，使得联合政府得以苟延残喘。这样双方相持了三个月，联合政府的十二个集团军相继临阵倒戈，中亚和东亚防线全线崩溃。两个月后，大势已去的联合政府连同不到十万军队在靠近海岸的地球发动机控制中心陷入重围。

我就是这残存军队中的一名少校。控制中心有一座中等城市大小，它的中心是地球驾驶室。我拖着一条被激光束烧焦的手臂，躺在控制中心的伤兵收容站里。就是在这儿，我得知加代子已在澳洲战役中阵亡。我和收容站里所有的人一样，整天喝得烂醉，对外面的战事全然不知，也不感兴趣。不知过了多久，听到有人在高声说话。

"知道你们为什么这样吗？你们在自责，在这场战争中，你们站到了反人类的一边，我也一样。"

我转头一看，发现讲话的人肩上有一颗将星，他接着说："没关系的，我们还有最后的机会拯救自己的灵魂。地球驾驶室距我们这儿只有三个街区，我们去占领它，把它交给外面理智的人类！我们为联合政府已尽到了责任，现在该为人类尽责任了！"

我用那支没受伤的手抽出手枪，随着这群突然狂热起来的受伤和没受伤的人，沿着钢铁的通道，向地球驾驶室冲去。出乎预料，一路上我们几乎没遇到抵抗，倒是有越来越多的人从错综复杂的钢铁通道的各个分支中加入我们。最后，我们来到了一扇巨大的门前，那钢铁大门高得望不到顶。它轰隆隆地打开了，我们冲进了地球驾驶室。

尽管以前无数次在电视中看到过，所有的人还是被驾驶室的宏伟震惊了。从视觉上看不出这里的大小，因为驾驶室淹没在一幅巨型全息图中。那是一幅太阳系的模拟图。整个图像实际就是一个向所有方向无限伸延的黑色空间，我们一进来，就悬浮在这空间之中。由于尽量反映真实的比例，太阳和行星都很小很小，小得像远方的萤火虫，但能分辨出来。以那遥远的代表太阳的光点为中心，一条醒目的红色螺旋线扩展开来，像广阔的黑色洋面上迅速扩散的红色波圈。这是地球的航线。在螺旋线最外面的一点上，航线变成明亮的绿色，那是地球还没有完成的路程。那条绿线从我们的头顶掠过，顺着看去，我们看到了灿烂的星海，绿线消失在星海的深处，我们看不到它的尽头。在这广漠的黑色的空间中，还飘浮着许多闪亮的灰尘，其中几个尘粒飘近，我发现那是一块块虚拟屏幕，上面翻滚着复杂的数字和曲线。

我看到了全人类瞩目的地球驾驶台，它好像是飘浮在黑色空间中的一个银白色的小行星，看到它我更难以把握这里的巨大——驾驶台本身就是一个广场，现在上面密密麻麻地站着五千多人，包括联合政府的主要成员、负责实施地球航行计划的星际移民委员会的大部分，和那些最后忠于政府的人。这时我听到最高执政官的声音在整个黑色空间响了起来。

"我们本来可以战斗到底的，但这可能导致地球发动机失控，这种情况一旦发生，过量聚变的物质将烧穿地球，或蒸发全部海洋，所以我们决定投降。我们理解所有的人，因为已经进行了四十代人、还要延续一百代人的艰难奋斗中，永远保持理智确实是一个奢求。但也请所有的人记住我们，站在这里的这五千多人，这里有联合政府的最高执政官，也有普通的列兵，是我们把信念坚持到了最后。我们都知道自己看不到真理被证实的那一天，但如果人类得以延续万代，以后所有的人将在我们的墓前洒下自己的眼泪，这颗叫地球的行星，就是我们永恒的纪念碑！"

控制中心巨大的密封门隆隆开启，那五千多名最后的地球派一群群走了出来，在叛军的押送下向海岸走去。一路上两边挤满了人，所有人都冲他们吐唾沫，用冰块和石块砸他们。他们中有人密封服的面罩被砸裂了，外面零下一百多度的严寒使那些人的脸麻木了，但他们仍努力地走下去。我看到一个小女孩，举起一大块冰用尽全身力气狠命地向一个老者砸去，她那双眼睛透过面罩射出疯狂的怒火。

当我听到这五千人全部被判处死刑时，觉得太宽容了。难道仅仅一死吗？这一死就能偿清他们的罪恶吗？！能偿清他们用一个离奇变态的想象和骗局毁掉地球、毁掉人类文明的罪恶吗？他们应该死一万次！这时，我想起了那些做出太阳爆发预测的天体物理学家，那些设计和建造地球发动机的工程师，他们在一个世纪前就已作古，我现在真想把他们从坟墓中挖出来，让他们也死一万次。

真感谢死刑的执行者们，他们为这些罪犯找了一种好的死法：他们收走了被判死刑的每个人密封服上加热用的核能电池，然后把他们丢在大海的冰面上，让零下百度的严寒慢慢夺去他们的生命。

这些人类文明史上最险恶最可耻的罪犯在冰海上站了黑压压的一片，在岸上有十几万人在看着他们，十几万人牙齿咬得嘣嘣响，十几万双眼睛喷出和那个小女孩一样的怒火。

这时，所有的地球发动机都已关闭，壮丽的群星出现在冰原之上。

我能想象出严寒像无数把尖刀刺进他们的身体，他们的血液在凝固，生命从他们的体内一点点流走，这想象中的感觉变成一种快感，传遍我的全身。看到那些罪犯在严寒的折磨中慢慢死去，岸上的人们快活起来，他们一起唱起了《我的太阳》。我唱着，眼睛看着星空的一个方向，在那个方向上，有一颗稍大些刚刚显出圆盘形状的星星发出黄色的光芒，那就是太阳。

啊，我的太阳，生命之母，万物之父，我的大神，我的上帝！还有什么比您更稳定，还有什么比您更永恒，我们这些渺小的，连灰尘都不如的炭基细菌，拥挤在围着您转的一粒小石头上，竟敢预言您的末日，我们怎么能蠢到这个程度？！

一个小时过去了，海面上那些反人类的罪犯虽然还全都站着，但已没有一个活人，他们的血液已被冻结了。

我的眼睛突然什么都看不见了，几秒钟后，视力渐渐恢复，冰原、海岸和岸上的人群又在眼前慢慢显影，最后完全清晰了，而且比刚才更清晰，因为这个世界现在笼罩在一片强烈的白光中，刚才我眼睛的失明正是由于这突然出现的强光的刺激。但星空没有重现，所有的星光都被这强光所淹没，仿佛整个宇宙都被强光熔化了，这强光从太空中的一点迸发出来，那一点现在成了宇宙中心，那一点就在我刚才盯着的方向。

太阳氦闪爆发了。

《我的太阳》的合唱戛然而止，岸上的十几万人呆住了，似乎同海面上那些人一样，冻成了一片僵硬的岩石。

太阳最后一次把它的光和热洒向地球。地面上的冰结的二氧化碳干冰首先溶化，腾起了一阵白色的蒸汽；然后海冰表面也开始溶化，受热不均的大海冰层发出惊天动地的巨响；渐渐地，照在地面上的光柔和起来，天空出现了微微的蓝色；后来，强烈的太阳风产生的极光在空中出现，苍穹中飘动着巨大的彩色光幕……

在这突然出现的灿烂阳光下，海面上最后的地球派们仍稳稳地站着，仿佛五千多尊雕像。

太阳爆发只持续了很短的时间，两个小时后强光开始急剧减弱，很快熄灭了。在太阳的位置上出现了一个暗红色球体，它的体积慢慢膨胀，最后从这里看它，已达到了在地球轨道上看到的太阳大小，那么它的实际体积已大到越出火星轨道，而水星、火星和金星这三颗地球的伙伴行星这时已在上亿度的辐射中化为一缕轻烟。但它已不是太阳，它不再发出光和热，看去如同贴在太空中一张冰冷的红纸，它那暗红色的光芒似乎是周围星光的散射。这就是小质量恒星演化的最后归宿：红巨星。

50 亿年的壮丽生涯已成为飘逝的梦幻，太阳死了。

幸运的是，还有人活着。

流浪时代

当我回忆这一切时，半个世纪已过去了。二十年前，地球航出了冥王星轨道，航出了太阳系，在寒冷广漠的外太空继续着它孤独的航程。最近一次去地面是十几年前的事了，那是儿子和儿媳陪我去的，儿媳是一个金发碧眼的姑娘，就要做母亲了。

到地面后，我首先注意到，虽然所有地球发动机仍全功率地运行，巨大的光柱却看不到了，这是因为地球大气已消失，等离子体的光芒没有散射的缘故。我看到地面上布满了奇怪的黄绿相间的半透明晶体块，这是固体氧氮，是已冻结的空气。有趣的是空气并没有均匀地冻结在地球表面，而是形成了小山丘似的不规则的隆起，在原来平滑的大海冰原上，这些半透明的小山形成了奇特的景观。银河系的星河纹丝不动地横过天穹，也像被冻结了，但星光很亮，看久了还刺眼呢。

地球发动机将不间断地开动 500 年，到时地球将加速至光速的千分之五，然后地球将以这个速度滑行 1300 年，之后地球就走完了三分之二的航程，它将调转发动机的方向，开始长达 500 年的减速，地球在航行 2400 年后到达比邻星，再过 100 年时间，它将泊入这颗恒星的轨道，成为它的一颗卫星。

> 我知道已被忘却
> 流浪的航程太长太长
> 但那一时刻要叫我一声啊
> 当东方再次出现霞光

> 我知道已被忘却
> 起航的时代太远太远
> 但那一时刻要叫我一声啊
> 当人类又看到了蓝天

> 我知道已被忘却
> 太阳系的往事太久太久
> 但那一时刻要叫我们一声啊
> 当鲜花重新挂上枝头
> ……

　　每当听到这首歌，一股暖流就涌进我这年迈僵硬的身躯，我干涸的老眼又湿润了。我好像看到人马座三颗金色的太阳在地平线上依次升起，万物沐浴在它温暖的光芒中。固态的空气融化了，变成了碧蓝的天。两千多年前的种子从解冻的土层中复苏，大地绿了。我看到我的第一百代孙子孙女们在绿色的草原上欢笑，草原上有清澈的小溪，溪中有银色的小鱼……

我看到了加代子，她从绿色的大地上向我跑来，年轻美丽，像个天使……

啊，地球，我的流浪地球……

②

|

梦之海

上篇　低温艺术家

是冰雪艺术节把低温艺术家引来的。这想法虽然荒唐，但自海洋干涸以后，颜冬一直是这么想的，不管过去多少岁月，当时的情景仍然历历在目。

当时，颜冬站在自己刚刚完成的冰雕作品前，他的周围都是玲珑剔透的冰雕，向更远处望去，雪原上矗立着用冰建成的高大建筑，这些晶莹的高楼和城堡浸透了冬日的阳光。这是最短命的艺术品，不久之后，这个晶莹的世界将在春风中化作一汪清水，这过程除了带给人一种淡淡的忧伤外，还包含了更多说不清道不明的东西，这也许是颜冬迷恋冰雪艺术的真正原因。

颜冬把目光从自己的作品上移开，下定决心在评委会宣布获奖名次之前不再看它了。他长出一口气，抬头扫了一眼天空，就在这时，他第一次看到了低温艺术家。

最初他以为那是一架拖着白色尾迹的飞机，但那个飞行物的速度比飞机要快得多，它在空中转了一个大弯，那尾迹如同一支巨大的粉笔在蓝天上随意地画了个钩，在钩的末端，那个飞行物居然停住了，就停在颜冬正上方的高空中。尾迹从后向前渐渐消失，像是被它的释放者吸回去似的。

颜冬仔细地观察尾迹最后消失的那一点，发现那点不时地出现短暂的闪光，他很快确定，那闪光是一个物体反射阳光所致。接着他看到了那个物体，它是一个小小的球体，呈灰白色；很快他又意识到那个球体并不小，它看上去小只是因为距离的原因，它这时正在飞快地扩大。颜冬很快明白了那个球体正在从高空向他站的地方掉下来，周围的人也意识到了这点，人们四散而逃。颜冬也低头跑起来，他在一座座冰雕间七拐八拐，突然间地面被一个巨大的阴影所笼罩，颜冬的头皮一紧，一时间血液仿佛凝固了。但预料的打击并未出现，颜冬发现周围的人也都站住了脚，呆呆地向上仰望着，他也抬头看，看到那个巨大的球体就悬在他们百米左右的上空。它并不是一个完全的球体，似乎在高速飞行中被气流冲击得变了形：向着飞行方向的一半是光滑的球面，另一半则出现了一束巨大的毛刺，使它看上去像一颗剪短了彗尾的彗星。它的体积很大，直径肯定超过了一百米，像悬在半空中的一座小山，使地面上的人产生了一种巨大的压迫感。

急剧下坠的球体在半空中急刹住后，被它带动的空气仍在向下冲来，很快到达地面，激起了一圈飞快扩大的雪尘。据说，当非洲的土著人首次触摸西方人带来的冰块时，总是猛抽回手，惊叫：好烫！在颜冬接触到那团下坠的空气的一刹那，他也产生了这种感觉。而能使在东北的严寒露天的人产生这种感觉，这团空气的温度一定低得惊人。幸亏它很快扩散了，否则地面上的人都会被冻僵，但即使这样，几乎所有的人暴露在外的皮肤都受到了不同程度的冻伤。

颜冬的脸已由于突然出现的严寒而麻木，他抬头仔细观察那个球体表面，那半透明的灰白色物质是他再熟悉不过的东西：冰，这悬在半空中的是一个大冰球。

空气平静下来之后，颜冬吃惊地发现，那半空中巨大冰球的周围居然飘起了雪花，雪花很大，在蓝天的背景前显得异常洁白，并在阳光中闪闪发光。但这些雪花只在距球体表面一定距离内出现，飘出这段距离后立刻消失，以球体为中心形成了一个雪圈，仿佛是雪夜中的一盏街灯照亮了周围的雪花。

"我是一名低温艺术家！"一个清脆的男音从冰球中传出，"我是一名低温艺术家！"

"这个大冰球就是你吗？"颜冬仰头大声问。

"我的形象你们是看不到的，你们看到的冰球是我的冷冻场冻结空气中的水分形成的。"低温艺术家回答说。

"那些雪花是怎么回事？"颜冬又问。

"那是空气中氧和氮的结晶体，还有二氧化碳形成的干冰。"

"你的冷冻场真厉害！"

"当然，就像无数只小手攥紧无数颗小心脏一样，它使其作用范围内所有的分子和原子停止运动。"

"它还能把这个大冰团举在空中吗？"

"那是另一种场了，那是反引力场。你们每人使用的那一套冰雕工具真有趣：有各种形状的小铲和小刀，还有喷水壶和喷灯，有趣！为了制作低温艺术品，我也拥有一套小小的工具，那就是几种力场，种类没有你们的这么多，但也很好使。"

"你也创作冰雕吗？"

"当然，我是低温艺术家，你们的世界很适合进行冰雪造型艺术，我惊讶地发现这个世界早已存在这种艺术，我很高兴地说，我们是同行。"

"你从哪里来？"颜冬旁边的另一位冰雕作者问。

"我来自一个遥远的、你们无法理解的世界，那个世界远不如你们的世界有趣。本来，我只从事艺术，一般不同其他世界交流的，但看到这样一个展览会，看到这么多的同行，我产生了交流的愿望。不过坦率地说，下面这些低温作品中真正称得上是艺术品的并不多。"

"为什么？"有人问。

"过分写实，过分拘泥于形状和细节，当你们明白宇宙除了空间什么都没有，整个现实世界不过是一大堆曲率不同的空间时，就会看到这些作品是何等可笑。不过，嗯，这一件还是有点儿感觉的。"

话音刚落，冰团周围的雪花伸下来细细的一缕，仿佛是沿着一条看不见的漏斗流下来的，这缕雪花从半空中一直伸到颜冬的冰雕作品顶部才消失。颜冬踮起脚尖，试探着向那缕雪花伸出戴着手套的手，在那缕雪花的附近，他的手指又有了那种灼热感，他急忙抽回来，手已经在手套里冻僵了。

"你是指我的作品吗？"颜冬用另一只手揉着冻僵的手说，"我，我没有用传统的方法，也就是用现成的冰块雕刻作品，而是建造了一个由几大块薄膜构成的结构，在这个结构下面长时间地升腾起由沸水产生的蒸汽，蒸汽在薄膜表面冻结，形成一种复杂的结晶体，当这种结晶体达到一定的厚度后，去掉薄膜，就做成了你现在看到的造型。"

"很好，很有感觉，很能体现寒冷之美！这件作品的灵感是来自……"

"来自窗玻璃！不知你是否能理解我的描述：在严冬的凌晨醒来，你蒙眬的睡眼看到窗玻璃上布满了冰晶，它们映着清晨暗蓝色的天光，仿佛是你一夜梦的产物……"

"理解理解，我理解！"低温艺术家周围的雪花欢快地舞动起来，"我的灵感也被激发了，我要创作！我必须创作!!"

"那个方向就是松花江，你可以去取一块冰，或者……"

"什么？你以为我这样的低温艺术家，要从事的是你们这种细菌般可怜的艺术吗？这里没有我需要的冰材！"

地面上的人类冰雕艺术家们都茫然地看着来自星际的低温艺术家，颜冬呆呆地说："那么，你要去……"

"我要去海洋！"

取　冰

一支庞大的机群在五千米空中向海岸线方向飞行，这是有史以来最混杂的一个机群，它由从体形庞大的波音巨无霸到蚊子似的轻型飞机在内的各种飞机组成，这是全球各大通讯社派出的采访飞机，还有研究机构和政府派出的观察监视飞机。这乱哄哄的机群紧跟着前面一条短粗的白色航迹飞行着，像一群追赶着牧羊人的羊群。那条航迹是低温艺术家飞行时留下的，它不停地催促后面的飞机快些，为了等它们它不得不忍受这比爬行还慢的速度（对于可随意进行时空跃迁的它，光速已经是爬行了），它不停地抱怨说这会使自己的灵感消失的。

对于后面飞机上的记者们通过无线电喋喋不休地提问，低温艺术家一概懒得回答，他只有兴趣同坐在一架中央电视台租用的运十二上的颜冬谈话，于是到后来记者们都不吱声了，只是专心地听着这一对艺术家同行的对话。

"你的故乡是在银河系之内吗？"颜冬问，这架运十二距离低温艺术家最近，可以看到那个飞行中的冰球在白色航迹的头部时隐时现，这航迹是冰球周围的超低温冷凝大气中的氧氮和二氧化碳形成的，有时飞机不慎进入这滚滚掠过的白雾中，机窗上立刻覆盖了厚厚的一层白霜。

"我的故乡不属于任何恒星系，它处于星系之间广漠的黑暗虚空中。"

"你们的星球一定很冷。"

"我们没有星球，低温文明起源于一团暗物质云中，那个世界确实很冷，生命从接近绝对零度的环境中艰难地取得微小的热量，吮吸着来自遥远星系的每一丝辐射。当低温文明学会走路时，我们便迫不及待地进入银河系这个最近的温暖世界。在这个世界中我们也必须保持低温状态才能生存，于是我们成了温暖世界的低温艺术家。"

"你指的低温艺术就是冰雪造型吗？"

"哦，不不，用远低于一个世界平均温度的低温与这个世界发生作用，以产生艺术效应，这都属于低温艺术。冰雪造型只是适合于你们世界的低温艺术，冰雪的温度在你们的世界属于低温，在暗物质世界就属于高温了；而在恒星世界，熔化的岩浆也属于低温材料。"

"我们之间对艺术美的感觉好像有共同之处。"

"不奇怪，所谓温暖，不过是宇宙诞生后一阵短暂的痉挛所产生的同样短暂的效应，它将像日落后的暮光一样转瞬即逝，能量将消失，只有寒冷永存，寒冷之美才是永恒的美。"

"这么说，宇宙最终将热寂?!"颜冬听到耳机中有人问，事后知道他是坐在后面飞机上的一位理论物理学家。

"不要离题，我们只谈艺术。"低温艺术家冷冷地说。

"下面是海了!"颜冬无意间从舷窗望下去，看到弯曲的海岸线正在下面缓缓移过。

"再向前，我们要到最深的海洋，那里便于取冰。"

"可哪儿有冰啊？"颜冬看着下面广阔的蓝色海面不解地问。

"低温艺术家到哪里，哪里就会有冰。"

低温艺术家又向前飞行了一个多小时，颜冬从飞机上向下看，下面早已是一片汪洋。这时，飞机突然拉升，超重使颜冬两眼一黑。

"天啊，我们差点撞上它！"飞行员大叫，原来低温艺术家突然停下了，后面的飞机都猝不及防地纷纷转向。"妈的，惯性定律对这家伙不起作用，它的速度好像是在瞬间减到零，按理说这样的减速早把冰球扯碎了！"飞行员对颜冬说，同时拨转机头，与别的飞机一起，浩浩荡荡地围绕着悬在空中的冰球盘旋着。静止的冰球又在空气中产生了大量的氧氮雪花，但由于高空中的强风，雪花都被吹向一个方向，像是冰球随风飘舞的白发。

"我要开始创作了！"低温艺术家说，没等颜冬回话，它突然垂直降落下去，仿佛在空中举着它的那只无形的巨手突然放开了。飞机上的人们看着它以自由落体越来越快地下落，很快消失在海面蓝色的背景中，只能隐约看到它在空气中拉出的一道雾化痕迹。很快，海面上出现了一团白色的水花，水花消失后有一圈波纹在扩散。

"这个外星人投海自杀了。"飞行员对颜冬说。

"别瞎扯了！"颜冬拖着东北口音白了飞行员一眼，"飞低些，那个冰球很快就要浮起来了！"

但冰球并没有浮出来，在那个位置的海面上出现了一个白点，这白点很快扩大成一个白色的圆形区域。这时飞机的高度已经很低，颜冬仔细观察，发现那白色区域其实是覆盖海面的一层白色雾气。白雾区域急剧扩大，加上飞机在继续降低，很快可以看到的海面全部冒起了白雾。这时颜冬听到了一个声音，像连续的雷声，又像是大地和山脉在断裂，这声音来自海面，盖住了引擎的轰鸣声。飞机贴海飞行，颜冬向下仔细观察白雾下的海面，首先发现海面反射的阳光很完整很柔和，不像刚才那样呈刺目的碎金状；他接着看到海的颜色变深了，海面的波浪变得平滑了，但真正震撼他的是下一个发现：那些波浪是凝固不动的。

"天啊，海冻了！"

"你没疯吧？"飞行员扭头扫了他一眼说。

"你自个儿仔细看看……嗨，我说你怎么还往下降啊？想往冰面上降落？！"

飞行员猛拉操纵杆，颜冬眼前又一黑，听到他说："啊，不，妈的，真邪门儿了……"再看看他，一副梦游的表情，"我没下降，那海面，哦不，那冰面，在自己上升！"这时他们听到了低温艺术家的声音：

"你们的飞行器赶快让开，别挡住上升的路，哼，要不是有同行在一架飞行器里，我才不在乎撞着你们呢，我在创作中最讨厌干扰灵感的东西。向西飞向西飞，那面距边缘比较近！"

"边缘？什么的边缘？"颜冬不解地问。

"我采的冰块呀！"

所有的飞机像一群被惊飞的鸟，边爬高边向低温艺术家指引的方向飞去，在它们下面，因温度突降产生的白雾已消失，深蓝色的冰原一望无际。尽管飞机在爬高，但冰原的上升速度更快，所以飞机与冰面的相对高度还是在不断降低，"天啊，地球在追着我们呢！"飞行员惊叫道。渐渐地，飞机又紧贴着冰面飞行了，凝固的暗蓝色波涛从机翼下滚滚而过，飞行员喊道："我们只好在冰面上降落了！我的天，边爬高边降落，这太奇怪了！"

就在这时，运十二飞到了冰块的尽头，一道笔直的边缘从机身下飞速掠过，下面重新出现了波光粼粼的液态海洋。这情形很像航空母舰上的战斗机起飞时，跃出甲板的瞬间所看到的，但后面这艘"航母"有几千米高！颜冬猛回头，看到一道巨大的暗蓝色悬崖正在向后退去，这道悬崖表面极其平整，向两端延伸出去，一时还望不到尽头；悬崖下部与海面相接，可以看到海浪拍打在上面形成的一条白边。但这道白边在颜冬看到它几秒钟后就突然消失了，代之以另一条笔直的边缘——大冰块的底部已离开了海面。

大冰块以更快的速度上升，运十二同时在下降，它的高度很快位于海面和空中的冰块之间。这时颜冬看到了另一个广阔的冰原，与刚才不同的是它在上方，形成了一个极具压抑感的阴暗的天空。

随着大冰块的继续上升，颜冬终于在视觉上证实了低温艺术家的话：这确实是一个大块冰，一大块呈规则长方体的冰，现在，它在空中已经可以完整地看到，这暗蓝色的长方体占据了三分之二的天空，它那平整的表面不时反射着阳光，如同高空的一道道刺目的闪电。在由它构成的巨大的背景前有几架飞机在缓缓爬行，如同在一座摩天大楼边盘旋的小鸟，只有仔细看才能看到。事后从雷达观测数据表明，这个冰块的长为六十公里，宽二十公里，高五公里，为一个扁平的长方体。

大冰块继续上升，它在空中的体积渐渐缩小，终于在心理上可以让人接受了。与此同时，它投在海面上巨大的阴影也在移动，露出了海洋上有史以来最恐怖的景象。

颜冬看到，他们飞行在一个狭长的盆地上空，这盆地就是大冰块离开后在海中留下的空间。盆地四周是高达五千米的海水的高山，人类从未见过水能构成这样的结构：它形成了几千米高的悬崖！这液态的悬崖底部翻起百米高的巨浪，上部在不停在崩塌着，悬崖就在崩塌中向前推进，它的表面起伏不定，但总体与海底保持着垂直。随着海水悬崖的推进，盆地在缩小。

这是摩西开红海的反演。

最让颜冬震撼的是，整个过程居然很慢！这显然是尺度的缘故，他见过黄果树瀑布，觉得那水流下落得也很慢，而眼前的这海水悬崖，尺度要比那瀑布大两个数量级，这使得他可以有充足的时间欣赏这旷世奇观。

这时，冰块投下的阴影已完全消失，颜冬抬头一看，冰块看去只有两个满月大小，在天空中已不太显眼了。

随着海水悬崖的推进，盆地已缩成了一道峡谷，紧接着，两道几十公里长五千米高的海水悬崖迎面相撞，一声沉闷的巨响在海天间久久回荡，冰块在海洋中留下的空间完全消失了。

"我们不是在做梦吧？"颜冬自语道。

"是梦就好了，你看！"飞行员指指下面，在两道悬崖相撞之处，海面并未平静，而是出现了两道与悬崖同样长的波带，仿佛是已经消失的两道海水悬崖在海面的化身，它们分别向着相反的方向分离开来。从高空看去波带并没有惊人之处，但仔细目测可知它们的高度都超过了两百米，如果近看，肯定像两道移动的山脉。

"海啸？"颜冬问。

"是的，可能是有史以来最大的，海岸要遭殃了。"

颜冬再抬头看，蓝天上，冰块已看不到了，据雷达观测，它已成为地球的一颗冰卫星。

在这一天，低温艺术家以同样的方式又从太平洋中取走了上百块同样大小的冰块，把它们送入绕地球运行的轨道。

这天，在处于夜晚的半球，每隔两三个小时就可以看到一群闪烁的亮点横贯夜空飞过，与背景上的星星不同的是，如果仔细看，每个亮点都可以看出形状，那是一个个小长方体，它们都在以不同的姿势自转着，使它们反射的阳光以不同的频率闪动。人们想了很久也不知如何形容这些太空中的小东西，最后还是一名记者的比喻得到了认可：

"这是宇宙巨人撒出的一把水晶骨牌。"

两名艺术家的对话

"我们应该好好谈谈了。"颜冬说。

"我约你来就是为了谈谈，但我们只谈艺术。"低温艺术家说。

颜冬此时正站在一个悬浮于五千米空中的大冰块上，是低温艺术家请他到这里来的。现在，送他上来的直升机就停在旁边的冰面上，旋翼还转动着，随时准备起飞。四周是一望无际的冰原，冰面反射着耀眼的阳光，向脚下看看，蓝色的冰层深不见底。在这个高度上晴空万里，风很大。

这是低温艺术家已从海洋中取走的五千块大冰中的一块，在这之前的五天里，它以平均每天一千块的速度从海洋中取冰，并把冰块送到地球轨道上去。在太平洋和大西洋的不同位置，一块块巨冰在海中被冻结后升上天空，成为夜空中那越来越多的亮闪闪的"宇宙骨牌"中的一块。世界沿海的各大城市都受到了海啸的袭击，但随着时间的推移，这种灾难渐渐减少了，原因很简单：海面在降低。

地球的海洋，正在变成围绕它运行的冰块。

颜冬用脚跺了跺坚硬的冰面说："这么大的冰块，你是如何在瞬间把它冻结，如何使它成为一个整体而不破碎，又用什么力量把它送到太空轨道上去？这一切远超出了我们的理解和想象。"

低温艺术家说："这有什么，我们在创作中还常常熄灭恒星呢！不是说好了只谈艺术吗？我这样制作艺术品，与你用小刀铲制作冰雕，从艺术角度看没什么太大的区别。"

"那些轨道中的冰块暴露在太空强烈的阳光中时，为什么不融化呢？"

"我在每个冰块的表面覆盖了一层极薄的透明滤光膜，这种膜只允许不发热频段的冷光进入冰块，发热频段的光线都被反射，所以冰块保持不化。这是我最后一次回答你这类问题了，我停下工作来，不是为了谈这些无聊的事，下面我们只谈艺术，要不你就走吧，我们不再是同行和朋友了。"

"那么，你最后打算从海洋中取多少冰呢？这总和艺术创作有关吧！"

"当然是有多少取多少，我向你谈过自己的构思，要完美地表达这个构思，地球上的海洋还是不够的，我曾打算从木星的卫星上取冰，但太麻烦了，就这么将就吧。"

颜冬整理了一下被风吹乱的头发，高空的寒冷使他有些颤抖，他问："艺术对你很重要吗？"

"是一切。"

"可……生活中还有别的东西，比如，我们还需为生存而劳作，我就是长春光机所的一名工程师，业余时间才能从事艺术。"

低温艺术家的声音从冰原深处传了上来，冰面的振动使颜冬的脚心有些痒痒："生存，咄咄，它只是文明的婴儿时期要换的尿布，以后，它就像呼吸一样轻而易举了，以至于我们忘了有那么一个时代竟需要花精力去维持生存。"

"那社会生活和政治呢？"

"个体的存在也是婴儿文明的麻烦事，以后个体将融入主体，也就没有什么社会和政治了。"

"那科学，总有科学吧？文明不需要认识宇宙吗？"

"那也是婴儿文明的课程，当探索进行到一定程度，一切将毫发毕现，你会发现宇宙是那么简单，科学也就没必要了。”

“只剩下艺术？”

“只剩艺术，艺术是文明存在的唯一理由。”

“可我们还有其他的理由，我们要生存，下面这颗行星上有几十亿人和更多的其他物种要生存，而你要把我们的海洋弄干，让这颗生命行星变成死亡的沙漠，让我们全渴死！”

从冰原深处传出一阵笑声，又让颜冬的脚痒起来，“同行，你看，我在创作灵感汹涌澎湃的时候停下来同你谈艺术，可每次，你都和我扯这些鸡毛蒜皮的事，真让我失望，你应该感到羞耻！你走吧，我要工作了。”

“日你祖宗！”颜冬终于失去了耐心，用东北话破口大骂起来。

“是句脏话吗？”低温艺术家平静地问，“我们的物种是同一个体一直成长进化下去的，没有祖宗。再说你对同行怎么这样，嘻嘻，我知道，你忌妒我，你没有我的力量，你只能搞细菌的艺术。”

“可你刚才说过，我们的艺术只是工具不同，没有本质的区别。”

“可我现在改变看法了，我原以为自己遇到了一位真正的艺术家，可原来是一个平庸的可怜虫，成天喋喋不休地谈论诸如海洋干了呀生态灭绝呀之类与艺术无关的小事，太琐碎太琐碎，我告诉你，艺术家不能这样。”

“还是日你祖宗！！”

“随你便吧，我要工作了，你走吧。”

这时，颜冬感到一阵超重，使他一屁股跌坐在光滑的冰面上，同时，一股强风从头顶上吹下来，他知道冰块又继续上升了。他连滚带爬地钻进直升机，直升机艰难地起飞，从最近的边缘飞离冰块，险些在冰块上升时产生的龙卷风中坠毁。

人类与低温艺术家的交流彻底失败了。

梦之海

颜冬站在一个白色的世界中，脚下的土地和周围的山脉都披上了银装，那些山脉高大险峻，使他感到仿佛置身于冰雪覆盖的喜马拉雅山中。事实上，这里与那里相反，是地球上最低的地方，这是马里亚纳海沟，昔日太平洋最深的海底。覆盖这里的白色物质并非积雪，而是以盐为主的海水中的矿物质，当海水被冻结后，这些矿物质就析出并沉积在海底，这些白色的沉积盐层最厚的地方可达百米。

在过去的二百天中，地球上的海洋已被低温艺术家用光了，连南极和格陵兰的冰川都被洗劫一空。

现在，低温艺术家邀请颜冬来参加他的艺术品最后完成的仪式。

前方的山谷中有一片蓝色的水面，那蓝色很纯很深，在雪白的群峰间显得格外动人。这就是地球上最后的海洋了，它的面积大约相当于滇池大小，早已没有了海洋那广阔的万顷波涛，表面只是荡起静静的微波，像深山中一个幽静的湖泊。有三条河流汇入了这最后的海洋，这是在干涸的辽阔海底长途跋涉后幸存下来的大河，是地球上有史以来最长的河，到达这里时已变成细细的小溪了。

颜冬走到海边，在白色的海滩上把手伸进轻轻波动着的海水，由于水中的盐分已经饱和，海面上的波浪显得有些沉重，而颜冬的手在被微风吹干后，析出了一层白色的盐末。

空中传来一阵颜冬熟悉的尖啸声，这声音是低温艺术家向下滑落时冲击空气发出的。颜冬很快在空中看到了它，它的外形仍是一个冰球，但由于直接从太空返回这里，在大气中飞行的距离不长，球的体积比第一次出现时小了许多。这之前，在冰块进入轨道后，人们总是用各种手段观察离开冰块时的低温艺术家，但什么也没看到，只有它进入大气层后，那个不断增大的冰球才能标识它的存在和位置。

低温艺术家没有向颜冬打招呼，冰球在这最后海洋的中心垂直坠入水面，激起了高高的水柱。然后又出现了那熟悉的一幕：一圈冒出白雾的区域从坠落点飞快扩散，很快白雾盖住了整个海面；然后是海水快速冻结时发出的那种像断裂声的巨响；再往后白雾消散，露出了凝固的海面。与以往不同的是，这次整个海洋都被冻结了，没有留下一滴液态的水；海面也没有凝固的波浪，而是平滑如镜。在整个冻结过程中，颜冬都感到寒气扑面。

接着，已冻结的最后的海洋被整体提离了地面，开始只是小心地升到距地面几厘米处，颜冬看到前面冰面的边缘与白色盐滩之间出现了一条黑色的长缝，空气涌进长缝，去填补这刚刚出现的空间，形成一股紧贴地面的疾风，被吹动的盐尘埋住了颜冬的脚。提升速度加快，最后的海洋转眼间升到半空中，如此巨大体积物体的快速上升在地面产生了强烈的气流扰动，一股股旋风卷起盐尘，在峡谷中形成一道道白色的尘柱。颜冬吐出飞进嘴里的盐末，那味道不是他想象的咸，而是一种难言的苦涩，正如人类面临的现实。

最后的海洋不再是规则的长方体，它的底部精确地模印着昔日海洋最深处的地形。颜冬注视着最后的海洋上升，直到它变成一个小亮点溶入浩荡的冰环中。

冰环大约相当于银河的宽度，由东向西横贯长空。与天王星和海王星的环不同，冰环的表面不是垂直而是平行于地球球面，这使得它在空中呈现一条宽阔的光带。这光带由二十万块巨冰组成，环绕地球一周。在地面可以清楚地分辨出每个冰块，并能看出它的形状，这些冰块有的自转有的静止，这二十万个闪动或不闪动的光点构成了一条壮丽的天河，这天河在地球的天空中庄严地流动着。

在一天的不同时段，冰环的光和色都进行着丰富的变幻。

清晨和黄昏是它色彩最丰富的时段，这时冰环的色彩由地平线处的橘红渐变为深红，再变为碧绿和深蓝，如一条宇宙彩虹。

在白天，冰环在蓝天上呈耀眼的银色，像一条流过蓝色平原的钻石大河。白天冰环最壮观的景象是环食，即冰环挡住太阳的时刻，这时大量的冰块折射着阳光，天空中出现奇伟瑰丽的焰火表演。依太阳被冰环挡住的时间长短，分为交叉食和平行食。所谓平行食，是太阳沿着冰环走过一段距离，每年还有一次全平行食，这天太阳从升起到落下，沿着冰环走完它在天空中的全部路程。这一天，冰环仿佛是一条撒在太空中的银色火药带，在日出时被点燃，那璀璨的火球疯狂燃烧着越过长空，在西边落下，其壮丽至极，已很难用语言表达。正如有人惊叹："这一天，上帝从空中踱过。"

然而冰环最迷人的时刻是在夜晚，它发出的光芒比满月时亮一倍，这银色的光芒洒满大地。这时，仿佛全宇宙的星星都排成密集的队列，在夜空中庄严地行进，与银河不同，这条浩荡的星河中可以清楚地分辨出每个长方体的星星。这密密麻麻的星星中有一半在闪耀，这十万颗闪动的星星在星河中构成涌动的波纹，仿佛宇宙的大风吹拂着河面，使整条星河变成了一个有灵性的整体……

在一阵尖啸声中，低温艺术家最后一次从太空返回地面，悬在颜冬上空，一圈纷飞的雪花立刻裹住了它。

"我完成了，你觉得怎么样。"低温艺术家问。

颜冬沉默良久，只说出了两个字："服了。"

他真的服了，这之前，他曾连续三天三夜仰望着冰环，不吃不喝，直到虚脱。能起床后他又到外面去仰望冰环，他觉得永远也看不够。在冰环下，他时而迷乱，时而沉浸于一种莫名的幸福之中，这是艺术家找到终极之美时的幸福，他被这宏大的美完全征服了，整个灵魂都融化于其中。

"作为一个艺术家，能看到这样的创造，你还有他求吗？"低温艺术家又问。

"我真无他求了。"颜冬由衷地回答。

"不过嘛，你也就是看看，你肯定创造不出这种美，你太琐碎。"

"是啊，我太琐碎，我们太琐碎，有啥法子？都有自己和老婆孩子要养活啊。"

颜冬坐到盐地上，把头埋在双臂间，沉浸在悲哀之中。这是一个艺术家在看到自己永远无法创造的美时，在感觉到自己永远无法超越的界限时，产生的最深的悲哀。

"那么，我们一起给这件作品起个名字吧，叫——梦之环，如何？"

颜冬想了一会，缓缓地摇了摇头："不好，它来自海洋，或者说是海洋的升华，我们做梦也想不到海洋还具有这种形态的美，就叫——梦之海吧。"

"梦之海……很好很好，就叫这个名字，梦之海。"

这时颜冬想起了自己的使命："我想问，你在离开前，能不能把梦之海再恢复成我们的现实之海呢？"

"让我亲手毁掉自己的作品，笑话！"

"那么，你走后，我们是否能自己恢复呢？"

"当然可以，把这些冰块送回去不就行了？"

"怎么送呢？"颜冬抬头问，全人类都在竖起耳朵听。

"我怎么知道。"低温艺术家淡淡地说。

"最后一个问题：作为同行，我们都知道冰雪艺术品是短命的，那么梦之海……"

"梦之海也是短命的，冰块表面的滤光膜会老化，不再能够阻拦热光。但它消失的过程与你的冰雕完全不同，这过程要剧烈和壮观得多：冰块汽化，压力使薄膜炸开，每个冰块变成一个小彗星，整个冰环将弥漫着银色的雾气，然后梦之海将消失在银雾中，然后银雾也扩散到太空消失了，宇宙只能期待着我在遥远的另一个世界的下一个作品。"

"这将在多长时间后发生？"颜冬的声音有些发颤。

"滤光膜失效，用你们的计时，嗯，大约二十年吧。嗨，怎么又谈起艺术之外的事了？琐碎琐碎！好了同行，永别了，好好欣赏我留给你们的美吧！"

冰球急速上升，很快消失在空中。据世界各大天文机构观测，冰球沿垂直于黄道面的方向急速飞去，在其加速到光速一半时，突然消失在距太阳 13 个天文单位的太空中，好像钻进了一个看不见的洞，以后它再也没回来。

下篇　纪念碑和导光管

干旱已持续了五年。

焦黄的大地从车窗外掠过，时值盛夏，大地上没有一点绿色，树木全部枯死，裂纹如黑色的蛛网覆盖着大地，干热风扬起的黄沙不时遮盖了这一切。有好几次，颜冬确信他看到了铁路边被渴死的人的尸体，但那些尸体看上去像是旁边枯死的大树上掉下的一根根干树枝，倒没什么恐怖感。这严酷的干旱世界与天空中银色的梦之海形成鲜明的对比。

颜冬舔了舔干裂的嘴唇，一直舍不得喝自己带的那壶水，那是他全家四天的配给，是妻子在火车站硬让他带上的。昨天单位里的职工闹事，坚决要求用水来发工资，市场上非配给的水越来越少，有钱也买不到了……这时有人拍了拍他的肩膀，扭头一看是邻座。

"你就是那个外星人的同行吧？"

自从成为人类与低温艺术家沟通的信使，颜冬就成了名人，开始他是一位正面角色和英雄，可是低温艺术家走后情况就发生了变化，有种说法，说是他在冰雪艺术节上激发了低温艺术家的灵感，否则什么事都不会发生。大多数人都知道这是无稽之谈，但有个发泄怨气的对象总是好事，所以到现在，他在人们的眼中简直成了外星人的同谋。好在后来有更多的事要操心，人们渐渐把他忘了。但这次他虽戴着墨镜，还是被认了出来。

"你请我喝水！"那人沙哑地说，嘴唇上有两小片干皮屑掉了下来。

"干什么，你想抢劫？"

"放聪明点儿，不然我要喊了！"

颜冬只好把水壶递给他，这家伙一口气喝了个底朝天，旁边的人惊异地看着他，从过道上路过的列车员也站住呆呆地看了他半天，他们不敢相信竟有人这么奢侈，这就像有海时（人们对低温艺术家到来之前的时代的称呼）看着一个富豪一人吃一顿价值十万元的盛宴一样。

那人把空水壶还给颜冬，又拍拍他的肩膀低声说："没关系的，很快就都结束了。"

颜冬明白他这话的含义。

首都的街道上已很少有汽车，罕见的汽车也是改装后的气冷式，传统的水冷式汽车已经严格禁止使用了。幸亏世界危机组织中国分部派了辆车来接他，否则他绝对到不了危机组织的办公大楼的。一路上，他看到街道都被沙尘暴带来的黄尘所覆盖，见不到几个行人，缺水的人在这干热风中行走是十分危险的。

世界像一条离开水的鱼，已经奄奄一息了。

到了危机组织办公大楼后，颜冬首先去找组织的负责人报到，负责人带着他来到了一间很大的办公室，告诉他这就是他将要工作的机构。颜冬看看办公室的门，与其他的办公室不同，这扇门上没有标牌，负责人说：

"这是一个秘密机构，这里所有的工作严格保密，以免引起社会动乱，这个机构的名称叫纪念碑部。"

走进办公室，颜冬发现这里的人都有些古怪：有的人头发太长，有的人没有头发；有的人的穿着在这个艰难时代显得过分整洁，有的人除了短裤外什么都没穿；有的人神色忧郁，有的人兴奋异常……中间的长桌上放着许多奇形怪状的模型，看不出是干什么用的。

"欢迎您，冰雕艺术家先生！"在听完负责人的介绍后，纪念碑部的部长热情地向颜冬伸出手来，"您终于有机会把您从外星人那里得到的灵感发挥出来，当然，这次不能用冰为材料，我们要创作的，是一件需要永久保存的作品。"

"这是在干什么？"颜冬不解地问。

部长看看负责人又看看颜冬，说："您还不知道？我们要建立人类纪念碑！"

颜冬显得更加茫然了。

"就是人类的墓碑。"旁边一位艺术家说，这人头发很长，衣衫破乱，一副颓废派模样，一手拿着一瓶二锅头喝得很有些醉意，这东西是有海时剩下的，现在比水便宜多了。

颜冬向四周看看说："可……我们还没死啊。"

"等死了就晚了，"负责人说，"我们应该做最坏的打算，现在是考虑这事的时候了。"

部长点点头说："这是人类最后的艺术创作，也是最伟大的创作，作为一名艺术家，还有什么比参加这一创作更幸福的呢？"

"其实都他妈多……多余！"长发艺术家挥着酒瓶说，"墓碑是供后人凭吊的，没有后人了，还立个鸟碑？"

"注意名称，是纪念碑！"部长严肃地更正道，然后笑着对颜冬说，"虽这么说，可他提出的创意还是不错的：他提议全世界每人拿出一颗牙齿，用这些牙齿可以建造一座巨碑，每个牙齿上刻一个字，足以把人类文明最详细的历史都刻上了。"他指指一个看上去像白色金字塔的模型。

"这是对人类的亵渎！"另一位光头艺术家喊道，"人类的价值在于其大脑，他却要用牙齿来纪念！"

长发艺术家又抢起瓶子灌了一口："牙……牙齿容易保存！"

"可大部分人都还活着！"颜冬又严肃地重复一遍。

"但还能活多久呢？"长发艺术家说，一谈到这个话题，他的口齿又利落了，"天上滴水不下，江河干涸，农业全面绝收已经三年了，百分之九十的工业已经停产，剩下的粮食和水，还能维持多长时间？"

"这群废物，"秃头艺术家指着负责人说，"忙活了五年时间，到现在一块冰也没能从天上弄下来！"

对秃头艺术家的指责，负责人只是付之一笑："事情没有那么简单。以人类现有的技术，从轨道上迫降一块冰并不难，迫降一百甚至上千块冰也能做到，但要把在太空中绕地球运行的二十万块冰全部迫降，那完全是另一回事了。如果用传统手段，用火箭发动机减速冰块使其返回大气层，就需制造大量可重复使用的超大功率发动机，并将它们送入太空，这是一个巨大的技术工程，以人类目前的技术水平和资源贮备，有许多不可克服的障碍。比如说，要想拯救地球的生态系统，如果从现在开始，需要在四年时间里迫降一半冰块，这样平均每年就要迫降两万五千块冰，它所需要的火箭燃料在重量上比有海时人类一年消耗的汽油还多！可那不是汽油，那是液氢液氧和四氧化二氮、偏二甲肼之类，制造它们所消耗的能量和资源，是生产汽油的上百倍，仅此一项，就使整个计划成为不可能。"

长发艺术家点点头："所以说末日不远了。"

负责人说："不，不是这样，我们还可以采取许多非传统非常规方法，希望还是有的，但在我们努力的同时，也要做最坏的打算。""我就是为这个来的。"颜冬说。

"为最坏的打算？"长发艺术家问。

"不，为希望。"他转向负责人说，"不管你们召我来干什么，我来有自己的目的。"他说着指了指自己带的那体积很大的行囊，"请带我到海洋回收部去。"

"你去回收部能干什么？那里可都是科学家和工程师！"秃头艺术家惊奇地问。

"我从事应用光学研究，职称是研究员，除了与你们一样做梦外，我还能干些更实际的事。"颜冬扫了一眼周围的艺术家说。

在颜冬的坚持下，负责人带他来到了海洋回收部。这里的气氛与纪念碑部截然不同，每个人都在电脑前紧张地工作着。办公室的正中央放着一台可以随意取水的饮水机，这简直是国王的待遇，不过想想这些人身上集中了人类的全部希望，也就不奇怪了。

见到海洋回收部的总工程师后，颜冬对他说："我带来了一个回收冰块的方案。"说着他打开背包，拿出了一根白色的长管子，管子有手臂粗，接着他又拿出一个约一米长的圆筒。颜冬走到一个向阳的窗前，把圆筒伸到窗外摆弄着，那圆筒像伞一样撑开，"伞"的凹面镀着镜面膜，使它成为一个类似于太阳灶的抛物面反射镜。接着，颜冬把那根管子从反射镜底部的一个小圆洞中穿过去，然后调节镜面的方向，使它把阳光聚焦到伸出的管子的端部。立刻，管子的另一端把一个刺眼的光斑投到室内的地板上，由于管子平放在地上，那个光斑呈长椭圆形。

颜冬说："这是用最新的光导纤维做成的导光管，在导光时衰减很小。当然，实际系统的尺寸比这要大得多，在太空中，只要用一面直径二十米左右的抛物面反射镜，就可以在导光管的另一端得到一个温度达三千度以上的光斑。"

颜冬向周围看看，他的演示并没有产生预期的效果，那些工程师们扭头朝这边看看，又都继续专注于自己的电脑屏幕不再理会他了。直到那光斑使防静电地板冒出了一股青烟，才有最近的一个人走了过来，说："干什么，还嫌这儿不热？"同时把导光管轻轻向后一拉，使采光的一端脱离了反射镜的焦距，地板上的光斑虽然还在，但立刻变暗了许多，失去了热度。颜冬惊奇地发现，这人摆弄这东西很在行。

总工程师指指导光管说："把这些东西收起来，喝点水吧。听说你是坐火车来的，从长春到这儿的火车居然还开？你一定渴坏了。"

颜冬急着想解释自己的发明，但他确实渴坏了，冒烟的嗓子已说不出话来。

"不错，这确实是目前最可行的方案。"总工程师递给颜冬一杯水。

颜冬一口气喝光了那杯水，呆呆地望着总工程师问："您是说，已经有人想到了？"

总工程师笑着说："与外星人相处，使你低估人类的智力了。其实，在低温艺术家把第一块冰送到轨道上时，这个方案就已经有很多人想到了。后来又有了许多变种，比如用太阳能电池板代替反射镜，用电线和电热丝代替导光管，其优点是设备容易制造和运送，缺点是效率不如导光管方案高。现在，对它的研究已进行了五年，技术上已经成熟，所需的设备也大部分制造出来了。"

"那为什么还不实施？"

旁边的一名工程师说："这个方案，将使地球海洋失去百分之二十一的水，这部分水或变成推进蒸汽散失了，或在再入大气时被高温离解。"

总工程师扭头对那名工程师说："你们可能还不知道，美国人最新的计算机模拟表明，在电离层之下，再入时高温离解产生的氢气会立刻同周围的氧再化合形成水，所以高温离解的损失以前被高估了，总损失率估计为百分之十八，"他又转头向颜冬，"但这个比例也够高的了。"

"那你们有把太空中的水全部取回来的方案吗？"

总工程师摇摇头，"唯一的可能是用核聚变发动机，但目前我们在地面上都得不到可控的核聚变。"

"那为什么还不快些行动呢？要知道，犹豫不决的话地球会失去百分之百的水的。"

总工程师坚定地点点头："所以，在长时间的犹豫之后我们决定行动了，很快，地球将为生存决一死战。"

回收海洋

颜冬加入了海洋回收部，负责对已生产出的导光管进行验收的工作，这虽不是核心岗位，也使他感到很充实。

在颜冬到达首都一个月后，人类回收海洋的工程开始了。

在短短的一个星期内，从全球各大发射基地，有八百枚大型运载火箭发射升空，把五万吨荷载送入地球轨道。然后，从北美的发射基地，二十架航天飞机向太空运送了三百名宇航员。由于沿同一航线频繁发射，在各基地上空形成了一道长久不散的火箭尾迹，从轨道上看，仿佛是从各大陆向太空牵了几根蛛丝。

这批发射，把人类在太空的活动规模提高了一个数量级，但所使用的技术仍是二十世纪初的，这使人们意识到，在现有的条件下，如果全世界齐心协力孤注一掷干一件事，会取得怎样的成就。

在直播的电视中，颜冬同所有人一起目睹了在第一个冰块上安装减速推进系统的过程。

为了降低难度，首批迫降的冰块都是不自转的。三名宇航员降落在这样一个冰块上，他们携带着如下装备：一辆形状如炮弹，能够在冰块中钻进的钻孔车、三根导光管、一根喷射管、三个折叠起来的抛物面反射镜。只有这时才能感觉到冰块的巨大，他们三人仿佛是降落在一个小小的水晶星球上，在太空中强烈的阳光下，脚下的冰的大地似乎深不可测。在黑色的天空上，远远近近悬浮着无数个这样的水晶星球，有些还在自转着。周围那些自转或不自转的冰块反射和折射着阳光，在三名宇宙员站立的冰面上，不停地进行着令人目眩的光与影的变幻。向远处看，冰环中的冰块看去越来越小，密度却越来越大，渐渐缩成一条致密的银带弯向地球的另一面。距离最近的一个冰块与他们所在的这块间距只有三千米，以它的短轴为轴自转着，在他们眼中这种自转有一种摄人心魄的气势，仿佛三只小蚂蚁看着一幢水晶摩天大楼一次次倒塌下来。这两个冰块在一段时间后将会因引力而相撞，结果将使滤光膜破裂，冰块解体，破碎后的冰块将很快在阳光中蒸发消失。这种相撞在冰环中已发生了两次，这也是首先迫降这块冰的原因。

操作开始后，一名宇航员启动了那辆钻孔车，钻头车首旋转起来，冰屑呈锥状向外飞溅，在阳光下闪闪发光。钻孔车钻破了冰面那层看不见的滤光膜，像一枚被拧进去的螺丝一样钻进了冰面，在后面留下了一个圆形的钻洞。随着钻洞向冰层深处延伸，在冰层中隐约可以看到一条不断延长的白线。到达预定深度后，钻孔车转向，沿另一个方向驶出冰面，这就形成了另一条钻洞。最后，共向冰块深处打了四条钻洞，它们都相交于冰层深处的一点。接下来，宇航员们把三根导光管插入三个钻洞，再把一根喷射管插入直径较大的第四条钻洞，喷射管的喷口正对着冰块运行的方向。然后，宇航员用一根细管向导光管、喷射管与洞壁之间填充某种速凝液体，使其形成良好的密封。最后，他们张开了抛物面反射镜。如果说回收海洋的最初阶段采用了什么最新技术的话，那就是这些反射镜了。它们是纳米科技创造的奇迹，在折叠起来时只有一立方米大小，但张开后形成一面直径达五百米巨型反射镜。这三面反射镜，像冰块上生长的三片银色的荷叶。宇航员们调整导光管的伸出端，使其受光端头与反射镜的焦点重合。

在冰层深处三条钻洞的交点，出现了一个明亮的光点，它像一个小太阳，照亮了大冰块中神话般的奇景：银色的鱼群，随波浪舞动的海草……这一切在瞬间冻结时都保持着栩栩如生的姿态，甚至连鱼嘴中吐出的串串小气泡都清晰可见。在距此一百多公里的另一个也在回收中的冰块里，导光管导入冰层深处的阳光照出了一个巨大的黑影，那是一条长达二十多米的蓝鲸！这就是人类昔日的海洋。

蒸汽使冰层深处的光点很快模糊了，在蒸汽散射下，变成了一个白色光球，随着被溶化的冰体积的增加，光球渐渐膨胀。当压力达到预定值后，喷射管喷嘴上的盖板被冲开了，一股汹涌的蒸汽流急速喷出，由于没有阻力，它呈一个尖尖的锥形向远方扩散，最后在阳光中淡化消失了；还有一部分蒸汽进入了另一个冰块的阴影，被冷凝成冰晶，仿佛是一大群在阴影中闪闪发光的萤火虫。

首批一百个冰块上的减速推进系统启动了，由于冰块质量巨大，系统产生的推力相对来说很小，所以它们须运行少则十五天多则一个月的时间，才能使冰块减速到坠入大气层的速度。在坠落之前，宇航员们将再次登上冰块，取回导光管和反射镜。要全部迫降二十万个冰块，这些设备应尽可能重复使用。

以后对自转的冰块的回收操作要复杂许多，推进系统将首先刹住其自转，再进行减速。

冰流星

颜冬与危机委员会的人们一起来到太平洋中部的平原上，观看第一批冰流星坠落。

昔日的洋底平原一片雪白，反射着强烈的阳光，不戴墨镜是睁不开眼的。但这并没有使颜冬想起自己的东北故乡的雪原，因为这里是地狱般炎热，地面气温接近 50 摄氏度，热风吹起盐尘，打得脸生疼。在远处，有一艘十万吨油轮，那巨大的船体斜立在地面，下面那有几层楼高的螺旋桨和舵上覆满了盐层。再看看更远处连绵的白色群山，那是人类从未见过的海底山脉，颜冬的脑海中顿时涌出两句诗：

> 大海是船儿的陆地，黑夜是爱情的白天。

他苦笑了一下，经历了这样的灾难，还摆脱不了艺术家的思维。

一阵欢呼声响起，颜冬抬头向人们所指的方向望去，看到在横贯长空的银色冰环中，出现了一个红色的亮点，这亮点漂出了冰环，膨胀成一个火球，火球的后面拖着一条白色的尾迹，这水蒸气尾迹越来越长越来越粗，其色彩也更浓更白。很快，火球分裂成了数十块，每一块又继续分裂，每一小块都拖着长长的白尾，这一片白色的尾迹覆盖了半个天空，似乎是一棵白色的圣诞树，每根树枝的枝头都挂着一盏亮闪闪的小灯……

更多的冰流星出现了，超音速音爆传到地面，像滚滚的春雷。天空中旧的水蒸气尾迹在渐渐淡化，新的尾迹不断出现，使天空被一张错综复杂的白色巨网所覆盖，现在，已有几万亿吨的水重新属于地球了。

大部分冰流星都在空中分裂汽化了，但也有一个较大的碎冰块直接坠落到地面，坠落点距离颜冬所在的地方约四十公里，海底平原在一声巨响中震动不已，在远处的山脉间腾起一团顶天立地的白色蘑菇云，这大团的水蒸气在阳光下发出耀眼的白光，并随风渐渐扩散，变为天空中的第一片云层。后来，云多了起来，第一次挡住了炙烤大地五年的烈日，并盖满了整个天空，颜冬感到一阵沁人心肺的凉爽。

后来，云层变黑变厚，其中红光闪闪，不知是闪电，还是仍在不断坠落的冰流星的光芒。

下雨了！这是即使在有海时也罕见的大暴雨，颜冬和其他人在雨中欢呼狂奔，他们觉得灵魂都在这雨中溶化了。但后来大家只好都躲回车内或直升机里，因为这时人在雨地中会窒息。

雨一直下到黄昏才停，海底平原上出现了许多水洼，在从云缝中露出的夕阳下闪着金光，仿佛大地的一只只刚睁开的眼睛。

颜冬随着人群，踏着黏稠的盐浆，跑到最近的水洼前。他捧起一捧水，把那沉甸甸的饱和盐水撒到自己的脸上，任它和泪水一同流下，哽咽着说：

"海啊，我们的海啊……"

尾　声

十年以后。

颜冬走上了冰封的松花江江面，他裹着一件破大衣，旅行袋中放着那套保存了十五年的工具：几把形状各异的刀铲，一个锤子，一只喷水壶。他跺跺脚，证实江面确实冻住了。松花江早在五年前就有了水，但这是第一次封冻，而且是在夏天封冻。由于干旱少雨，同时大量的冰流星把其引力势能在大气层中转化为热能，全球气候一直炎热无比。但在海洋回收的最后阶段，最大体积的冰块被迫降，这些冰块分裂后的碎块也较大，大多直接撞击地面。除了几座城市被摧毁外，撞击激起的尘埃挡住了太阳的热量，使全球气温骤降，地球进入了新的冰期。

颜冬抬头看看夜空，这是他童年时看到的星空，冰环已经消失，只有从快速的运动中才能把太空中残余的少量小冰块与群星的背景区分开来。梦之海又变回现实的海，这件宏伟的艺术品，其绝美与噩梦一起永远铭刻在人类的记忆中。

虽然回收海洋的工程已经结束，但以后的全球气候肯定仍是极其恶劣的，生态还要很长时间才能恢复。在可以看到的未来，人类的生活将是十分艰难的。但至少可以活下去了，这使所有的人感到了满足，确实，冰环时代使人类学会了满足，但人类还学会了更重要的东西。现在，世界危机组织会改名为太空取水组织，另一个宏大的工程正在计划中：人类打算飞向遥远的类木行星，把木星卫星上和土星光环中的水取回地球，以弥补地球在海洋回收过程中失去的百分之十八的水。人们首先打算用已经掌握的冰块驱动技术，驱动土星光环中的冰块驶向地球，当然，在那样遥远的距离上，阳光已很微弱，只有用核聚变来汽化冰块核心以得到所需的推力了。至于木星卫星上的水，要用更复杂和庞大的技术才能取得，已经有人提出把整个木卫二从木星的引力巨掌中拉出来，使其驶向地球，成为地球的第二个卫星。这样，地球上能得到的水已多于百分之十八，这可以使地球的生态系统变得天堂般美好。当然，这都是遥远未来的事，活着的人谁都没有希望看到它实现，但这希望，使人们在艰难的生活中感到了前所未有的幸福，这是人类从冰环时代得到的最大财富：回收梦之海使人类看到了自己的力量，教会了他们做以前从不敢做的梦。

颜冬看到远处的冰面上聚着一小堆人，他一滑一滑地走了过去，那些人看到他后都向他跑来，有人摔了一跤后爬起来接着跑。

"哈哈，老伙计!!"跑在最前面的人同颜冬热情拥抱，颜冬认出来了，他就是冰环时代之前好几届冰雪艺术节的冰雕组评委之一。颜冬曾对天发誓不再同这些评委说话，因为上一届艺术节上的冰雕特等奖，显然是基于那个妙龄女作者的脸蛋和身段而不是基于她的作品。接着，他又认出了其他几个人，大都是冰环时代之前的冰雕作者，同这个时代的所有人一样，他们穿着破烂，苦难和岁月已把他们中许多人的双鬓染白。现在，颜冬有流浪多年后回家的感觉。

"听说，冰雪艺术节又恢复了?"他问。

"当然，要不咱们到这儿来干什么?"

"我寻思着，日子这么难……"颜冬裹紧了破大衣，在寒风中发抖，不停地跺着冻得麻木的脚，其他人也同他一样，哆嗦着，跺着脚，像一群乞丐难民。

"咄，日子难怎么了，日子难不能不要艺术啊，对不对?"一位老冰雕家上下牙打着架说。

"艺术是文明存在的唯一理由!"另一个人说。

"去他妈的，老子存在的理由多了!"颜冬大声说，众人都大笑起来。

然后大家都沉默了，他们回顾着这十几年的艰难岁月，他们挨个数着自己存在的理由，最后，他们重新把自己从一群大灾难的幸存者变回为艺术家。

颜冬掏出了一瓶二锅头，大家你一口我一口传着喝了暖暖身子。然后他们在空旷的江岸上生起一堆火，在火上烘烤一把油锯，直到它能在严寒中启动。大家走到江面上，油锯哗哗作响地切入冰面，雪白的冰屑四下飞溅，很快，他们从松花江上取出了第一块晶莹的方冰。

③

|

人和吞食者

一　波江座晶体

即使距离很近，上校也不可能看到那块透明晶体，它飘浮在漆黑的太空中，就如同一块沉在深潭中的玻璃。他凭借着晶体扭曲的星光确定其位置，但很快在一片星星稀疏的背景上把它丢失了。突然，远方的太阳变形扭曲了，那永恒的光芒也变得闪烁不定，使他吃了一惊，但以"冷静的东方人"著称的他并没有像飘浮在旁边的十几名同事那样惊叫，他很快明白，那块晶体就在他们和太阳之间，距他们有十几米，距太阳有一亿公里。以后的三个多世纪里，这诡异的景象时常出现在他的脑海中，他真怀疑这是不是后来人类命运的一个先兆。

作为联合国地球防护部队在太空中的最高指挥官，他率领的这支小小的太空军队装备着人类有史以来当量最大的热核武器，敌人却是太空中没有生命的大石块，在预警系统发现有威胁地球安全的陨石和小行星时，他的部队负责使其改变轨道或摧毁它们。这支部队在太空中巡逻了二十多年，从来没有一次使用这些核弹的机会，那些足够大的太空石块似乎都躲着地球走，故意不给他们辉煌的机会。但现在晶体在两个天文单位外被探测到，它沿一条陡峭的绝非自然形成的轨道精确地飞向地球。

上校和同事们谨慎地向晶体靠近，他们太空服上推进器的尾迹像条条蛛丝把晶体缠在正中。就在上校与它的距离缩小到不到 10 米时，晶体的内部突然出现了迷雾般的白光，使它的规则的长棱状轮廓清晰地显示出来，它大约有 3 米长，再近一些，还可以看到内部像是推进系统的错综复杂的透明管道。当上校把戴着太空手套的右手伸向晶体表面，以进行人类与外星文明的首次接触时，晶体再次变得透明，内部浮现出一个色彩靓丽的影像，那是一个卡通小女孩儿，眼睛像台球那么大，长发直到脚跟，同漂亮的长裙一起像在水中那样缓缓漂动着。

"警报！呀！警报！吞食者来了!!"她惊慌失措地大叫着，大眼睛盯着上校，一只细而柔软的手臂指向与太阳相反的方向，像在指一条追着她的大狼狗。

"那你是从哪里来的呢?"上校问。

"波江座-ε 星，你们好像是这么叫的，按你们的时间，我已经飞行了六万年……吞食者来了！吞食者来了!!"

"你有生命吗?"

"当然没有，我只是一封信……吞食者来了！吞食者来了!!"

"你怎么会讲英语?"

"路上学的……吞食者来了！吞食者来了!!"

"那你这个样子是……"

"路上看到的……吞食者来了！吞食者来了！！呀，你们真不怕吞食者吗?！"

"吞食者是什么?"

"样子像个大轮胎，呵，这是按你们的比喻。"

"你对我们世界的东西真熟悉。"

"路上熟悉的……吞食者来了！！"

波江女孩儿喊叫着，闪向晶体的一端，在她空出的空间里出现了那个"轮胎"的图像，它确实像轮胎，表面发着磷光。

"它有多大?"另一名军官问。

"总的直径为五万公里，'轮胎'宽为一万公里，内圆直径为三万公里。"

"……你说的公里是我们的长度单位吗?"

"当然是！它大着呢，可以把一颗行星套进去，就像你们的轮胎套一个足球一样，套住那颗行星后，它就掠夺行星的资源，把它吸干榨尽后吐出去，就像你们吃水果吐核儿一样……"

"我们还是不明白吞食者到底是什么。"

"一艘世代飞船，我们不知道它从哪里来要到哪里去，事实上，驾驶吞食者的那些大蜥蜴肯定也不知道，这个世界已在银河系中飘行了几千万年，它的拥有者一定早已忘记了它的本源和目的。但可以肯定：它被创造出来时远没有那么大，它是靠吃行星长大，我们的行星就被它吃了！"

这时，晶体中显示的吞食者在变大，渐渐占满了整个画面，显然正在向摄像者的世界缓缓降下来。现在在这个世界居民的眼中，大地仿佛处于一口宇宙巨井的井底，太空就是一圈缓缓转动的井壁，可以看清井壁表面的复杂结构，开始让上校想到了在显微镜下看到的微处理器的电路，后来他发现那是连绵不断的城市。再向上，井壁的顶端是一圈蓝色光焰，在天空中形成一个围绕着群星的巨大火圈，波江女孩告诉他们，那是吞食者尾部的环形推进发动机。在晶体的一端，女孩手舞足蹈，她那飘飘的长发也像许多只挥动的手臂，极力表达着她的惊恐。

"这就是波江座-ε星的第三颗行星被吞食时的情形。这时你要是身在我们的世界，第一个感觉是身体在变轻，这是由于吞食者巨大质量产生的引力抵消行星引力所致。这引力的扰动产生了毁灭性的灾难：海洋先是涌向行星朝向吞食者的那一极，当行星被套入'轮胎'后又涌向赤道，产生的巨浪能够吞没云层；接着，引力异常将大陆像薄纸一样撕成碎片，火山在海底和陆地密密麻麻地出现……当'轮胎'套到行星的赤道时，吞食者便停止了推进，以后，其相对于恒星的轨道运动始终与行星保持同步，一直把这颗行星含在口里。

"这时对行星的掠夺开始了，无数条上万公里长的缆索从筒壁伸到行星表面，使得行星如同一只被蛛网粘住的虫子，巨大的运载舱频繁地往来于行星表面与筒壁之间，运走行星的海水和空气，更有无数大机器深深地钻进行星的地层，狂采吞食者需要的矿藏……由于吞食者的引力与行星引力的相互抵消，行星与'轮胎'之间的一圈空间是低重力区，这使得行星的资源向吞食者的运输变得很容易，大掠夺因此有很高的效率。

"按地球时间，吞食者对被吞入的每颗行星大约要'咀嚼'一个世纪左右，在这段时间里，行星的包括水和空气在内的资源被掠夺一空，同时，由于'轮胎'长时间的引力作用，行星向赤道方向渐渐变扁，最后变成……还用你们的比喻吧：铁饼状，当吞食者最后移走，从而'吐出'这颗已被榨干的行星时，行星的形状会恢复成圆形，这又引发了最后一场全球范围的地质灾难。这时，行星的表面呈现其几十亿年前刚刚形成时的熔岩状态，早已是一个没有任何生命的地狱了。"

"吞食者距太阳系还有多远？"上校问。

"它紧跟在我后面，按你们的时间，再有一个世纪就到了。警报！吞食者来了！吞食者来了！！"

二　使者大牙

正当人们为波江晶体带来的信息是否可信而争论不休时，吞食者的一艘先遣小型飞船进入了太阳系，最后到达地球。

首先与之接触的仍是上校率领的太空巡逻队，但这次接触的感觉与上次完全不同。玲珑剔透的波江晶体代表了一种纤细精致的技术文明，而吞食者飞船则相反，外形极其粗陋笨重，如同在旷野中遗弃了一个世纪的大锅炉，令人想起凡尔纳描述的粗放的大机器时代。吞食帝国的使者也同样粗陋笨重，他那蜥蜴状的粗壮身躯披着大块的石板般的鳞甲，直立起来有近十米高。他自我介绍的名字发音为达雅，按他的外形特点和后来的行为方式，人们管他叫大牙。

当大牙的小型飞船在联合国大厦前着陆时，发动机把地面冲出了一个大坑，飞溅的石块把大厦打得千疮百孔。由于外星使者太高大，无法进入会议大厅，各国首脑就在大厦前的广场上与他见面，他们中的几个人用手帕捂着刚才被玻璃和碎石划破的头。大牙每走一步地面都颤抖一下，说话时声音像十台老式火车头同时鸣笛，让人头皮发炸，然后由挂在他胸前的一个外形粗笨的翻译器把话译成地球英语（也是路上学的），由一个粗犷的男音读出来，声音虽比大牙低了许多，仍然让听者心惊肉跳。

"呵呵，白嫩的小虫虫，有趣的小虫虫。"大牙乐呵呵地说，人们捂住耳朵等他轰鸣着说完，然后稍微放开耳朵听翻译器里的声音，"我们有一个世纪的时间相处，相信我们会互相喜欢对方的。"

"尊敬的使者，您知道，我们现在最关心的，是您那伟大的母舰到太阳系的目的。"联合国秘书长仰望着大牙说，尽管他大声喊着，声音听起来仍像蚊子叫。

大牙做了一个类似于人类立正的姿势，地面为之一颤："伟大的吞食帝国将吃掉地球，以便继续它壮丽的航程，这是不可改变的！""那么人类的命运呢？"

"这正是我今天要决定的事。"

元首们纷纷相互交换目光，秘书长点点头："这确实需要我们之间充分的交流。"

大牙摇摇头："这是一件十分简单的事情，我只需要品尝一下——"说着，他伸出强壮的大爪，从人群中抓起一个欧洲国家的首脑，从三四米远处优雅地将他扔进嘴里，细细地嚼了起来。不知是出于尊严还是过度的恐惧，那个牺牲品一直没有叫出声，只听到他的骨骼在大牙嘴里裂碎时轻脆的咔嚓声。半分钟后，大牙扑的一声吐出了那人的衣服和鞋子，衣服虽然浸透了血，但几乎完好无损，这时不止一个旁观者联想到了人类嗑瓜子的情形。

整个地球世界一时间陷入一片死寂，这寂静似乎无限期地持续着，直到被一个人类的声音打破：

"您怎么拿起来就吃啊？"站在人群后面的上校问。

大牙向他走去，人群散开一条道，这个庞然大物咚咚地走到上校面前，用一双篮球大小的黑眼睛盯着他，"不行吗？"

"您怎么这么肯定他能吃呢？一个相距如此遥远的世界上的生物能被食用，从生物化学上讲几乎是不可能的。"

大牙点点头，大嘴一咧做出类似于笑的表情："我一开始就注意到你了，你一直冷眼看着我，若有所思，在想什么？"

上校也笑笑："您呼吸我们的空气、通过声波说话、有两只眼睛一个鼻子一张嘴，还有四个对称的肢体……"

"这不可理解吗？"大牙把巨头凑近上校，喷出一股让人作呕的血腥气。

"是的，因为太好理解所以不可理解，我们不应该这么相似。"

"我也有不理解之处，那就是你的冷静，你是军人？"

"我是一名保卫地球的战士。"

"哼，不过是推开一些小石头而已，哪能让你成为真正的战士？"

"我准备着更大的考验。"上校庄严地昂起头。

"有趣的小虫虫。"大牙笑着点点头，直起身来，"我们还是回到正题吧：人类的命运。你们的味道不错，有一种滑爽的清淡，很像我在波江座行星上吃过的一种蓝色的浆果。所以祝贺你们，你们的种族将延续下去，你们将作为一种小家禽在吞食帝国饲养，到六十岁左右上市。"

"您不觉得那时我们的肉太老了吗？"上校冷笑着说。

大牙大笑起来，声音如火山爆发："哈哈哈哈，吞食人喜欢有嚼头儿的小吃。"

三　蚂蚁

联合国又同大牙进行了几次接触，虽然再没有人被吃掉，但关于人类命运的谈判结果都一样。

人们把下一次会面精心安排在非洲的一处考古挖掘现场。

大牙的飞行器准时在距挖掘现场几十米处降落，同每次一样看上去像一场大爆炸，震耳欲聋飞沙走石。据波江女孩介绍，飞行器是由一台小型核聚变发动机驱动的。对于有关吞食者的信息，她一解释人类的科学家就立刻明白了，但关于波江人的技术却令地球人迷惑，比如那块晶体，着陆后便在空气中熔化，最后把与星际航行有关的推进部分全化掉了，只剩下薄薄的一片，能在空气中轻盈地飘行。

大牙来到挖掘现场时，有两个联合国工作人员抬着一本一米见方的大画册递给他，画册是按他的个头儿精心制作的，有上百页精美的彩图，内容是人类文明的各个方面，很像一本儿童启蒙教材。在挖掘现场的大坑旁，一名考古学家绘声绘色地描述了地球文明的辉煌历程，他竭力想让外星人明白这个蓝色行星上有多么多的值得珍惜的东西，说到动情处声泪俱下，好不凄惨。最后，他指着挖掘现场的大坑说：

"尊敬的使者，您看，这是我们刚刚发现的一处城市遗址，是迄今发现的最早的人类城市，距今已有近五万年，你们真的忍心毁灭一个历经五万年的岁月一点一滴发展到今天的灿烂文明?!"

大牙在这个过程中一直在翻看那本画册，好像觉得那是一件很好玩的东西，考古学家的最后一句话让他抬起头来，看了看大坑："呵，考古虫虫，我对这个坑和坑里的旧城市不感兴趣，倒是很想看看从坑里挖出的土。"他指了指大坑旁边的一个几米高的土堆。

听完翻译器中的话，考古学家很迷惑："土？那堆土里什么也没有啊。"

"那是你的看法。"大牙说着走到土堆旁，蹲下高大的身躯伸出两只大爪在土里挖起来，人们围成一圈看着，很惊叹他那看似粗笨的大爪的灵活。他拨动着松土，不时拾起什么极小的东西放到画册上。就这样专心致志地干了十多分钟，他端着画册直起身来，走到人们面前，让大家看画册上的东西。

上百只蚂蚁，有的活着，有的已经死了，成一团，仔细辨认才能看出是什么。

"我想讲一个故事，"大牙说，"是关于一个王国的故事。这个王国的前身是一个更大的帝国，它们先祖的先祖可以追溯到地球白垩纪末期，在恐龙那高耸入云的骨架下，那些先祖建起帝国宏伟的城市……但那些历史太久太久了，帝国最后一世女王能记起的，就是冬天的降临，在这漫长的冬天中，大地被冰川覆盖，失去已延续了上千万年的生机，生活变得万分艰难。

"在最后一次冬眠醒来时，女王只唤醒了帝国不到百分之一的成员，其他的都已在寒冷中长眠，有的已变成透明的空壳。女王摸摸城市的墙壁，冷得像冰块，硬得像金属，她知道这是冻土，在这严寒时代中，它夏天都不化。女王决定离开这片先祖留下的疆域，去找一块不冻的土地建立新的王国。

"于是女王率领所有的幸存者来到地面，在高大的冰川间开始艰难的跋涉。大部分成员都在漫漫的路途中死于严寒，但女王与不多的幸存者终于找到了一块不冻土，这是一块被溢出的地热温暖的土地。女王当然不明白，为什么在这严寒世界中有这么一小片潮湿柔软的土地，但她对能到达这里并不感到意外：一个延续了六千万年的种族是不会灭绝的！

"面对冰川纵横的大地和昏暗的太阳，女王宣布要在这里建立一个新的伟大的王国，它将延续万代！她站在一座高大的白色山峰下，就把这个新王国命名为白山王国，那座白色山峰是一头猛犸象的头骨。这是第四纪冰川末期的一个正午，这时的人类虫虫还是零星地龟缩在岩洞中发抖的愚钝的动物，九万年之后，你们的文明的第一点烛光才在另一个大陆的美索不达米亚平原上出现。

"以附近冰冻的猛犸遗体为生，白山王国度过了一万年的艰难岁月。之后，地球冰期结束，大地回春，各大陆又重新披上了生命的绿色。在这新一轮的生命大爆炸中，白山王国很快达到了鼎盛，拥有数不清的成员和广大的疆域。在其后的几万年中，王国经历了数不清的朝代，创造了数不清的史诗。"

大牙指指眼前的大坑："这就是那个王国最后的位置，在考古虫虫专心挖掘下面那已死去五万年的城市时，并没有想到在它上面的土层中还有一个活着的城市。它的规模绝不比纽约小，后者只是一个二维的平面城市，而它是一座宏大的立体城市，有很多层。每一层密布着迷宫般的街道，有宽阔的广场和宏伟的宫殿，整座城市的供排水系统和消防系统的设计也比纽约高明得多。城市有着复杂的社会结构、严格的行业分工，整个社会以一种机器般的精密和协调高效地运转着，不存在吸毒和犯罪问题，也没有沉沦和迷茫。但它们并非没有感情，当有成员死亡时，它们表现出长时间的悲伤，它们甚至还有墓地，它位于城市附近的地面上，掩埋深度为三厘米。最值得说明的是：在城市的底层有一个庞大的图书馆，其中有数量巨大的卵形小容器，这就是一本本书，每个容器中都装有成分极其复杂的化学味剂，这些味剂用其复杂的成分记录着信息。这里有对白山王国漫长历史的史诗般的记载：你能看到在一次森林大火中，王国的所有成员抱成无数个团，顺一条溪流漂下逃出火海的壮举；还能看到王国与白蚁帝国长达百年的战争史，还有王国的远征队第一次看到大海的记载……

"但所有这一切在三个小时之内被毁灭。当时，在惊天动地的轰鸣声中，挖掘机遮盖了整个天空的钢铁巨掌凌空劈下，把包含着城市的土壤一把把抓起，城市和其中的一切在巨掌中被碾得粉碎，包括城市最下层的所有孩子和将成为孩子的几万只雪白的卵。"

地球世界再一次陷入死寂之中，这次寂静比大牙吃人的那一次延续得更长，面对外星使者，人类第一次无话可说。

大牙最后说："我们以后有很长的时间相处，有很多的事要谈，但不要再从道德的角度谈了，在宇宙中，那东西没意义。"

四　加速度

大牙走后，考古现场的人们仍沉浸在迷茫和绝望之中，还是上校首先打破寂静，他对周围的各国政要说："我知道自己是个小人物，只是因为两次首先接触外星文明而有幸亲临这些场合，我只想说两句话：一，大牙是对的；二，人类的唯一出路是战斗。"

"战斗？唉，上校，战斗……"秘书长苦笑着摇头。

"对，战斗！战斗！战斗！！"波江女孩大喊，此时她所在的晶体片正飘飞在人们头上几米高处，在阳光下的晶体中，那长发女孩在兴奋地手舞足蹈。

有人说："你们波江人也战斗了，结果怎么样？人类得为自己种族的生存着想，我们并没有义务满足你那变态的复仇欲望。"

"不，先生，"上校对所有人说，"波江人是在对敌人完全陌生的情况下进行自卫战争的，加上他们本来就是一个历史上完全没有战争的社会，所以失败是不奇怪的。但在这场长达一个世纪的惨烈战争中，他们对吞食者有了细致深刻的了解，现在这大量的资料通过这艘飞船送到了我们手中，这就是我们的优势。

"冷静地初步研究这些资料，我们发现吞食者并没有最初想象的那么可怕。首先，除了其不可思议的庞大外，吞食者并没有太多超出人类已有知识之外的东西。就生命形式而言，吞食者人（据说在'轮胎'上居住着上百亿个）与地球人一样是碳基生物，且生命在分子层次的构造十分相似，人类与敌人处于相同的生物学基础上，使我们有可能真正深刻地理解它们的各个方面，这比我们面对一群由力场和中子星物质构成的入侵者要幸运多了。

"更让我们宽慰的是，吞食者并没有太多的'超技术'。吞食者的技术比人类要先进许多，但这主要表现在技术的规模上而不是理论基础上。吞食者的推进系统的能量来源主要是核聚变，它所掠夺的行星水资源除了用于吞食者的生活外，主要是被作为聚变燃料。吞食者上发动机的推进方式也是基于动量守恒的反冲方式，并没有时空跃迁之类玄妙的玩意儿……这些信息可能使科学家们深感失落，因为吞食者毕竟是一个延续了几千万年的文明，它们的技术层次也就标明了科学力量的极限；同时也使我们知道，敌人不是不可战胜的神。"

秘书长说："仅凭这些，就能使人类建立起必胜的信心吗？"

"当然还有许多具体的信息，使我们能够制定出一个成功率较高的战略，比如……"

"加速度！加速度！！"波江女孩在人们头顶大叫。

上校对周围迷惑的人们解释说："从波江人送来的资料看，吞食者航行时的加速度有一个极限，在长达两个世纪的观察中，他们从未发现它突破过这个极限。为证实这一点，我们根据波江座飞船送来的其他资料，如吞食者的结构和构成它的材料的强度等，建立了一个数学模型，模型的演算证实了波江人对吞食者加速度极限的观察，这个极限是由它的结构强度所决定的，一旦超出，这个庞然大物就会被撕裂。"

"这又怎么样？"一位大国元首问道。

"我们应该冷静下来，用自己的脑子好好想想。"上校微笑着说。

五　月球避难所

人类与外星使者的谈判终于有了一点点进展，大牙对人类关于月球避难所的要求做出了让步。

"人是恋家的动物。"在一次谈判中，秘书长眼泪汪汪地说。

"吞食人也是，虽然我们没有家。"大牙同情地点点头。

"那么，能否让我们留下一些人，等伟大的吞食帝国吃完后吐出地球，待它的地质变化稳定下来，再回来重建我们的文明？"

大牙摇摇头："吞食帝国吃东西是吃得很干净的，那时的地球将比现在的火星还荒凉，凭你们虫虫的技术能力，不可能重建文明。"

"总得试试吧，这样我们的灵魂也会安定，特别是在吞食帝国上被饲养的那些小家禽，如果记得在遥远的太阳系还有一个家，会多长些肉的，虽然这个家不一定真的存在。"

大牙点点头："可是当地球被吞下时，这些人去哪儿呢？除了地球，我们还要吃掉金星，木星和海王星太大了，我们吃不下，但要吃它们的卫星，吞食帝国需要上面的碳氢化合物和水；连贫瘠的火星和水星我们也想嚼一嚼，我们想要上面的二氧化碳和金属，这些星球的表面将是一片火海。"

"我们可以去月球避难。据我们所知，吞食帝国在吃地球之前要把月球推开。"

大牙又点点头："是的，由吞食帝国和地球组成的联合星体引力很大，有可能使月球坠落在大环表面，这种撞击足以毁灭帝国。"

"那就对了，让我们住上去一些人吧，这对你们也没有太大损失。"

"你们打算留多少人？"

"从维持一个文明的最低限度着想，十万吧。"

"可以，但你们得干活儿。"

"干活儿？！什么活儿？"

"把月球从地球轨道推开，这对我们来说也是一件很麻烦的事。"

"可是……"秘书长绝望地抓着头发，"您这等于拒绝的人类这点小小的可怜的要求，您知道我们没有这种技术力量的！"

"呵，虫虫，那我不管，再说，不是还有一个世纪吗？"

六　播种核弹

在泛着白光的月球平原上，一群穿着太空服的人站在一个高高的钻塔旁边，吞食帝国高大的使者站在更远一些的地方，仿佛是另一个钻塔。他们注视着一个钢铁圆柱体从钻塔顶端缓缓吊下，沉入钻塔下的深井中，吊索飞快地向井中放下去，三十八万公里外的整个地球世界都在注视着这一幕。当放置物到达井底的信号传来时，包括大牙在内的所有观察者都鼓起掌来，庆祝这一历史性时刻的到来。

推进月球的最后一颗核弹已经就位，这时，距波江晶体和吞食帝国使者到达地球已有一个世纪。

这是一个绝望的世纪，人类在进行着痛苦的奋斗。

上半个世纪，全世界竭尽全力建造月球推进发动机，但这种超级机器始终没能建成，那几台试验用的样机只是给月球表面增加了几座废铁高山，还有几台在试运行时被核聚变的高温熔化成了一片钢水的湖泊。人类曾向吞食帝国使者请求技术支援，推进月球需要的发动机还不及吞食者上那无数超级发动机的十分之一大，但大牙不答应，还讥讽道：

"别以为知道了核聚变就能造出行星发动机，造出爆竹离造出火箭还差得远呢。其实你们完全没有必要费这么大劲儿，在银河系，一个文明成为更强大文明的家禽是很正常的，你们会发现被饲养是一种多么美妙的生活，衣食无忧，快乐终生，有些文明还求之不得呢，你们感到不舒服，完全是陈腐的人类中心论在作怪。"

于是人类把希望寄托在波江晶体上，但这希望同样落空。波江文明是沿着一条与地球和吞食者完全不同的技术路线发展的，他们的所有技术力量都来自本星的生物体，比如这块晶体，就是波江行星海洋中的一种浮游生物的共生体。对这个世界中生命的这些奇特能力，波江人只是组合和利用，也不知其深层的秘密，而一旦离开本星的生物，波江人的技术就寸步难行了。

浪费了宝贵的五十多年后，绝望的人类突然想出了一个极其疯狂的月球推进方案，这个方案首先由上校提出，当时他是月球推进计划的主要领导人之一，军衔已升为元帅。这个方案尽管疯狂，在技术上要求却不高，人类现有的技术完全可以胜任，以至于人们惊奇为什么没有及早想到它。

新的推进方案很简单，就是在月球的一面大量埋设核弹，这些核弹的埋设深度一般为三千米左右，其埋设的密度以不被周围核弹的爆炸所摧毁为准，这样，将在月球的推进面埋设五百万枚核弹。与这些热核炸弹的当量相比，人类在冷战时期所制造的威力最大的核弹也算常规武器。因此，当这些埋在月球地下的超级核弹爆炸时，与在以前的地下核试验中被窒息在深洞中的核爆炸完成不同，会将上面的地层完全掀起炸飞，在月球的低重力下，被炸飞的地层岩石会达到逃逸速度，脱离月球冲进太空，进而对月球本身产生巨大的推进力。如果每一时刻都有一定数量的核弹爆炸，这种脉冲式的推进力就会变得连续不断，等于给月球装上了强劲的发动机，而使不同位置的核弹爆炸，可以操纵月球的飞行方向。进一步的设计计划在月面下埋设两层核弹，另一层在第一层之下，约六千米深度，这样当上层核弹耗尽，月球推进面被剥去三千米厚的一层时，第二层接着被不断引爆，使"发动机"的运行时间延长一倍。

当晶体中的波江女孩听到这个计划时，认为人类真的疯了："现在我知道，如果你们有吞食者那样的技术力量，会比他们还野蛮！"但这个计划使大牙赞叹不已："呵呵，虫虫们竟能有这样美妙的想法，我喜欢，喜欢它的粗野，粗野是最美的!!"

"荒唐，粗野怎么会美?!"波江女孩反驳说。

"粗野当然美，宇宙就是最粗野的！漆黑寒冷的深渊中燃烧着狂躁的恒星，不粗野吗?! 宇宙是雄性的，明白吗?! 像你们那种女人气的文明，那种弱不禁风的精致和纤细，只是宇宙小角落中一种微不足道的病态而已。"

一百年过去了，大牙仍然生机勃勃，晶体中的波江女孩仍然鲜艳动人，但元帅感到了岁月的力量，一百三十五岁，是老年人了。

这时，吞食者已越过冥王星轨道，它从由波江座-ε星开始的六万年漫长的航程中苏醒了，太空中那个巨大的轮胎变得灯火辉煌，庞大的社会运转起来，准备好了对太阳系的掠夺，吞食者掠过外围行星，沿着陡峭的轨道向地球扑来。

七 人类的第一次和最后一次星战

月球脱离地球的加速开始了。

推进面的核弹开始爆炸时，月球正处于地球白昼的一面，每次爆炸的闪光，都把月球在蓝天上短暂地映现一下，这使得天空中仿佛出现了一只不断眨巴的银色的眼睛。入夜，月球一侧的闪光传过近四十万公里仍能在地面上映出人影，这时还能在月球的后面看到一条淡淡的银色尾迹，它是由从月面炸入太空的岩石构成的。从安装在推进面的摄像机中可以看到，月面被核爆掀起的地层如滔天洪水般涌向太空，向前很快变细，在远方成为一条极细的蛛丝，弯向地球的另一面，描绘出月球加速的轨道。

但人们的注意力都集中在天空中出现的那个恐怖的大环上：吞食者此

时已驶近地球，它的引力产生的巨大潮汐已摧毁了所有的沿海城市。吞食者尾部的发动机闪着一圈蓝色的光芒，它正在进行最后的轨道调整，以使其绕太阳运行的轨道与地球保持同步，同时使自己与地球的自转轴线对准在同一直线上，然后它将缓缓向地球移动，将其套入大环中。

月球的加速持续了两个月，这期间在它的推进面平均两三秒钟就爆炸一枚核弹，到目前为止已引爆了二百五十多万枚，加速后的月球环绕地球第二圈的轨道形状已变得很扁，当月球运行到这椭圆轨道的顶端时，应元帅的邀请，大牙同他一起来到了月球面向前进方向一面，他们站在环形山环绕的平原上，感受着从月球另一面传来的震动，仿佛这颗地球卫星的中心有一颗强劲的心脏。在漆黑的太空背景下，吞食者的巨环光彩夺目，占据了半个天空。

"太棒了，元帅虫虫，真的太棒了！"大牙对元帅由衷地赞叹着，"不过你们要抓紧，只再有一圈的加速时间了，吞食帝国可没有等待别人的习惯。我还有个疑问：我们下面十年前就已建成的地下城还空着，那些移民什么时候来？你们的月地飞船能在一个月时间里从地球迁移十万人？"

"不会迁移任何人了，我们将是月球上最后的人类。"

听到这话，大牙吃惊地转过身去，看到了元帅所说的"我们"：这是地球太空部队的五千名将士，在环形山平原上站成严整的方阵，方阵前面，一名士兵展开一面蓝色的旗帜。

"看，这是我们行星的旗帜，地球对吞食帝国宣战了！"

大牙呆呆地站着，迷惑多于惊讶，紧接着，他四脚朝天摔倒了，这是由于月面突然增加的重力所致。大牙一动不动地趴在地上，他那庞大身体激起的月尘在周围缓缓降落，但很快月尘又扬起来，这是从月球另一面传来的剧烈震波所致，这震动使平原蒙上了一层白色的尘被。大牙知道，在月球的另一面，核弹的爆炸密度突然增加了几倍，从重力的急增他也能推测出月球的加速度也增加了几倍。他翻了个滚，从太空服胸前的口袋里掏出硕大的袖珍电脑，调出了月球目前的轨道，他看到，如果这剧增的加速度持续下去，轨道将不再闭合，月球将脱离地球引力冲向太空，一条闪着红光的虚线标示出预测的方向。

月球径直撞向吞食者！

大牙缓缓地站了起来，任手中的电脑掉下去。他抬头看去，在突然增加的重力和波浪般的尘雾中，地球军团的方阵仍如磐石般稳立着。"持续了一个世纪的阴谋。"大牙喃喃地说。

元帅点点头："你明白得晚了。"

大牙长叹着说，"我应该想到地球人与波江人是完全不同的两个物种，波江世界是一个以共生为进化基础的生态圈，没有自然选择和生存竞争，更不知战争为何物……我们却用这种习惯思维来套地球人，而你们，自从树上下来后就厮杀不断，怎么可能轻易被征服呢?! 我……不可饶恕的失职啊!"

元帅说："波江人为我们提供了大量重要的信息，其中关于吞食者的加速度极限值就是人类这个作战方案的基础：如果引爆月球上的转向核弹，月球的轨道机动加速度将是吞食者速度极限值的三倍，这就是说它比吞食者灵活三倍，你们不可能躲开这次撞击的。"

大牙说："其实我们也不是完全没有戒备，当地球开始生产大量核弹时，我们时刻监视着这些核弹的去向，确定它们被放置在月球地层中，可没有想到……"

元帅在面罩后面微微一笑："我们不会傻到用核弹直接攻击吞食者，地球人那些简陋的导弹在半途中就会被身经百战的吞食帝国全部拦截，但你们无法拦截巨大的月球，也许凭借吞食者的力量最终能击碎它或使其转向，但现在距离已经很近，时间来不及了。"

"狡诈的虫虫，阴险的虫虫，恶毒的虫虫……吞食帝国是心肠实在的文明，把什么都说在明处，可是最终被狡诈阴险的地球虫虫骗了。"大牙咬牙切齿地说，狂怒中想用大爪子抓元帅，但在士兵们指向他的冲锋枪前停住了，他没有忘记自己也是血肉之躯，一梭子子弹足以让他丧命。

元帅对大牙说："我们要走了，劝你也离开月球吧，不然会死在吞食帝国的核弹之下的。"

元帅说得很对，大牙和人类太空部队刚刚飞离月球，吞食者的截击导弹就击中了月面。这时月球的两面都闪烁着强光，朝向前进方向的一面也有大量的岩石被炸飞到太空中，与推进面不同的是，这些岩石是朝着各个方向漫无目标地飞散开，从地球上看去，撞向吞食者的月球如一个披着怒发的斗士，任何力量都无法阻挡它！在能看到月球的大陆上，人山人海爆发出狂热的欢呼。

吞食者的拦截行动只持续了不长的时间就停止了，因为他们发现这毫无意义，在月球走完短暂的距离之前，既不可能使它转向更不可能击碎它。

月球上的推进核弹也停止了爆炸，速度已经足够，地球保卫者要留下足够的核弹进行最后的轨道机动。

一切都沉静下来，在冷寂的太空中，吞食者和地球的卫星静静地相向飘行着，它们之间的距离在急剧缩短，当两者的距离缩短至五十万公里时，从地球统帅部所在的指挥舰上看去，月球已与"轮胎"重叠，像是轴承圈上的一粒钢珠。

直到这时，吞食者的航向也没有任何变化，这是容易理解的：过早的轨道机动会使月球也做出相应的反应，真正有意义的躲避动作要在月球最后撞击前进行，这就像两名用长矛决斗的中世纪骑士，他们骑马越过长长的距离逼近对方，但真正决定胜负的是在即将相互接触的一小段距离内。

银河系的两大文明都屏住了呼吸，等待着那最后的时刻。

当距离缩短至三十五万公里时，双方的机动航行开始了。吞食者的发动机首先喷出了上万公里的蓝色烈焰，开始躲避；月球上的核弹则以空前的密度和频率疯狂地引爆，进行着相应的攻击方向修正，它那弯曲的尾迹清楚地描绘出航线的变化。吞食者喷出的上万公里长的蓝色光河的头部镶嵌着月球核弹银色的闪光，构成了太阳系有史以来最壮观的景象。

双方的机动航行进行了三个小时，它们的距离已缩短至五万公里，计算机显示的结果令指挥舰上的人们不敢相信自己的眼睛：吞食者的变轨加速度四倍于波江晶体提供的极限值！以前深信不疑的吞食者的加速度极限，一直是地球人取胜的基础，现在，月球上剩余的核弹已没有能力对攻击方向做出足够的调整，计算表明，即使尽全力变轨，半小时后，月球也将以四百公里的距离与吞食者擦肩而过。

在一阵令人目眩的剧烈闪光后，月球耗尽了最后的核弹，几乎与此同时，吞食者的发动机也关闭了。在死一般的寂静中，惯性定律完成了这篇宏伟史诗的最后章节：月球紧擦着吞食者的边缘飞过，由于其速度很快，吞食者的引力没能将其捕获，但扭弯了它的飘行轨迹，月球掠过吞食者后，无声地向远离太阳的方向飞去。

指挥舰上，统帅部的人们在死一般的沉默中度过了几分钟。

"波江人骗了我们。"一位将军低声说。

"也许，那块晶体只是吞食帝国的一个圈套！"一位参谋喊道。

统帅部瞬间陷入一片混乱，每个人都声嘶力竭地叫喊着，以掩盖或发泄自己的绝望，几名文职人员或哭泣或抓着自己的头发，精神已到了崩溃的边缘，只有元帅仍静静地站在大显示屏前，他慢慢转过身来，用一句话稳住了局面：

"我提请各位注意一个现象：吞食者的发动机为什么要关闭？"

这话引起了所有人的思考，是的，在月球耗尽核弹后，敌人的发动机没有理由关闭，因为他们不可能知道月球上是否还剩有核弹，同时考虑吞食者的引力捕获月球的危险，也应该继续进行躲避加速，继续拉开与月球攻击线的距离，而不可能仅仅满足于这四百公里的微小间距。

"给我吞食者外表面的近距离图像。"元帅说。

大屏幕上出现了一幅全息画面，这是一个飞掠吞食者的地球小型高速侦察器在其表面五百公里上空传回的，吞食者灯光灿烂的大陆历历在目，人们敬畏地看着那线条粗放的钢铁山脉和峡谷缓缓移过。一条黑色的长缝引起了元帅的注意，在过去的一个世纪中，他已记熟了吞食者外表面的每一个细节，绝对肯定这条长缝以前是不存在的，很快别人也注意到了：

"这是什么？一条……裂缝？"

"是的，裂缝，一条长达五千公里的裂缝。"元帅点点头说，"波江人没有骗我们，晶体带来的资料是真实的，那个加速度极限确实存在，但当月球逼近时，绝望的吞食者不顾一切地用超限四倍的加速度来躲避，这就是超限加速的后果：它被撕裂了。"

接下来，人们又发现了另外几条裂缝。

"看啊，那又是什么?!"又有人惊叫，这时吞食者的自转正使它表面的另一部分进入视野，金属大陆的边缘上出现了一个刺目的光球，如同它那辽阔地平线上的日出一般。

"自转发动机！"一名军官说。

"是的，是吞食者赤道上很少启动的自转发动机，它此时正在以最大功率刹住自转！"

"元帅，这证实了您的看法!!"

"尽快用各种观测手段取得详细资料，进行模拟！"元帅说，但在这之前一切已在进行中了。

经一个世纪建立起来的精确描述吞食者物理结构的数学模型，在从前方取得必需的数据后高速运转，模拟结果很快出来了：需近四十小时的时间，自转发动机才能把吞食者的自转速度减至毁灭值之下，而如果高于这个转速，离心力将使已被撕裂的吞食者在十八个小时内完全解体。

人们欢呼起来。

大屏幕上接着映出了吞食者解体时的全息模拟图像：解体的过程很慢，如同梦幻，在漆黑太空的背景上，这个巨大的世界如同一团浮在咖啡上的奶沫一样散开来，边缘的碎块渐渐隐没于黑暗之中，仿佛被太空溶解了，只有不时出现的爆炸的闪光才使它们重新现形。

元帅并没有同人们一起观赏这令人心旷神怡的画面，他远离人群，站在另一块大屏幕前注视着现实中的吞食者，脸上没有一点胜利的喜悦。冷静下来的人们注意到了他，也纷纷站到这个屏幕下，他们发现，吞食者尾部的蓝色光环又出现了，它再次启动了推进发动机。在环体已经被严重损伤的情况下，这似乎是一个不可理解的错误，这时任何微小的加速度都可能导致大环解体。而吞食者的运行方向更让人迷惑：它正在缓缓回到躲避月球攻击前所在的位置，谨慎地建立与地球同步的太阳轨道，并使自己和地球的自转轴对准在一条直线上。

"怎么？这时它还想吃地球？"有人吃惊地说，他的话引起了稀疏的笑声，但笑声戛然而止，人们看到了元帅的表情：他已不再看屏幕，双眼紧闭，苍白的脸上毫无表情。一个世纪以来，作为抗击吞食者的精神支柱之一，太空将士们已经熟悉了他的音容，他们从来没有见到他像这样。人们冷静下来，再看屏幕，终于明白了一个严峻的现实：

吞食者还有一条活路。

吞食地球的航行开始了，已与地球运行同步自转同轴的吞食者向着这颗行星的南极移动。如果它慢了，会在自转的离心力下解体；如果太快，推进的加速度可能使其提前解体。吞食者正走在一条生存的钢丝绳上，它必须绝对正确地把握住时间和速度的平衡。

在地球的南极被套入大环前的一段时间，太空中的人们看到，南极大陆的海岸线形状在急剧变化，这个大陆像一块热煎锅上的牛油一样缩小着面积，地球的海水在吞食者引力的拉动下涌向南极，地球顶端那块雪白的大陆正在被滔天巨浪所吞没。

这时吞食者大环上的裂缝越来越多，且都在延长扩宽，最初出现的那几条裂缝已不再是黑色的，里面透出了暗红色的火光，像几千公里长的地狱之门。有几条蛛丝般的白色细线从大环表面升起，接下来这样的细线越来越多，出现在大环的每一部分，仿佛吞食者长出了稀疏的头发。这是从大环上发射的飞船的尾迹，吞食者开始从他们将要毁灭的世界逃命了。

但当地球被大环吞入一半时，情况发生了逆转：地球的引力像无数根无形的辐条拉住了正在解体的大环，吞食者表面不再有新的裂缝出现，已有的裂缝也停止了扩展。十四小时过去后，地球被完全套入大环，它那引力的辐条变得更加强劲有力，吞食者表面的裂缝开始缩小，又过了五个小时，这些裂缝完全合拢了。

在指挥舰上，统帅部的大屏幕都黑了，甚至连灯都灭了，只有太阳从舷窗中投进惨白的光芒。为了产生人工重力，飞船中部仍在缓缓旋转，使得太阳从不同位置的舷窗中升升降降，光影流转，仿佛在追述着人类那已永远成为过去的日日夜夜。

"谢谢各位在过去一个世纪中尽职尽责的工作，谢谢。"元帅说，并向统帅部的全体人员敬礼，在将士们的注视下，他平静地整理了一下自己的军装，其他的人也这样做了。

人类失败了，但地球保卫者们已经尽到了自己的责任，对于尽责的战士来说，这一时刻仍是辉煌的，他们平静地接受了良心授予自己的无形的勋章，他们有权享受这一时光。

尾声 归宿

"真的有水啊！"一名年轻上尉惊喜地叫出来，面前确实是一片广阔的水面，在昏黄的天空下泛着粼粼波光。

元帅摘下太空服的手套，捧起一点水，推开面罩尝了尝，又赶紧将面罩合上："嗯，还不是太咸。"看到上尉也想打开面罩，他制止说："会得减压病的，大气成分倒没问题，硫黄之类的有毒成分已经很淡了，但气压太低，相当于战前的一万米高空。"

又一名将军在脚下的沙子中挖着什么，"也许会有些草种子的。"他抬头对元帅笑笑说。

元帅摇摇头："这里战前是海底。"

"我们可以到离这里不远的11号新陆去看看，那里说不定会有。"那名上尉说。

"有也早烤焦了。"有人叹息道。

大家举目四望，地平线处有连绵的山脉，它们是最近一次造山运动的产物，青色的山体由赤裸的岩石构成，从山顶流下的岩浆河发着暗红的光，使山脉像一个巨人淌血的躯体，但大地上的岩浆河已经消失了。

这是战后二百三十年的地球。

战争结束后，统帅部幸存的一百多人在指挥舰上进入冬眠器，等待着地球被吞食者吐出后重返家园。指挥舰则成为一颗卫星，在一个宽大的轨道上围绕着由吞食者和地球组成的联合星体运行。在以后的时间里，吞食帝国并没有打扰他们。

战后第一百二十五年，指挥舰上的传感系统发现吞食者正在吐出地球，就唤醒了一部分冬眠者。当这些人醒来后，吞食者已飞离地球，向金星方向航行，而这时的地球已变成一颗人们完全陌生的行星，像一块刚从炉子里取出的火炭，海洋早已消失，大地覆盖着蛛网般的岩浆河流。他们只好继续冬眠，重新设定传感器，等待着地球冷却，这一等又是一个世纪。

冬眠者们再次醒来时，发现地球已冷却成一个荒凉的黄色行星，剧烈的地质运动已经平息下来，虽然生命早已消失，但有稀薄的大气，甚至还发现了残存的海洋，于是他们就在一个大小如战前内陆湖泊的残海边着陆了。

一阵轰鸣声，就是在这稀薄的空气中也震耳欲聋，那艘熟悉的外形粗笨的吞食帝国飞船在人类的飞船不远处着陆，高大的舱门打开后，大牙拄着一根电线杆长度的拐杖颤颤地走下来。

"啊，您还活着?! 有五百岁了吧?"元帅同他打招呼。

"我哪能活那么久啊，战后三十年我也冬眠了，就是为了能再见你们一面。"

"吞食者现在在哪儿?"

大牙指向一个天空的一个方向："晚上才能看见，只是一个暗淡的小星星，它已航出木星轨道。"

"它在离开太阳系吗?"

大牙点点头："我今天就要启程去追它了。"

"我们都老了。"

"老了……"大牙黯然地点点头，哆嗦着把拐杖换了手，"这个世界，现在……"他指指天空和大地。

"有少量的水和大气留了下来，这算是吞食帝国的仁慈吗?"

大牙摇摇头："与仁慈无关，这是你们的功绩。"

地球战士们不解地看着大牙。

"哦，在那场战争中，吞食帝国遭受了前所未有的创伤，在那次大环撕裂中死了上亿人，生态系统也被严重损坏，战后用了五十个地球年的时间才初步修复。这以后才有能力开始对地球的咀嚼。但你知道，我们在太阳系的时间有限，如果不能及时离开，有一片星际尘埃会飘到我们前面的航线上，如果绕道，我们到达下一个恒星系的时间就会晚一万七千年，那颗恒星将会发生变化，烧毁我们要吞食的那几颗行星，所以对太阳系几颗行星的咀嚼就很匆忙，吃得不太干净。"

"这让我们感到许多的安慰和荣誉。"元帅看看周围的人们说。

"你们当之无愧，那真是一场伟大的星际战争，在吞食帝国漫长的征战史中，你们是最出色的战士之一！直到现在，帝国的行吟诗人还在到处传唱着地球战士史诗般的战绩。"

"我们更想让人类记住这场战争，对了，现在人类怎样了？"

"战后大约有二十亿人类移居到吞食帝国，占人类总数的一半。"大牙说着，打开了他的手提电脑宽大的屏幕，上面映出人类在吞食者上生活的画面：蓝天下一片美丽的草原，一群快乐的人在歌唱舞蹈，一时难以分辨出这些人的性别，因为他们的皮肤都是那么细腻白嫩，都身着轻纱般的长服，头上装饰着美丽的花环。远处有一座漂亮的城堡，其形状显然来自地球童话，色彩之鲜艳如同用奶油和巧克力建造的。镜头拉近，元帅细看这些漂亮人儿的表情，确信他们真的是处于快乐之中，这是一种真正无忧无虑的快乐，如水晶般单纯，战前的人类只在童年能够短暂地享受。

"必须保证它们的绝对快乐，这是饲养中起码的技术要求，否则肉质得不到保证。地球人是高档食品，只有吞食帝国的上层社会才有钱享用，这种美味像我都是吃不起的。哦，元帅，我们找到了您的曾孙，录下了他对您说的话，想看吗？"

元帅吃惊地看了大牙一眼，点点头。屏幕上出现了一个皮肤细嫩的漂亮男孩，从面容上看他可能只有十岁，但身材却有成年人那么高，他一双女人般的小手儿拿着一个花环，显然是刚刚被从舞会上叫过来，他眨着一双水灵灵的大眼睛说："听说曾祖父您还活着？我只求您一件事，千万不要来见我啊！我会恶心死的！想到战前人类的生活我们都会恶心死的，那是狼的生活、蟑螂的生活！您和您的那些地球战士还想维持这种生活，差一点儿真的阻止人类进入这个美丽的天堂了！变态！您知道您让我多么羞耻，您知道您让我多么恶心吗？呸！不要来找我！呸！快死吧你！！"说完他又蹦跳着加入草原上的舞会中去了。

大牙首先打破了尴尬的沉默："他将活过六十岁，能活多久就活多久，不会被宰杀。"

"如果是因为我的缘故十分感谢。"元帅凄凉地笑了一下说。

"不是，在得知自己的身世后，他很沮丧，也充满了对您的仇恨，这类情绪会使他的肉质不合格的。"

大牙感慨地看着面前这最后一批真正的人，他们身上的太空服已破旧不堪，脸上都深刻着岁月的沧桑，在昏黄的阳光中如同地球大地上一群锈迹斑斑的铁像。

大牙合上电脑，充满歉意地说："本来不想让大家看这些的，但你们都是真正的战士，能够勇敢地面对现实，要承认……"他犹豫了一下才说，"人类文明完了。"

"是你们毁灭了地球文明，"元帅凝视着远方说，"你们犯下了滔天罪行！"

"我们终于又开始谈道德了。"大牙咧嘴一笑说。

"在入侵我们的家园并极其野蛮地吞食一切后，我不认为你们还有这个资格。"元帅冷冷地说，其他的人不再关注他们的谈话，吞食者文明冷酷残暴的程度已超出人类的理解力，人们现在真的没有兴趣再同其进行道德方面的交流了。

"不，我们有资格，我现在还真想同人类谈谈道德……'您怎么拿起来就吃啊！'"

大牙最后这句话让所有人浑身一震，这话不是从翻译器中传出，而是大牙亲口说的，虽然嗓门震耳，但他对三个世纪前元帅的声调模仿得惟妙惟肖。

大牙通过翻译器接着说："元帅，您在三百年前的那次感觉是对的：星际间的不同文明，其相似要比差异更令人震惊，我们确实不应该这么像。"

人们都把目光焦聚大牙身上，他们都预感，一个惊天的大秘密将被揭开。

大牙动动拐杖使自己站直，看着远方说："朋友们，我们都是太阳的孩子，地球是我们共同的家园，但我们比你们更有权利拥有她！因为在你们之前的一亿四千万年，我们的先祖就在这个美丽的行星上生活，并创造了灿烂的文明。"

地球战士们呆呆地看着大牙，身边的残海跳跃着昏黄的阳光，远方的新山脉流淌着血红的岩浆，越过六千万年的沧桑时光，曾经覆盖地球的两大物种在这劫后的母亲星球上凄凉地相会了。

"恐——龙——"有人低声惊叫。

大牙点点头："恐龙文明崛起于一亿地球年之前，就是你们地质纪年的中生代白垩纪中期，在白垩纪晚期达到鼎盛。我们是一个体形巨大的物种，对生态的消耗量极大，随着恐龙人口的急剧增加，地球生态圈已难以维持恐龙社会的生存，地球上恐龙文明的历史长达两千万年，但恐龙社会真正的急剧膨胀也就是几千年的事，其在生态上造成的影响从地质纪年的长度看很像一场突然爆发的大灾难，这就是你们所猜测的白垩纪灾难。

"终于有那么一天，所有的恐龙都登上了十艘巨大的世代飞船，航向茫茫星海。这十艘飞船最后合为一体，每到达一个有行星的恒星就扩建一次，经过六千万年，就成为现在的吞食帝国。"

"为什么要吃掉自己的家园呢？恐龙没有一点怀旧感吗？"有人问。

大牙陷入了回忆，"说来话长，星际空间确实茫茫无际，但与你们的想象不同，真正适合我们高等碳基生物生存的空间并不多。从我们所在的位置向银河系的中心方向，走不出两千光年就会遇到大片的星际尘埃，在其中既无法航行也无法生存，再向前则会遇到强辐射和大群游荡的黑洞……如果向相反的方向走呢，我们已在旋臂的末端，不远处就是无边无际的荒凉虚空。在适合生存的这片空间中，消耗量巨大的吞食帝国已吃光了所有的行星。现在，我们的唯一活路是航行到银河系的另一旋臂去，我们也不知道那里有什么，但在这片空间待下去肯定是死路一条。这次航行要持续一千五百万年，途中一片荒凉，我们必须在启程前贮备好所有的消耗品。这时的吞食帝国就像一个正在干涸的小水洼中的一条鱼，它必须在水洼完全干掉之前猛跳一下，虽然多半是落到旱地上在烈日下死去，但也有可能落到相邻的另一个水洼中活下去……至于怀旧感，在经历了几千万年的太空跋涉和数不清的星际战争后，恐龙种族早已是铁石心肠了，为了前面千万年的航程，吞食帝国要尽可能多吃一些东西……文明是什么？文明就是吞食，不停地吃啊吃，不停地扩张和膨胀，其他的一切都是次要的。"

元帅深思着说："难道生存竞争是宇宙间生命和文明进化的唯一法则？难道不能建立起一个自给自足的、内省的、多种生命共生的文明吗？像波江文明那样。"

大牙长出一口气说："我不是哲学家，也许可能吧，关键是谁先走出

刘慈欣科幻系列 | 纪念珍藏版

乡村教师

人和吞食者

095

第一步呢？自己生存是以征服和消灭别人为基础的，这是这个宇宙中生命和文明生存的铁的法则，谁要首先不遵从它而自省起来，就必死无疑。"

大牙转身走上飞船，再出来时端着一个扁平的方盒子，那个盒子有三四米见方，起码要四个人才能抬起来，大牙把盒子平放到地上，掀起顶盖，人们看到盒子里装满了土，土上长着一片青草，在这已无生命的世界中，这绿色令所有人心动。

"这是一块战前地球的土地，战后我使这片土地上的所有植物和昆虫都进入冬眠，现在过了两个多世纪，又使它们同我一起苏醒。本想把这块土地带走做个纪念的，唉，现在想想还是算了吧，还是把它放回它该在的地方吧，我们从母亲星球拿走的够多了。"

看着这一小片生机盎然的地球土地，人们的眼睛湿润了，他们现在知道，恐龙并非铁石心肠，在那比钢铁和岩石更冷酷的鳞甲后面，也有一颗渴望回家的心。

大牙一挥爪子，似乎想把自己从某种情绪中解脱出来："好了朋友们，我们一起走吧，到吞食帝国去，"看到人们的表情，他举起一只爪子，"你们到那里当然不是作为家禽饲养，你们是伟大的战士，都将成为帝国的普通公民，你们还会得到一份工作：建立一个人类文明博物馆。"

地球战士们都把目光集中的元帅身上，他想了想，缓缓地点点头。

地球战士们一个接一个地上了大牙的飞船，那为恐龙准备的梯子他们必须一节一节引体向上爬上去。元帅是最后一个上飞船的人，他双手抓住飞船舷梯最下面的一节踏板的边缘，在把自己的身体拉离地面的时候，他最后看了一眼脚下地球的土地，此后他就停在那里看着地面，很长时间一动不动，他看到了——

蚂蚁。

这蚂蚁是从那块盒子中的土地里爬出来的，元帅放开抓着踏板的双手，蹲下身，让它爬到手上，举起那只手，在细细地看着它，它那黑宝石般的小身躯在阳光下闪闪发亮。元帅走到盒子旁，把这只蚂蚁放回到那片小小的草丛中，这时他又在草丛间的土面上发现了其他几只蚂蚁。

他站起身来，对刚来到身边的大牙说："我们走后，这些草和蚂蚁是地球上仅有的生命了。"

大牙默默无语。

元帅说："地球上的文明生物有越来越小的趋势，恐龙、人，然后可能是蚂蚁，"他又蹲下来深情地看着那些在草丛间穿行的小生命，"该轮到它们了。"

这时，地球战士们又纷纷从飞船上下来，返回到那块有生命的地球土地前，围成一圈深情地看着它们。

大牙摇摇头说："草能活下去，这海边也许会下雨的，但蚂蚁不行。"

"因为空气稀薄吗？看样子它们好像没受影响。"

"不，空气没问题，与人不同，在这样的空气中它们能存活，关键是没有食物。"

"不能吃青草吗？"

"那就谁也活不下去了：在稀薄的空气中青草长得很慢，蚂蚁会吃光青草然后饿死，这倒很像吞食文明可能的最后结局。"

"您能从飞船上给它们留下些吃的吗？"

大牙又摇头："我的飞船上除了生命冬眠系统和饮用水外什么都没有，我们在追上帝国前需要冬眠，你们的飞船上还有食物的吗？"元帅也摇摇头："只剩几支维持生命的注射营养液，没用的。"大牙指指飞船："我们还是抓紧时间吧，帝国加速很快，晚了我们要追不上它的。"

沉默。

"元帅，我们留下来。"一名年轻中尉说。

元帅坚定地点点头。

"留下来？干什么?!"大牙轮流着看着他们，惊讶地问，"你们飞船上的冬眠装置已接近报废，又没有食物，留下来等死吗？"

"留下来走出第一步。"元帅平静说。

"您刚才提过的新文明的第一步。"

"你们……要作为蚂蚁的食物?!"

地球战士们都点点头。

大牙无言地注视了他们很长时间，然后转身拄着拐杖慢慢走向飞船。

"再见，朋友。"元帅在大牙身后高声说。

老恐龙长长地叹息了一声："在我和我的子孙前面，是无尽的暗夜、不休的征战，茫茫宇宙，哪里是家哟。"人们看到他的脚下湿了一片，不知道是不是一滴眼泪。

恐龙的飞船在轰鸣中起飞，很快消失在西方的天空，在那个方向，太阳正在落下。

最后的地球战士们围着那块有生命的土地默默地坐了一会儿，然后，从元帅开始，大家纷纷掀起面罩，在沙地上躺了下来。

时间在流逝，太阳落下，晚霞使劫后的大地映在一片美丽的红光中，然后，有稀疏的星星在天空中出现，元帅发现，一直昏黄的天空这时居然现出了深蓝色。在稀薄的空气夺去他的知觉前，使他欣慰的是，他的太阳穴上有轻微的骚动感，蚂蚁正在爬上他的额头，这感觉让他回到了遥远的童年，在海边两棵棕榈树上拴着的一个小吊床上，他仰望着灿烂的星海，妈妈的手抚过他的额头……

夜晚降临了，残海平静如镜，毫不走样地映着横天而过的银河，这是这个行星有史以来最宁静的一个夜晚。

在这宁静中，地球重生了。

④

|

赡养人类

业务就是业务，与别的无关。这是滑膛所遵循的铁的原则，但这一次他遇到了一些困惑。

首先客户的委托方式不对，他要与自己面谈，在这个行业中，这可是件很稀奇的事。三年前，滑膛听教官不止一次地说过，他们与客户的关系，应该是前额与后脑勺的关系，永世不得见面，这当然是为了双方的利益考虑。见面的地点更令滑膛吃惊，是在这座大城市中最豪华的五星级酒店中最豪华的总统大厅里，那可是世界上最不适合委托这种业务的地方。据对方透露，这次委托加工的工件有三个，这倒无所谓，再多些他也不在乎。

服务生拉开了总统大厅包金的大门，滑膛在走进去前，不为人察觉地把手向夹克里探了一下，轻轻拉开了左腋下枪套的按扣。其实这没有必要，没人会在这种地方对他干太意外的事。

大厅金碧辉煌，仿佛是与外面现实毫无关系的另一个世界，巨型水晶吊灯就是这个世界的太阳，猩红色的地毯就是这个世界的草原。这里初看很空旷，但滑膛还是很快发现了人，他们围在大厅一角的两个落地窗前，撩开厚重的窗帘向外面的天空看，滑膛扫了一眼，立刻数出竟有 13 个人。客户是他们而不是他，也出乎滑膛的预料，教官说过，客户与他们还像情人关系——尽管可能有多个，但每次只能与他们中的一人接触。

滑膛知道他们在看什么：哥哥飞船又移到南半球上空了，现在可以清晰地看到。上帝文明离开地球已经三年了，那次来自宇宙的大规模造访，使人类对外星文明的心理承受能力增强了许多，况且，上帝文明有铺天盖地的两万多艘飞船，而这次到来的哥哥飞船只有一艘。它的形状也没有上帝文明的飞船那么奇特，只是一个两头圆的柱体，像是宇宙中的一粒感冒胶囊。

看到滑膛进来，那 13 个人都离开窗子，回到了大厅中央的大圆桌旁。滑膛认出了他们中的大部分，立刻感觉这间华丽的大厅变得寒陋了。这些人中最引人注目的是朱汉杨，他的华软集团的"东方 3000"操作系统正在全球范围内取代老朽的 WINDOWS。其他的人，也都在福布斯财富 500 排行的前 50 内，这些人每年的收益，可能相当于一个中等国家的 GDP，滑膛处于一个小型版的全球财富论坛中。

这些人与齿哥是绝对不一样的，滑膛暗想，齿哥是一夜的富豪，他们则是三代修成的贵族，虽然真正的时间远没有那么长，但他们确实是贵族，财富在他们这里已转化成内敛的高贵，就像朱汉杨手上的那枚钻戒，纤细精致，在他修长的手指上若隐若现，只是偶尔闪一下温润的柔光，但它的价值，也许能买几十个齿哥手指上那颗核桃大小金光四射的玩意儿。

但现在，这 13 名高贵的财富精英聚在这里，却是要雇职业杀手杀人，而且要杀三个人，据首次联系的人说，这还只是第一批。

其实滑膛并没有去注意那枚钻戒，他看的是朱汉杨手上的那三张照片，那显然就是委托加工的工件了。朱汉杨起身越过圆桌，将三张照片推到他面前。扫了一眼后，滑膛又有微微的挫折感。教官曾说过，对于自己开展业务的地区，要预先熟悉那些有可能被委托加工的工件，至少在这个大城市，滑膛做到了。但照片上这三个人，滑膛是绝对不认识的。这三张照片显然是用长焦距镜头拍的，上面的脸孔蓬头垢面，与眼前这群高贵的人简直不是一个物种。细看后才发现，其中有一个是女性，还很年轻，与其他两人相比她要整洁些，头发虽然落着尘土，但细心地梳过。她的眼神很特别，滑膛很注意人的眼神，他这个专业的人都这样，他平时看到的眼神分为两类：充满欲望焦虑的和麻木的，但这双眼睛充满少见的平静。滑膛的心微微动了一下，但转瞬即逝，像一缕随风飘散的轻雾。

"这桩业务，是社会财富液化委员会委托给你的，这里是委员会的全体常委，我是委员会的主席。"朱汉杨说。

社会财富液化委员会？奇怪的名字，滑膛只明白了它是一个由顶级富豪构成的组织，并没有去思考它名称的含义，他知道这是属于那类如果没有提示不可能想象出其真实含义的名称。

"他们的地址都在背面写着，不太固定，只是一个大概范围，你得去找，应该不难找到的。钱已经汇到你的账户上，先核实一下吧。"朱汉杨说，滑膛抬头看看他，发现他的眼神并不高贵，属于充满焦虑的那一类，但令他微微惊奇的是，其中的欲望已经无影无踪了。

滑膛拿出手机，查询了账户，数清了那串数字后面零的个数后，他冷冷地说："第一，没有这么多，按我的出价付就可以；第二，预付一半，完工后付清。"

"就这样吧。"朱汉杨不以为然地说。

滑膛按了一阵手机后说："已经把多余款项退回去了，您核实一下吧，先生，我们也有自己的职业准则。"

"其实现在做这种业务的很多，我们看重的就是您的这种敬业和荣誉感。"许雪萍说，这个女人的笑很动人，她是远源集团的总裁，远源是电力市场完全放开后诞生的亚洲最大的能源开发实体。

"这是第一批，请做得利索些。"海上石油巨头薛桐说。

"快冷却还是慢冷却？"滑膛问，同时加了一句，"需要的话我可以解释。"

"我们懂，这些无所谓，你看着做吧。"朱汉杨回答。

"验收方式？录像还是实物样本？"

"都不需要，你做完就行，我们自己验收。"

"我想就这些了吧？"

"是，你可以走了。"

滑膛走出酒店，看到高厦间狭窄的天空中，哥哥飞船正在缓缓移过。飞船的体积大了许多，运行的速度也更快了，显然降低了轨道高度。它光滑的表面涌现着绚丽的花纹，那花纹在不断地缓缓变化，看久了对人有一种催眠作用。其实飞船表面什么都没有，只是一层全反射镜面，人们看到的花纹，只是地球变形的映像。滑膛觉得它像一块纯银，觉得它很美，他喜欢银，不喜欢金，银很静，很冷。

三年前，上帝文明在离去时告诉人类，他们共创造了6个地球，现在还有4个存在，都在距地球200光年的范围内。上帝敦促地球人类全力发展技术，必须先去消灭那三个兄弟，免得他们来消灭自己。但这信息来得晚了。

那三个遥远地球世界中的一个：第一地球，在上帝船队走后不久就来到了太阳系，他们的飞船泊入地球轨道。他们的文明历史比太阳系人类长两倍，所以这个地球上的人类应该叫他们哥哥。

滑膛拿出手机，又看了一下账户中的金额，齿哥，我现在的钱和你一样多了，但总还是觉得少什么，而你，总好像是认为自己已经得到了一切，所做的就是竭力避免它们失去……滑膛摇摇头，想把头脑中的影子甩掉，这时候想起齿哥，不吉利。

齿哥得名，源自他从不离身的一把锯，那锯薄而柔软，但极其锋利，锯柄是坚硬的海柳做的，有着美丽的浮世绘风格的花纹。他总是将锯像腰带似的绕在腰上，没事儿时取下来，拿一把提琴弓在锯背上滑动，借助于锯身不同宽度产生的音差，加上将锯身适当的弯曲，居然能奏出音乐来，乐声飘忽不定，音色忧郁而阴森，像一个幽灵的呜咽。这把利锯的其他用途滑膛当然听说过，但只有一次看到过齿哥以第二种方式使用它。那是在一间旧仓库中的一场豪赌，一个叫半头砖的二老大输了个精光，连他父母的房子都输掉了，眼红得冒血，要把自己的两只胳膊押上翻本。齿哥手中玩着骰子对他微笑了一下，说胳膊不能押的，来日方长啊，没了手，以后咱们兄弟不就没法玩了吗？押腿吧。于是半头砖就把两条腿押上了。他再次输光后，齿哥当场就用那条锯把他的两条小腿齐膝锯了下来。滑膛清楚地记得利锯划过肌腱和骨骼时的声音，当时齿哥一脚踩着半头砖的脖子，所以他的惨叫声发不出来，宽阔阴冷的大仓库中只回荡着锯拉过骨肉的声音，像欢快的歌唱，在锯到膝盖的不同部分时呈现出丰富的音色层次，雪白雪白的骨末撒在鲜红的血泊上，形成的构图呈现出一种妖艳的美。滑膛当时被这种美震撼了，他身上的每一个细胞都加入了锯和血肉的歌唱，这他妈的才叫生活！那天是他 18 岁生日，绝好的成年礼。完事后，齿哥把心爱的锯擦了擦缠回腰间，指着已被抬走的半头砖和两根断腿留下的血迹说：告诉砖儿，后半辈子我养活他。

滑膛虽年轻，也是自幼随齿哥打天下的元老之一，见血的差事每月都有。当齿哥终于在血腥的社会阴沟里完成了原始积累，由黑道转向白道时，一直跟着他的人都被封了副董事长副总裁之类的，唯有滑膛只落得给齿哥当保镖。但知情的人都明白，这种信任非同小可。齿哥是个非常小心的人，这可能是出于他干爹的命运。齿哥的干爹也是非常小心的，用齿哥的话说恨不得把自己用一块铁包起来。许多年的平安无事后，那次干爹乘飞机，带了两个最可靠的保镖，在一排座位上他坐在两个保镖中间。在珠海降落后，空姐发现这排座上的三个人没有起身，坐在那里若有所思的样子，接着发现他们的血已淌过了十多排座位。有许多根极细的长钢针从后排座位透过靠背穿过来，两个保镖每人的心脏都穿过了 3 根，至于干爹，足足被 14 根钢针穿透，像一个被精心钉牢的蝴蝶标本。这 14 肯定是有说头的，也许暗示着他不合规则吞下的 1400 万，也许是复仇者 14 年的等待……与干爹一样，齿哥出道的征途，使得整个社会对于他除了暗刃的森林就是陷阱的沼泽，他实际上是将自己的命交到了滑膛手上。

但很快，滑膛的地位就受到了老克的威胁。老克是俄罗斯人，那时，在富人们中有一个时髦的做法：聘请前克格勃人员做保镖，有这样一位保镖，与拥有一个影视明星情人一样值得炫耀。齿哥周围的人叫不惯那个绕口的俄罗斯名，就叫这人克格勃，时间一长就叫老克了。其实老克与克格勃没什么关系，真正的前克格勃机构中，大部分人不过是坐办公室的文职人员，即使是那些处于秘密战最前沿的，对安全保卫也都是外行。老克是前苏共中央警卫局的保卫人员，曾是葛罗米克的警卫之一，是这个领域货真价实的精英，而齿哥以相当于公司副董事长的高薪聘请他，完全不是为了炫耀，真的是出于对自身安全的考虑。老克一出现，立刻显出了他与普通保镖的不同。这之前那些富豪的保镖们，在饭桌上比他们的雇主还能吃能喝，还喜欢在主人谈生意时乱插嘴，真正出现危险情况时，他们要么像街头打群架那样胡来，要么溜得比主人还快。而老克，不论在宴席还是谈判时，都静静地站在齿哥身后，他那魁梧的身躯像一堵厚实坚稳的墙，随时准备挡开一切威胁。老克并没有机会遇到威胁他保护对象的危险情况，但他的敬业和专业使人们都相信，一旦那种情况出现时，他将是绝对称职的。虽然与别的保镖相比，滑膛更敬业一些，也没有那些坏毛病，但他从老克的身上看到了自己的差距。过了好长时间他才知道，老克不分昼夜地戴着墨镜，并非是扮酷而是为了掩藏自己的视线。

虽然老克的汉语学得很快，但他和包括自己雇主在内的周围人都没什么交往，直到有一天，他突然把滑膛请到自己俭朴的房间里，给他和自己倒上一杯伏特加后，用生硬的汉语说："我，想教你说话。"

"说话？"

"说外国话。"

于是滑膛就跟老克学外国话，几天后他才知道老克教自己的不是俄语而是英语。滑膛也学得很快，当他们能用英语和汉语交流后，有一天老克对滑膛说："你和别人不一样。"

"这我也感觉到了。"滑膛点点头。

"三十年的职业经验，使我能够从人群中准确地识别出具有那种潜质的人，这种人很稀少，但你就是，看到你第一眼时我就打了个寒战。冷血一下并不难，但冷下去的血再温不起来就很难了，你会成为那一行的精英，可别埋没了自己。"

"我能做什么呢？"

"先去留学。"

齿哥听到老克的建议后，倒是满口答应，并许诺费用的事他完全负责。其实有了老克后，他一直想摆脱滑膛，但公司中又没有空位子了。

于是，在一个冬夜，一架喷气客机载着这个自幼失去父母、从最底层黑社会中成长起来的孩子，飞向遥远的陌生国度。

开着一辆很旧的桑塔纳，滑膛按照片上的地址去踩点。他首先去的是春花广场，没费多少劲就找到了照片上的人，那个流浪汉正在垃圾桶中翻找着，然后提着一个鼓鼓的垃圾袋走到一个长椅处。他的收获颇丰，一盒几乎没怎么动的盒饭，还是菜饭分放的那种大盒；一根只咬了一口的火腿肠，几块基本完好的面包，还有大半瓶可乐。滑膛本以为流浪汉会用手抓着盒饭吃，但看到他从这初夏仍穿着的脏大衣口袋中掏出了一个小铝勺。他慢慢地吃完晚餐，把剩下的东西又扔回垃圾桶中。滑膛四下看看，广场四周的城市华灯初上，他很熟悉这里，但现在觉得有些异样。很快，他弄明白了这个流浪汉轻易填饱肚子的原因。这里原是城市流浪者聚集的地方，但现在他们都不见了，只剩下他的这个目标。他们去哪里了？都被委托"加工"了吗？

滑膛接着找到了第二张照片上的地址。在城市边缘一座交通桥的桥孔下，有一个用废瓦楞和纸箱搭起来的窝棚，里面透出昏黄的灯光。滑膛将窝棚的破门小心地推开一道缝，探进头去，出乎意料，他竟进入了一个色彩斑斓的世界，原来窝棚里挂满了大小不一的油画，形成了另一层墙壁。顺着一团烟雾，滑膛看到了那个流浪画家，他像一头冬眠的熊一般躺在一个破画架下，头发很长，穿着一件涂满油彩像长袍般肥大的破T恤衫，抽着5毛一盒的玉蝶烟。他的眼睛在自己的作品间游移，目光充满了惊奇和迷惘，仿佛他才是第一次到这里来的人，他的大部分时光大概都是在这种对自己作品的自恋中度过的。这种穷困潦倒的画家在上世纪九十年代曾有过很多，但现在不多见了。

"没关系，进来吧。"画家说，眼睛仍扫视着那些画，没朝门口看一眼，听他的口气，就像这里是一座帝王宫殿似的。在滑膛走进来之后，他又问："喜欢我的画吗？"

滑膛四下看了看，发现大部分的画只是一堆零乱的色彩，就是随意将油彩泼到画布上都比它们显得有理性。但有几幅画面却很写实，滑膛的目光很快被其中的一幅吸引了：占满整幅画面的是一片干裂的黄土地，从裂缝间伸出几枝干枯的植物，仿佛已经枯死了几个世纪，而在这个世界上，水也似乎从来就没有存在过。在这干旱的土地上，放着一个骷髅头，它也干得发白，表面布满裂纹，但从它的口洞和一个眼窝中，居然长出了两株活生生的绿色植物，它们青翠欲滴，与周围的酷旱和死亡形成鲜明对比，其中一株植物的顶部，还开着一朵娇艳的小花。这个骷髅头的另一个眼窝中，有一只活着的眼睛，清澈的眸子瞪着天空，目光就像画家的眼睛一样，充满惊奇和迷惘。

"我喜欢这幅。"滑膛指指那幅画说。

"这是《贫瘠》系列之二，你买吗？"

"多少钱？"

"看着给吧。"

滑膛掏出皮夹，将里面所有的百元钞票都取了出来，递给画家，但后者只从中抽了两张。

"只值这么多，画是你的了。"

滑膛发动了车子，然后拿起第三张照片看上面的地址，旋即将车熄了火，因为这个地方就在桥旁边，是这座城市最大的一个垃圾场。滑膛取出望远镜，透过挡风玻璃从垃圾场上那一群拾荒者中寻找着目标。

这座大都市中靠垃圾为生的拾荒者有 30 万人，已形成了一个阶层，而他们内部也有分明的等级。最高等级的拾荒者能够进入高档别墅区，在那里如艺术雕塑般精致的垃圾桶中，每天都能拾到只穿用过一次的新衬衣、袜子和床单，这些东西在这里是一次性用品；垃圾桶中还常常出现只有轻微损坏的高档皮鞋和腰带，以及只抽了三分之一的哈瓦纳雪茄和只吃了一角的高级巧克力……但进入这里捡垃圾要重金贿赂社区保安，所以能来的只是少数人，他们是拾荒者中的贵族。拾荒者的中间阶层都集中在城市中众多的垃圾中转站里，那是城市垃圾的第一次集中地，在那里，垃圾中最值钱的部分：废旧电器、金属、完整的纸制品、废弃的医疗器械、被丢弃的过期药品等，都被捡拾得差不多了。那里也不是随便就能进来的，每个垃圾中转站都是某个垃圾把头控制的地盘，其他拾荒者擅自进入，轻者被暴打一顿赶走，重者可能丢了命。经过中转站被送往城市外面的大型堆放和填埋场的垃圾已经没有多少"营养"了，但靠它生存的人数量最多，他们是拾荒者中的最底层，就是滑膛现在看到的这些人。留给这些最底层拾荒者的，都是不值钱又回收困难的碎塑料、碎纸等，再就是垃圾中的腐烂食品，可以以每公斤 1 分的价格卖给附近农民当猪饲料。在不远处，大都市如一块璀璨的巨大宝石闪烁着，它的光芒传到这里，给恶臭的垃圾山镀上了一层变幻的光晕。其实，就是从拾到的东西中，拾荒者们也能体会到那不远处大都市的奢华：在他们收集到的腐烂食品中，常常能依稀认出只吃了四腿的烤乳猪、只动了一筷子的石斑鱼、完整的鸡……最近整只乌骨鸡多了起来，这源自一道刚时兴的名叫乌鸡白玉的菜，这道菜是把豆腐放进乌骨鸡的肚子里炖出来的，真正的菜就是那几片豆腐，鸡虽然美味但只是包装，如果不知道吃了，就如同吃粽子连芦苇叶一起吃一样，会成为有品位的食客的笑柄……

这时，当天最后一趟运垃圾的环卫车来了，当自卸车厢倾斜着升起时，一群拾荒者迎着山崩似的垃圾冲上来，很快在飞扬尘土中与垃圾山融为一体。这些人似乎完成了新的进化，垃圾山的恶臭、毒菌和灰尘似乎对他们都不产生影响，当然，这是只看到他们如何生存而没见到他们如何死亡的普通人产生的印象，正像普通人平时见不到虫子和老鼠的尸体，因而也不关心它们如何死去一样。事实上，这个大垃圾场多次发现拾荒者的尸体，他们静悄悄地死在这里，然后被新的垃圾掩埋了。

在场边一盏泛光灯昏暗的灯光中，拾荒者们只是一群灰尘中模糊的影子，但滑膛还是很快在他们中发现了自己寻找的目标。这么快找到她，滑膛除了借助自己锐利的目光外，还有一个原因：与春花广场上的流浪者一样，今天垃圾场上的拾荒者人数明显减少了，这是为什么？

滑膛在望远镜中观察着目标，她初看上去与其他的拾荒者没有太大区别，腰间束着一根绳子，手里拿着大编织袋和顶端装着耙钩的长杆，只是她看上去比别人瘦弱，挤不到前面去，只能在其他拾荒者的圈外捡拾着，她翻找的，已经是垃圾的垃圾了。

滑膛放下望远镜，沉思片刻，轻轻摇摇头。世界上最离奇的事正在他的眼前发生：一个城市流浪者、一个穷得居无定所的画家、加上一个靠拾垃圾为生的女孩子，这三个世界上最贫穷最弱势的人，有可能在什么地方威胁到那些处于世界财富之巅的超级财阀们呢，这种威胁甚至于迫使他们雇用杀手置之于死地？！

后座上放着那幅《贫瘠》系列之二，骷髅头上的那只眼睛在黑暗中凝视着滑膛，令他如芒刺在背。

垃圾场那边发出了一阵惊叫声，滑膛看到，车外的世界笼罩在一片蓝光中，蓝光来自东方地平线，那里，一轮蓝太阳正在快速升起，那是运行到南半球的哥哥飞船。飞船一般是不发光的，晚上，自身反射的阳光使它看上去像一轮小月亮，但有时它也会突然发出照亮整个世界的蓝光，这总是令人们陷入莫名的恐惧之中。这一次飞船发出的光比以往都亮，可能是轨道更低的缘故。蓝太阳从城市后面升起，使高楼群的影子一直拖到这里，像一群巨人的手臂，但随着飞船的快速上升，影子渐渐缩回去了。

在哥哥飞船的光芒中，垃圾场上那个拾荒女孩能看得更清楚了，滑膛再次举起望远镜，证实了自己刚才的观察，就是她，她蹲在那里，编织袋放在膝头，仰望的眼睛有一丝惊恐，但更多的还是他在照片上看到的平静。滑膛的心又动了一下，但像上次一样这触动转瞬即逝，他知道这涟漪来自心灵深处的某个地方，为再次失去它而懊悔。飞船很快划过长空，在西方地平线落下，在西天留下了一片诡异的蓝色晚霞，然后，一切又没入昏暗的夜色中，远方的城市之光又灿烂起来。

滑膛的思想又回到那个谜上来：世界最富有的十三个人要杀死最穷的三个人，这不是一般的荒唐，这真是对他的想象力最大的挑战。但思路没走多远就猛地刹住，滑膛自责地拍了一下方向盘，他突然想到自己已经违反了这个行业的最高精神准则，校长的那句话浮现在他的脑海中，这是行业的座右铭：

瞄准谁，与枪无关。

到现在，滑膛也不知道他是在哪个国家留学的，更不知道那所学校的确切位置。他只知道飞机降落的第一站是莫斯科，那里有人接他，那人的英语没有一点儿俄国口音，他被要求戴上一副不透明的墨镜，伪装成一个盲人，以后的旅程都是在黑暗中度过。又坐了三个多小时的飞机，再坐一天的汽车，才到达学校，这时是否还在俄罗斯境内，滑膛真的说不准了。学校地处深山，围在高墙中，学生在毕业之前绝对不准外出。被允许摘下墨镜后，滑膛发现学校的建筑明显地分为两大类：一类是灰色的，外形毫无特点；另一类的色彩和形状都很奇特。他很快知道，后一类建筑实际上是一堆巨型积木，可以组合成各种形状，以模拟变化万千的射击环境。整所学校，基本上就是一个设施精良的大靶场。

开学典礼是全体学生唯一的一次集合，他们的人数刚过四百。校长一头银发，一副令人肃然起敬的古典学者风度，他讲了如下一番话：

"同学们，在以后的 4 年中，你们将学习一个我们永远不会讲出其名称的行业所需的专业知识和技能，这是人类最古老的行业之一，同样会有光辉的未来。从小处讲，它能够为做出最后选择的客户解决只有我们才能解决的问题，从大处讲，它能够改变历史。

"曾有不同的政治组织出高价委托我们训练游击队员，我们拒绝了，我们只培养独立的专业人员，是的，独立，除钱以外独立于一切。从今以后，你们要把自己当成一支枪，你们的责任，就是实现枪的功能，在这个过程中展现枪的美感，至于瞄准谁，与枪无关。A 持枪射击 B，B 又夺过同一支枪射击 A，枪应该对这每一次射击一视同仁，都以最高的质量完成操作，这是我们最基本的职业道德。"

在开学典礼上，滑膛还学会了几个最常用的术语：该行业的基本操作叫加工，操作的对象叫工件，死亡叫冷却。

学校分 L、M 和 S 三个专业，分别代表长、中、短三种距离。

L 专业是最神秘的，学费高昂，学生人数很少，且基本不和其他专业的人交往，滑膛的教官也劝他们离 L 专业的人远些："他们是行业中的贵族，是最有可能改变历史的人。"L 专业的知识博大精深，他们的学生使用的狙击步枪价值几十万美元，装配起来有两米多长。L 专业的加工距离均超过 1000 米，据说最长可达到 3000 米！1500 米以上的加工操作是一项复杂的工程，其中的前期工作之一就是沿射程按一定间距放置一系列的"风铃"，这是一种精巧的微型测风仪，它可将监测值以无线发回，显示在射手的眼镜显示器上，以便他（她）掌握射程不同阶段的风速和风向。

M 专业的加工距离在 10 米至 300 米之间，是最传统的专业，学生也最多，他们一般使用普通制式步枪，L 专业的应用面最广，但也是平淡和缺少传奇的。

滑膛学的是 S 专业，加工距离在 10 米以下，对武器要求最低，一般使用手枪，甚至还可能使用冷兵器。在三个专业中，S 专业无疑是最危险的，但也是最浪漫的。校长就是这个专业的大师，亲自为 S 专业授课，他首先开的课程竟然是——英语文学。

"你们首先要明白 S 专业的价值。"看着迷惑的学生们，校长庄重地说，"在 L 和 M 专业中，工件与加工者是不见面的，工件都是在不知情的状态下被加工并冷却的，这对他们当然是一种幸运，但对客户却不是，相当一部分客户，需要让工件在冷却之前得知他们被谁、为什么委托加工的，这就要由我们来告知工件，这时，我们已经不是自己，而是客户的化身，我们要把客户传达的最后信息向工件庄严完美地表达出来，让工件在冷却前受到最大的心灵震慑和煎熬，这就是 S 专业的浪漫和美感之所在，工件冷却前那恐惧绝望的眼神，将是我们在工作中最大的精神享受。但要做到这些，就需要我们具有相当的表达能力和文学素养。"

于是，滑膛学了一年的文学。他读荷马史诗，背莎士比亚，读了很多的经典和现代名著。滑膛感觉这一年是自己留学生涯中最有收获的一年，因为后面学的那些东西他以前多少都知道一些，以后迟早也能学到，但深入地接触文学，这是他唯一的机会。通过文学，他重新发现了人，惊叹人原来是那么一种精致而复杂的东西，以前杀人，在他的感觉中只是打碎盛着红色液体的粗糙陶罐，现在惊喜地发现自己击碎的原来是精美绝伦的玉器，这更增加了他杀戮的快感。

接下来的课程是人体解剖学。与其他两个专业相比，S 专业的另一大优势是可以控制被加工后的工件冷却到环境温度的时间，术语叫快冷却和慢冷却。很多客户是要求慢冷却的，冷却的过程还要录像，以供他们珍藏和欣赏。当然这需要很高的技术和丰富的经验，人体解剖学当然也是不可缺少的知识。

然后，真正的专业课才开始。

垃圾场上拾荒的人渐渐走散，只剩下包括目标在内的几个人。滑膛当即决定，今晚就把这个工件加工了。按行业惯例，一般在勘察时是不动手的，但也有例外，合适的加工时机会稍纵即逝。

滑膛将车开离桥下，经过一阵颠簸后在垃圾场边的一条小路旁停下，滑膛观察到这是拾荒者离开垃圾场的必经之路，这里很黑，只能隐约看到荒草在夜风中摇曳的影子，是很合适的加工地点，他决定在这里等着工件。

滑膛抽出枪，轻轻放在驾驶台上。这是一支外形粗陋的左轮，7.6口径，可以用大黑星（注：黑社会对五四手枪的称呼）的子弹，按其形状，他叫它大鼻子，是没有牌子的私造枪，他从西双版纳的一个黑市上花三千元买到的。枪虽然外形丑陋，但材料很好，且各个部件的结构都加工正确，最大的缺陷就是最难加工的膛线没有做出来，枪管内壁光光的。滑膛有机会得到名牌好枪，他初做保镖时，齿哥给他配了一支三十二发的短乌齐，后来，又将一支七七式当作生日礼物送给他，但那两支枪都被他压到箱子底，从来没带过，他只喜欢大鼻子。现在，它在城市的光晕中冷冷地闪亮，将滑膛的思绪又带回了学校的岁月。

专业课开课的第一天，校长要求每个学生展示自己的武器。当滑膛将大鼻子放到那一排精致的高级手枪中时，很是不好意思。但校长却拿起它把玩着，由衷地赞赏道："好东西。"

"连膛线都没有，消音器也拧不上。"一名学生不屑地说。

"S专业对准确性和射程要求最低，膛线并不重要；消音器嘛，垫个小枕头不就行了？孩子，别让自己变得匠气了。在大师手中，这把枪能产生出你们这堆昂贵的玩意儿产生不了的艺术效果。"

校长说得对，由于没有膛线，大鼻子射出的子弹在飞行时会翻跟头，在空气中发出正常子弹所没有的令人恐惧的尖啸，在射入工件后仍会持续旋转，像一柄锋利的旋转刀片，切碎沿途的一切。

"我们以后就叫你滑膛吧！"校长将枪递还给滑膛时说，"好好掌握它，孩子，看来你得学飞刀了。"滑膛立刻明白了校长的话：专业飞刀是握着刀尖出刀的，这样才能在旋转中产生更大的穿刺动量，这就需要在到达目标时刀尖正好旋转到前方。校长希望滑膛像掌握飞刀那样掌握大鼻子射出的子弹！这样，就可以使子弹在工件上的创口产生丰富多彩的变化。经过长达两年的苦练，消耗了近三万发子弹，滑膛竟真的练成了这种在学校最优秀的射击教官看来都不可能实现的技巧。

滑膛的留学经历与大鼻子是分不开的。在第四学年，他认识了同专业的一个名叫火的女生，她的名字也许来自那头红发。这里当然不可能知道她的国籍，滑膛猜测她可能来自西欧。这里不多的女生，几乎个个都是天生的神枪手，但火的枪打得很糟，匕首根本不会用，真不知道她以前是靠什么吃饭。但在一次勒杀课程中，她从自己手上那枚精致的戒指中抽出一根肉眼看不见的细线，熟练地套到用作教具的山羊脖子上，那根如利刃般的细线竟将山羊的头齐齐地切了下来。据火的介绍，这是一段纳米丝，这种超高强度的材料未来可能被用来建造太空电梯。

火对滑膛没什么真爱可言，那种东西也不可能在这里出现。她同时还与外系一个名叫黑冰狼的北欧男生交往，并在滑膛和黑冰狼之间像斗蛐蛐似的反复挑逗，企图引起一场流血争斗，以便为枯燥的学习生活带来一点儿消遣。她很快成功了，两个男人决定以俄罗斯轮盘赌的形式决斗。这天深夜，全班同学将靶场上的巨型积木摆放成罗马斗兽场的形状，决斗就在斗兽场中央进行，使用的武器是大鼻子。火做裁判，她优雅地将一颗子弹塞进大鼻子的空弹舱，然后握住枪管，将弹舱在她那如常青藤般的玉臂上来回滚动了十几次，然后，两个男人谦让了一番，火微笑着将大鼻子递给滑膛。滑膛缓缓举起枪，当冰凉的枪口吻到太阳穴时，一种前所未有的空虚和孤独向他袭来，他感到无形的寒风吹透了世界万物，漆黑的宇宙中只有自己的心是热的。一横心，他连扣了 5 下扳机，击锤点了 5 下头，弹舱转动了 5 下，枪没响。咔咔咔咔咔，这 5 声清脆的金属声敲响了黑冰狼的丧钟。全班同学欢呼起来，火更是快活得流出了眼泪，对着滑膛高呼她是他的了。这中间笑得最轻松的是黑冰狼，他对滑膛点点头，由衷地说："东方人，这是自柯尔特（注：左轮手枪的发明者）以来最精彩的赌局了。"他然后转向火，"没关系亲爱的，人生于我，一场豪赌而已。"说完他抓起大鼻子对准自己的太阳穴，一声有力的闷响，血花和碎骨片溅得很潇洒。

之后不久滑膛就毕业了，他又戴上了那副来时戴的眼镜离开了这所没有名称的学校，回到了他长大的地方。他再也没有听到过学校的一丝消息，仿佛它从来就没有存在过似的。

回到外部世界后，滑膛才听说世界上发生的一件大事：上帝文明来了，要接受他们培植的人类的赡养，但在地球的生活并不如意，他们只待了一年多时间就离去了，那两万多艘飞船已经消失在茫茫宇宙中。

回来后刚下飞机，滑膛就接到了一桩加工业务。

齿哥热情地欢迎滑膛归来，摆上了豪华的接风宴，滑膛要求和齿哥单独待在宴席上，他说自己有好多心里话要说。其他人离开后，滑膛对齿哥说：

"我是在您身边长大的，从内心里，我一直没把您当大哥，而是当成亲父亲。您说，我应当去干所学的这个专业吗？就一句话，我听您的。"

齿哥亲切地扶着滑膛的肩膀说："只要你喜欢，就干吧，我看得出来你是喜欢的，别管白道黑道，都是道儿嘛，有出息的人，哪股道上都能出息。"

"好，我听您的。"

滑膛说完，抽出手枪对着齿哥的肚子就是一枪，飞旋的子弹以恰到好

115

处的角度划开一道横贯齿哥腹部的大口子，然后穿进地板中。齿哥透过烟雾看着滑膛，眼中的震惊只是一掠而过，随之而来的是恍然大悟后的麻木，他对着滑膛笑了一下，点点头。

"已经出息了，小子。"齿哥吐着血沫说完，软软地倒在地上。

滑膛接的这桩业务是一小时慢冷却，但不录像，客户信得过他。滑膛倒上一杯酒，冷静地看着地上血泊中的齿哥，后者慢慢地整理着自己流出的肠子，像码麻将那样，然后塞回肚子里，滑溜溜的肠子很快又流出来，齿哥就再整理好将其塞回去……当这工作进行到第 12 遍时，他咽了气，这时距枪响正好一小时。

滑膛说把齿哥当成亲父亲是真心话，在他五岁时的一个雨天，输红了眼的父亲逼着母亲把家里全部的存折都拿出来，母亲不从，便被父亲殴打致死，滑膛因阻拦也被打断鼻梁骨和一条胳膊，随后父亲便消失在雨中。后来滑膛多方查找也没有消息，如果找到，他也会让其享受一次慢冷却的。

事后，滑膛听说老克将自己的全部薪金都退给了齿哥的家人，返回了俄罗斯。他走之前说：送滑膛去留学那天，他就知道齿哥会死在他手里，齿哥的一生是刀尖上走过来的，却不懂得一个纯正的杀手是什么样的人。

垃圾场上的拾荒者一个接一个离开了，只剩下目标一人还在那里埋头刨找着，她力气小，垃圾来时抢不到好位置，只能借助更长时间的劳作来弥补了。这样，滑膛就没有必要等在这里了，于是他拿起大鼻子塞到夹克口袋中，走下了车，径直朝垃圾中的目标走去。他脚下的垃圾软软的，还有一股温热，他仿佛踏在一只巨兽的身上。当距目标四五米时，滑膛抽出了握枪的手……

这时，一阵蓝光从东方射过来，哥哥飞船已绕地球一周，又转到了南半球，仍发着光。这突然升起的蓝太阳同时吸引了两人的目光，他们都盯着蓝太阳看了一会儿，然后互相看了对方一眼，当两人的目光相遇时，滑膛发生了一名职业杀手绝对不会发生的事：手中的枪差点滑落了，震撼令他一时感觉不到手中枪的存在，他几乎失声叫出：

果儿——

但滑膛知道她不是果儿，14年前，果儿就在他面前痛苦地死去。但果儿在他心中一直活着，一直在成长，他常在梦中见到已经长成大姑娘的果儿，就是眼前她这样儿。

齿哥早年一直在做着他永远不会对后人提起的买卖：他从人贩子手中买下一批残疾儿童，将他们放到城市中去乞讨，那时，人们的同情心还没有疲劳，这些孩子收益颇丰，齿哥就是借此完成了自己的原始积累。

一次，滑膛跟着齿哥去一个人贩子那里接收新的一批残疾孩子，到那个旧仓库中，看到有5个孩子，其中的4个是先天性畸形，但另一个小女孩儿却是完全正常的。那女孩儿就是果儿，她当时6岁，长得很可爱，大眼睛水灵灵的，同旁边的畸形儿形成鲜明对比。她当时就用这双后来滑膛一想起来就心碎的大眼睛看看这个看看那个，全然不知等待着自己的是怎样的命运。

"这些就是了。"人贩子指指那4个畸形儿说。

"不是说好5个吗？"齿哥问。

"车厢里闷，有一个在路上完了。"

"那这个呢？"齿哥指指果儿。

"这不是卖给你的。"

"我要了，就按这些的价儿。"齿哥用一种不容商量的语气说。

"可……她好端端的，你怎么拿她挣钱？"

"死心眼，加工一下不就得了？"

齿哥说着，解下腰间的利锯，朝果儿滑嫩的小腿上划了一下，划出了一道贯穿小腿的长口子，血在果儿的惨叫声中涌了出来。

"给她裹裹，止住血，但别上消炎药，要烂开才好。"齿哥对滑膛说。

滑膛于是给果儿包扎伤口，血浸透了好几层纱布，直流得果儿脸色惨白。滑膛背着齿哥，还是给果儿吃了些利菌沙和抗菌优之类的消炎药，但是没有用，果儿的伤口还是发炎了。

两天以后，齿哥就打发果儿上街乞讨，果儿可爱而虚弱的小样儿，她的伤腿，立刻产生了超出齿哥预期的效果，头一天就挣了三千多块，以后的一个星期里，果儿挣的钱每天都不少于两千块，最多的一次，一对外国夫妇一下子就给了400美元。但果儿每天得到的只是一盒发馊的盒饭，这倒也不全是由于齿哥吝啬，他要的就是孩子挨饿的样子。滑膛只能在暗中给她些吃的。

一天傍晚，他上果儿乞讨的地方去接她回去，小女孩儿附在他的耳边悄悄地说："哥，我的腿不疼了呢。"一副高兴的样子。在滑膛的记忆中，这是他除母亲惨死外唯一的一次流泪，果儿的腿是不疼了，那是因为神经都已经坏死，整条腿都发黑了，她已经发了两天的高烧。滑膛再也不顾齿哥的禁令，抱着果儿去了医院，医生说已经晚了，孩子的血液中毒。第二天深夜，果儿在高烧中去了。

从此以后，滑膛的血变冷了，而且像老克说的那样，再也没有温起来。杀人成了他的一项嗜好，比吸毒更上瘾，他热衷于打碎那一个个叫作人的精致器皿，看着它们盛装的红色液体流出来，冷却到与环境相同的温度，这才是它们的真相，以前那些红色液体里的热度，都是伪装。

完全是下意识地，滑膛以最高的分辨率真切地记下了果儿小腿儿上那道长伤口的形状，后来在齿哥腹部划出的那一道，就是它准确的拷贝。

拾荒女站起身，背起那个对她显得很大的编织袋慢慢走去。她显然并非因滑膛的到来而走，她没注意到他手里拿的是什么，也不会想到这个穿着体面的人的到来与自己有什么关系，她只是该走了。哥哥飞船在西天落下，滑膛一动不动地站在垃圾中，看着她的身影消失在短暂的蓝色黄昏里。

滑膛把枪插回枪套，拿出手机拨通了朱汉杨的电话："我想见你们，有事要问。"

"明天9点，老地方。"朱汉杨简洁地回答，好像早就预料到了这一切。

走进总统大厅，滑膛发现社会财富液化委员会的13个常委都在，他们将严肃的目光聚集在他身上。

"请提你的问题。"朱汉杨说。

"为什么要杀这三个人？"滑膛问。

"你违反了自己行业的职业道德。"朱汉扬用一个精致的雪茄剪切开一根雪茄的头部，不动声色地说。

"是的，我会让自己付出代价的，但必须清楚原因，否则这桩业务无法进行。"

朱汉扬用一根长火柴转着圈点着雪茄，缓缓地点点头："现在我不得不认为，你只接针对有产阶级的业务。这样看来，你并不是一个真正的职业杀手，只是一名进行狭隘阶级报复的凶手，一名警方正在全力搜捕的，三年内杀了四十一个人的杀人狂，你的职业声望将从此一泻千里。"

"你现在就可以报警。"滑膛平静地说。

"这桩业务是不是涉及了你的某些个人经历？"许雪萍问。

滑膛不得不佩服她的洞察力，他没有回答，默认了。

"因为那个女人？"

滑膛沉默着，对话已超出了合适的范围。

　　"好吧，"朱汉杨缓缓吐出一口白烟，"这桩业务很重要，我们在短时间内也找不到更合适的人，只能答应你的条件，告诉你原因，一个你做梦都想不到的原因。我们这些社会上最富有的人，却要杀掉社会上最贫穷最弱势的人，这使我们现在在你的眼中成了不可理喻的变态恶魔，在说明原因之前，我们首先要纠正你的这个印象。"

　　"我对黑与白不感兴趣。"

　　"可事实已证明不是这样，好，跟我们来吧。"朱汉杨将只抽了一口的整根雪茄扔下，起身向外走去。

　　滑膛同社会财富液化委员会的全体常委一起走出酒店。

　　这时，天空中又出现了异常，大街上的人们都在紧张地抬头仰望。哥哥飞船正在低轨道上掠过，由于初升太阳的照射，它在晴朗的天空上显得格外清晰。飞船沿着运行的轨迹，撒下一颗颗银亮的星星，那些星星等距离排列，已在飞船后面形成了一条穿过整个天空的长线，而哥哥飞船本身的长度已经明显缩短了，它释放出星星的一头变得参差不齐，像折断的木棒。滑膛早就从新闻中得知，哥哥飞船是由上千艘子船形成的巨大组合体，现在，这个组合体显然正在分裂为子船船队。

　　"大家注意了！"朱汉杨挥手对常委们大声说，"你们都看到了，事态正在发展，时间可能不多了，我们工作的步伐要加快，各小组立刻分头到自己分管的液化区域，继续昨天的工作。"

　　说完，他和许雪萍上了一辆车，并招呼滑膛也上来。滑膛这才发现，酒店外面等着的，不是这些富豪们平时乘坐的豪华车，而是一排五十铃客货车。"为了多拉些东西。"许雪萍看出了滑膛的疑惑，对他解释说。滑膛看看后面的车厢，里面整齐地装满了一模一样的黑色小手提箱，那些小箱子看上去相当精致，估计有上百个。

　　没有司机，朱汉杨亲自开车驶上了大街。车很快拐入了一个林荫道，然后放慢了速度，滑膛发现原来朱汉杨在跟着路边的一个行人慢开，那人是个流浪汉，这个时代流浪汉的衣着不一定褴褛，但还是一眼就能看出来。流浪汉的腰上挂着一个塑料袋，每走一步袋里的东西就叮咣响一下。

滑膛知道，昨天他看到的那个流浪者和拾荒者大量减少的谜底就要揭开了，但他不相信朱汉杨和许雪萍敢在这个地方杀人，他们多半是先将目标骗上车，然后带到什么地方除掉。按他们的身份，用不着亲自干这种事，也许只是为了向滑膛示范？滑膛不打算干涉他们，但也绝不会帮他们，他只管合同内的业务。

流浪汉显然没觉察到这辆车的慢行与自己有什么关系，直到许雪萍叫住了他。

"你好！"许雪萍摇下车窗说，流浪汉站住，转头看着她，脸上覆盖着这个阶层的人那种厚厚的麻木，"有地方住吗？"许雪萍微笑着问。

"夏天哪儿都能住。"流浪汉说。

"冬天呢？"

"暖气道，有的厕所也挺暖和。"

"你这么过了多长时间了？"

"我记不清了，反正征地费花完后就进了城，以后就这样了。"

"想不想在城里有套三室一厅的房子，有个家？"

流浪汉麻木地看着女富豪，没听懂她的话。

"认字吗？"许雪萍问，流浪汉点点头后，她向前一指："看那边——"那里有一幅巨大的广告牌，在上面，青翠绿地上的点缀着乳白色的楼群，像一处世外桃源，"那是一个商品房广告。"流浪汉扭头看看广告牌，又看看许雪萍，显然不知道那与自己有什么关系，"好，现在你从我车上拿一个箱子。"

流浪汉走到车厢处拎了一个小提箱走过来，许雪萍指着箱子对他说：

"这里面是 100 万元人民币，用其中的 50 万你就可以买一套那样的房子，剩下的留着过日子吧，当然，如果你花不了，也可以像我们这样把一部分送给更穷的人。"

流浪汉眼睛转转，捧着箱子仍面无表情，对于被愚弄，他很漠然。

"打开看看。"

流浪汉用黑乎乎的手笨拙地打开箱子，刚开一条缝就啪的一声合上了，他脸上那冰冻三尺的麻木终于被击碎，一脸震惊，像见了鬼。

"有身份证吗？"朱汉杨问。

流浪汉下意识地点点头，同时把箱子拎得尽量离自己远些，仿佛它是一颗炸弹。

"去银行存了，用起来方便一些。"

"你们……要我干啥？"流浪汉问。

"只要你答应一件事：外星人就要来了，如果他们问起你，你就说自己有这么多钱，就这一个要求，你能保证这样做吗？"

流浪汉点点头。

许雪萍走下车，冲流浪汉深深鞠躬："谢谢。"

"谢谢。"朱汉杨也在车里说。

最令滑膛震惊的是，他们表达谢意时看上去是真诚的。

车开了，将刚刚诞生的百万富翁丢在后面。前行不远，车在一个转弯处停下了，滑膛看到路边蹲着三个找活儿的外来装修工，他们每人的工具只是一把三角形的小铁铲，外加地上摆着的一个小硬纸板，上书"刮家"。那三个人看到停在面前的车立刻起身跑过来，问：老板有活吗？

朱汉杨摇摇头："没有，最近生意好吗？"

"哪有啥生意啊，现在都用喷上去的新涂料，就是一通电就能当暖气的那种，没有刮家的了。"

"你们从哪儿来？"

"河南。"

"一个村儿的？哦，村里穷吗？有多少户人家？"

"山里的，五十多户。哪能不穷呢，天旱，老板你信不信啊，浇地是拎着壶朝苗根儿上一根根地浇呢。"

"那就别种地了……你们有银行账户吗？"

三人都摇摇头。

"那又是只好拿现金了，挺重，辛苦你们了……从车上拿十几个箱子下来。"

"十几个啊？"装修工们从车上拿箱子，堆放到路边，其中的一个问，对朱汉杨刚才的话，他们谁都没有去细想，更没在意。

"十多个吧，无所谓，你们看着拿。"

很快，十五个箱子堆在地上，朱汉杨指着这堆箱子说："每只箱子里面装着 100 万元，共 1500 万，回家去，给全村分了吧。"

一名装修工对朱汉杨笑笑，好像是在赞赏他的幽默感，另一名蹲下去打开了一只箱子，同另外两人一起看了看里面，然后他们一起露出同刚才那名流浪汉一样的表情。

"东西挺重的，去雇辆车回河南，如果你们中有会开车的，买一辆更方便些。"许雪萍说。

三名装修工呆呆地看着面前这两个人，不知他们是天使还是魔鬼，很自然地，一名装修工问出了刚才流浪汉的问题："让我们干什么？"

回答也一样："只要你们答应一件事：外星人就要来了，如果他们问起你们，你们就说自己有这么多钱，就这一个要求，你们能保证做到吗？"

三个穷人点点头。

"谢谢。""谢谢。"两位超级富豪又真诚地鞠躬致谢，然后上车走了，留下那三个人茫然地站在那堆箱子旁。

"你一定在想，他们会不会把钱独吞了。"朱汉杨扶着方向盘对滑膛说，"开始也许会，但他们很快就会把多余的钱分给穷人的，就像我们这样。"

滑膛沉默着，面对眼前的怪异和疯狂，他觉得沉默是最好的选择，现在，理智能告诉他的只有一点：世界将发生根本的变化。

"停车！"许雪萍喊道，然后对在一个垃圾桶旁搜寻易拉罐和可乐瓶的脏小孩儿喊，"孩子，过来！"孩子跑了过来，同时把他拾到的半编织袋瓶罐也背过来，好像怕丢了似的，"从车上拿一个箱子。"孩子拿了一个，"打开看看。"孩子打开了，看了，很吃惊，但没到刚才那四个成年人那种程度。"是什么？"许雪萍问。

"钱。"孩子抬起头看着她说。

"100万块钱，拿回去给你的爸爸妈妈吧。"

"这么说真有这事儿？"孩子扭头看看仍装着许多箱子的车厢，眨眨眼说。

"什么事？"

"送钱啊，说有人在到处送大钱，像扔废纸似的。"

"但你要答应一件事，这钱才是你的：外星人就要来了，如果他们问起你，你就说自己有这么多钱，你确实有这么多钱，不是吗？就这一个要求，你能保证做到吗？"

"能！"

"那就拿着钱回家吧，孩子，以后世界上不会有贫穷了。"朱汉杨说着，启动了汽车。

"也不会有富裕了。"许雪萍说，神色黯然。

"你应该振作起来，事情是很糟，但我们有责任阻止它变得更糟。"

朱汉杨说。

"你真觉得这种游戏有意义吗?"

朱汉杨猛地刹住了刚开动的车,在方向盘上方挥着双手喊道:"有意义!当然有意义!!难道你想在后半生像那些人一样穷吗?你想挨饿和流浪吗?"

"我甚至连活下去的兴趣都没有了。"

"使命感会支撑你活下去,这些黑暗的日子里我就是这么过来的,我们的财富给了我们这种使命。"

"财富怎么了?我们没偷没抢,挣的每一分钱都是干净的!我们的财富推动了社会前进,社会应该感谢我们!"

"这话你对哥哥文明说吧。"朱汉杨说完走下车,对着长空长出了一口气。

"你现在看到了,我们不是杀穷人的变态凶手。"朱汉杨对跟着走下车的滑膛说,"相反,我们正在把自己的财富散发给最贫穷的人,就像刚才那样。在这座城市里,在许多其他的城市里,在国家一级贫困地区,我们公司的员工都在这样做。他们带着集团公司的全部资产:上千亿的支票、信用卡和存折,一卡车一卡车的现金,去消除贫困。"

这时,滑膛注意到了空中的景象:一条由一颗颗银色星星连成的银线横贯长空,哥哥飞船联合体完成了解体,一千多艘子飞船变成了地球的一条银色星环。

"地球被包围了。"朱汉杨说,"这每颗星星都有地球上的航空母舰那么大,一艘单独的子船上的武器,就足以毁灭整个地球。"

"昨天夜里,它们毁灭了澳大利亚。"许雪萍说。

"毁灭?怎么毁灭?"滑膛看着天空问。

"一种射线从太空扫描了整个澳洲大陆,射线能够穿透建筑物和掩体,人和大型哺乳动物都在一小时内死去，昆虫和植物安然无恙，城市中，连橱窗里的瓷器都没有打碎。"

滑膛看了许雪萍一眼，又继续看着天空，对于这种恐惧，他的承受力要强于一般人。

"一种力量的显示，之所以选中澳大利亚，是因为它是第一个明确表示拒绝保留地方案的国家。"朱汉杨说。

"什么方案？"滑膛问。

"从头说起吧。来到太阳系的哥哥文明其实是一群逃荒者，他们在第一地球无法生存下去，我们失去了自己的家园，这是他们的原话。具体原因他们没有说明。他们要占领我们的地球四号，作为自己新的生存空间。至于地球人类，将被全部迁移至人类保留地，这个保留地被确定为澳洲，地球上的其他领土都归哥哥文明所有……这一切在今天晚上的新闻中就要公布了。"

"澳洲？大洋中的一个大岛，地方倒挺合适，澳大利亚的内陆都是沙漠，五十多亿人挤在那块地方很快就会全部饿死的。"

"没那么糟，在澳洲保留地，人类的农业和工业将不再存在，他们不需要从事生产就能活下去。"

"靠什么活？"

"哥哥文明将养活我们，他们将赡养人类，人类所需要的一切生活资料都将由哥哥种族长期提供，所提供的生活资料将由他们平均分配，每个人得到的数量相等，所以，未来的人类社会将是一个绝对不存在贫富差别的社会。"

"可生活资料将按什么标准分配给每个人呢？"

"你一下子就抓住了问题的关键：按照保留地方案，哥哥文明将对地球人类进行全面的社会普查，调查的目的是确定目前人类社会最低的生活标准，哥哥文明将按这个标准配给每个人的生活资料。"

滑膛低头沉思了一会儿，突然笑了起来："呵，我有些明白了，对所有的事，我都有些明白了。"

"你明白了人类文明面临的处境吧。"

"其实嘛，哥哥的方案对人类还是很公平的。"

"什么？你竟然说公平？！你这个……"许雪萍气急败坏地说。"他是对的，是很公平。"朱汉杨平静地说，"如果人类社会不存在贫富差距，最低的生活水准与最高的相差不大，那保留地就是人类的乐园了。"

"可现在……"

"现在要做的很简单，就是在哥哥文明的社会普查展开之前，迅速抹平社会财富的鸿沟！"

"这就是所谓的社会财富液化吧？"滑膛问。

"是的，现在的社会财富是固态的，固态就有起伏，像这大街旁的高楼，像那平原上的高山，但当这一切都液化后，一切都变成了大海，海面是平滑的。"

"但像你们刚才那种做法，只会造成一片混乱。"

"是的，我们只是做出一种姿态，显示财富占有者的诚意。真正的财富液化很快就要在全世界展开，它将在各国政府和联合国的统一领导下进行，大扶贫即将开始，那时，富国将把财富向第三世界倾倒，富人将把金钱向穷人抛撒，而这一切，都是完全真诚的。"

"事情可能没那么简单。"滑膛冷笑着说。

"你是什么意思？你个变态的……"许雪萍指着滑膛的鼻子咬牙切齿地说，朱汉杨立刻制止了她。

"他是个聪明人，他想到了。"朱汉杨朝滑膛偏了一下头说。

"是的，我想到了，有穷人不要你们的钱。"

许雪萍看了滑膛一眼，低头不语了，朱汉杨对滑膛点点头："是的，他们中有人不要钱。你能想象吗？在垃圾中寻找食物，却拒绝接受100万元……哦，你想到了。"

"但这种穷人，肯定是极少数。"滑膛说。

"是的，但他们只要占贫困人口十万分之一的比例，就足以形成一个社会阶层，在哥哥那先进的社会调查手段下，他们的生活水准，就会被当作人类最低的生活水准，进而成为哥哥进行保留地分配的标准……知道吗，只要十万分之一！"

"那么，现在你们知道的比例有多大？"

"大约千分之一。"

"这些下贱变态的千古罪人！"许雪萍对着天空大骂一声。

"你们委托我杀的就是这些人了。"这时，滑膛也不想再用术语了。

朱汉杨点点头。

滑膛用奇怪的目光地看着朱汉杨，突然仰天大笑起来："哈哈哈……我居然在为人类造福？！"

"你是在为人类造福，你是在拯救人类文明。"

"其实，你们只需用死去威胁，他们还是会接受那些钱的。"

"这不保险！"许雪萍凑近滑膛低声说，"他们都是变态的狂人，是那种被阶级仇恨扭曲的变态，即使拿了钱，也会在哥哥面前声称自己一贫如洗，所以，必须尽快从地球上彻底清除这种人。"

"我明白了。"滑膛点点头说。

"那么你现在的打算呢？我们已经满足了你的要求，说明了原因；当然，钱以后对谁意义都不大了，你对为人类造福肯定也没兴趣。"

"钱对我早就意义不大了，后面那件事从来没想过……不过，我将履行合同。今天零点前完工，请准备验收。"滑膛说完，起步离开。"有一个问题，"朱汉杨在滑膛后面说，"也许不礼貌，你可以不回答：如果你是穷人，是不是也不会要我们的钱？"

"我不是穷人。"滑膛没有回头说，但走了几步，他还是回过头来，用鹰一般的眼神看着两人，"如果我是，是的，我不会要。"说完，大步走去。

"你为什么不要他们的钱？"滑膛问 1 号目标，那个上次在广场上看到的流浪汉，现在，他们站在距广场不远处公园里的小树林中，有两种光透进树林，一种幽幽的蓝光来自太空中哥哥飞船构成的星环，这片蓝光在林中的地上投下斑驳的光影；另一种是城市的光，从树丛外斜照进来，在剧烈地颤动着，变幻着色彩，仿佛表达着对蓝光的恐惧。

流浪汉嘿嘿一笑："他们在求我，那么多的有钱人在求我，有个女的还流泪呢！我要是要了钱，他们就不会求我了，有钱人求我，很爽的。"

"是，很爽。"滑膛说着，扣动了大鼻子的扳机。

流浪汉是个惯偷，一眼就看出这个叫他到公园里来的人右手拿着的外套里面裹着东西，他一直很好奇那是什么，现在突然看到衣服上亮光一闪，像是里面的什么活物眨了下眼，接着便坠入了永恒的黑暗。

这是一次超速快冷加工，飞速滚动的子弹将工件眉毛以上的部分几乎全切去了，在衣服覆盖下枪声很闷，没人注意到。

垃圾场。滑膛发现，今天拾垃圾的只有她一人了，其他的拾荒者显然都拿到了钱。

在星环的蓝光下，滑膛踏着温软的垃圾向目标大步走去。这之前，他100 次提醒自己，她不是果儿，现在不需要对自己重复了。他的血一直是冷的，不会因一点点少年时代记忆中的火苗就热起来。拾荒女甚至没有注意到来人，滑膛就开了枪。垃圾场上不需要消音，他的枪是露在外面开的，声音很响，枪口的火光像小小的雷电将周围的垃圾山照亮了一瞬间，由于距离远，在空气中翻滚的子弹来得及唱出它的歌，那呜呜的声音像万鬼哭号。

这也是一次超速快冷却，子弹像果汁机中飞旋的刀片，瞬间将目标的心脏切得粉碎，她在倒地之前已经死了。她倒下后，立刻与垃圾融为一体，本来能显示出她存在的鲜血也被垃圾吸收了。

在意识到背后有人的一瞬间，滑膛猛地转身，看到画家站在那里，他的长发在夜风中飘动，浸透了星环的光，像蓝色的火焰。

"他们让你杀了她？"画家问。

"履行合同而已，你认识她？"

"是的，她常来看我的画，她认字都不多，但能看懂那些画，而且和你一样喜欢它们。"

"合同里也有你。"

画家平静地点点头，没有丝毫恐惧："我想到了。"

"只是好奇问问，为什么不要钱？"

"我的画都是描写贫穷与死亡的，如果一夜之间成了百万富翁，我的艺术就死了。"

滑膛点点头："你的艺术将活下去，我真的很喜欢你的画。"说着他抬起了枪。

"等等，你刚才说是在履行合同，那能和我签一个合同吗？"

滑膛点点头："当然可以。"

"我自己的死无所谓，为她复仇吧。"画家指指拾荒女倒下的地方。

"让我用我们这个行业的商业语言说明你的意思：你委托我加工一批工件，这些工件曾经委托我加工你们两个工件。"

画家再次点点头："是这样的。"

130

滑膛郑重地说："没有问题。"

"可我没有钱。"

滑膛笑笑："你卖给我的那幅画，价钱真的太低了，它已足够支付这桩业务了。"

"那谢谢你了。"

"别客气，履行合同而已。"

死亡之火再次喷出枪口，子弹翻滚着，呜哇怪叫着穿过空气，穿透了画家的心脏，血从他的胸前和背后喷向空中，他倒下后两三秒钟，这些飞扬的鲜血才像温热的雨洒落下来。

"这没必要。"

声音来自滑膛背后，他猛转身，看到垃圾场的中央站着一个人，一个男人，穿着几乎与滑膛一样的皮夹克，看上去还年轻，相貌平常，双眼映出星环的蓝光。

滑膛手中的枪下垂着，没有对准新来的人，他只是缓缓扣动扳机，大鼻子的击锤懒洋洋地抬到了最高处，处于一触即发的状态。

"是警察吗？"滑膛问，口气很轻松随便。

来人摇摇头。

"那就去报警吧。"

来人站着没动。

"我不会在你背后开枪的，我只加工合同中的工件。"

"我们现在不干涉人类的事。"来人平静地说。

这话像一道闪电击中了滑膛，他的手不由得一松，左轮的击锤落回到原位。他细看来人，在星环的光芒下，无论怎么看，他都是一个普通的人。

"你们，已经下来了？"滑膛问，他的语气中出现了少有的紧张。

"我们早就下来了。"

接着，在第四地球的垃圾场上，来自两个世界的两个人长时间地沉默着。这凝固的空气使滑膛窒息，他想说点什么，这些天的经历，使他下意识地提出了一个问题：

"你们那儿，也有穷人和富人吗？"

第一地球人微笑了一下说："当然有，我就是穷人，"他又指了一下天空中的星环，"他们也是。"

"上面有多少人？"

"如果你是指现在能看到的这些，大约有五十万人，但这只是先遣队，几年后到达的一万艘飞船将带来十亿人。"

"十亿？他们……不会都是穷人吧？"

"他们都是穷人。"

"第一地球上的世界到底有多少人呢？"

"二十亿。"

"一个世界里怎么可能有那么多穷人？"

"一个世界里怎么不可能有那么多是穷人？"

"我觉得，一个世界里的穷人比例不可能太高，否则这个世界就变得不稳定，那富人和中产阶级也过不好了。"

"以目前第四地球所处的阶段，很对。"

"还有不对的时候吗？"

第一地球人低头想了想，说："这样吧，我给你讲讲第一地球上穷人和富人的故事。"

"我很想听。"滑膛把枪插回怀里的枪套中。

"两个人类文明十分相似，你们走过的路我们都走过，我们也有过你们现在的时代：社会财富的分配虽然不均，但维持着某种平衡，穷人和富人都不是太多，人们普遍相信，随着社会的进步，贫富差距将进一步减小，他们憧憬着人人均富的大同时代。但人们很快会发现事情要复杂得多，这种平衡很快就要被打破了。"

"被什么东西打破的？"

"教育。你也知道，在你们目前的时代，教育是社会下层进入上层的唯一途径，如果社会是一个按温度和含盐度分成许多水层的海洋，教育就像一根连通管，将海底水层和海面水层连接起来，使各个水层之间不至于完全隔绝。"

"你接下来可能想说，穷人越来越上不起大学了。"

"是的，高等教育费用日益昂贵，渐渐成了精英子女的特权。但就传统教育而言，即使仅仅是为了市场的考虑，它的价格还是有一定限度的，所以那条连通管虽然已经细若游丝，但还是存在着。可有一天，教育突然发生了根本的变化，一个技术飞跃出现了。"

"是不是可以直接向大脑里灌知识了？"

"是的，但知识的直接注入只是其中的一部分。大脑中将被植入一台超级计算机，它的容量远大于人脑本身，它存贮的知识可变为植入者的清晰记忆。但这只是它的一个次要功能，它是一个智力放大器，一个思想放大器，可将人的思维提升到一个新的层次。这时，知识、智力、深刻的思想、甚至完美的心理和性格、艺术审美能力等等，都成了商品，都可以买得到。"

"一定很贵。"

"是的，很贵，将你们目前的货币价值做个对比，一个人接受超等教育的费用，与在北京或上海的黄金地段买两到三套 150 平方米的商品房相当。"

"要是这样，还是有一部分人能支付得起的。"

"是的，但只是一小部分有产阶层，社会海洋中那条连通上下层的管道彻底中断了。完成超等教育的人的智力比普通人高出一个层次，他们与未接受超等教育的人之间的智力差异，就像后者与狗之间的差异一样大。同样的差异还表现在许多其他方面，比如艺术感受能力等。于是，这些超级知识阶层就形成了自己的文化，而其余的人对这种文化完全不可理解，就像狗不理解交响乐一样。超级知识分子可能都精通上百种语言，在某种场合，对某个人，都要按礼节使用相应的语言。在这种情况下，在超级知识阶层看来，他们与普通民众的交流，就像我们与狗的交流一样简陋了……于是，一件事就自然而然地发生了，你是个聪明人，应该能想到。"

"富人和穷人已经不是同一个……同一个……"

"富人和穷人已经不是同一个物种了，就像穷人和狗不是同一个物种一样，穷人不再是人了。"

"哦，那事情可真的变了很多。"

"变了很多，首先，你开始提到的那个维持社会财富平衡、限制穷人数量的因素不存在了。即使狗的数量远多于人，他们也无力制造社会不稳定，只能制造一些需要费神去解决的麻烦。随便杀狗是要受惩罚的，但与杀人毕竟不一样，特别是当狂犬病危及人的安全时，把狗杀光也是可以的。对穷人的同情，关键在于一个同字，当双方相同的物种基础不存在时，同情也就不存在了。这是人类的第二次进化，第一次与猿分开来，靠的是自然选择；这一次与穷人分开来，靠的是另一条同样神圣的法则：私有财产不可侵犯。"

"这法则在我们的世界也很神圣的。"

"在第一地球的世界里，这项法则由一个叫社会机器的系统维持。社会机器是一种强有力的执法系统，它的执法单元遍布世界的每一个角落，有的执法单元只有蚊子大小，但足以在瞬间同时击毙上百人。它们的法则不是你们那个阿西莫夫的三定律，而是第一地球的宪法基本原则：私有财产不可侵犯。它们带来的并不是专制，它们的执法是绝对公正的，并非倾向于有产阶层，如果穷人那点儿可怜的财产受到威胁，他们也会根据宪法去保护的。

在社会机器强有力的保护下，第一地球的财富不断地向少数人集中。而技术发展导致了另一件事，有产阶层不再需要无产阶层了。在你们的世界，富人还是需要穷人的，工厂里总得有工人。但在第一地球，机器已经不需要人来操作了，高效率的机器人可以做一切事情，无产阶层连出卖劳动力的机会都没有了，他们真的一贫如洗。这种情况的出现，完全改变了第一地球的经济实质，大大加快了社会财富向少数人集中的速度。

财富集中的过程十分复杂，我向你说不清楚，但其实质与你们世界的资本运作是相同的。在我曾祖父的时代。第一地球 60% 的财富掌握在1000 万人手中；在爷爷的时代，世界财富的 80% 掌握在 1 万人手中；在爸爸的时代，财富的 90% 掌握在 42 人手中。

在我出生时，第一地球的资本主义达到了顶峰上的顶峰，创造了令人难以置信的资本奇迹：99% 的世界财富掌握在一个人的手中！这个人被称作终产者。

这个世界的其余二十多亿人虽然也有贫富差距，但他们总体拥有的财富只是世界财富总量的 1%，也就是说，第一地球变成了由一个富人和二十亿个穷人组成的世界，穷人是二十亿，不是我刚才告诉你的十亿，而富人只有一个。这时，私有财产不可侵犯的宪法仍然有效，社会机器仍在忠实地履行着它的职责，保护着那一个富人的私有财产。

想知道终产者拥有什么吗？他拥有整个第一地球！这个行星上所有的大陆和海洋都是他家的客厅和庭院，甚至第一地球的大气层都是他私人的财产。

剩下的二十亿穷人，他们的家庭都住在全封闭的住宅中，这些住宅本身就是一个自给自足的微型生态循环系统，他们用自己拥有的那可怜的一点点水、空气和土壤等资源在这全封闭的小世界中生活着，能从外界索取的，只有不属于终产者的太阳能了。

我的家坐落在一条小河边，周围是绿色的草地，一直延伸到河沿，再延伸到河对岸翠绿的群山脚下，在家里就能听到群鸟鸣叫和鱼儿跃出水面的声音，能看到悠然的鹿群在河边饮水，特别是草地在和风中的波纹最让我陶醉。但这一切不属于我们，我们的家与外界严格隔绝，我们的窗是密封舷窗，永远都不能开的。要想外出，必须经过一段过渡舱，就像从飞船进入太空一样，事实上，我们的家就像一艘宇宙飞船，不同的是，恶劣的环境不是在外面而是在里面！我们只能呼吸家庭生态循环系统提供的污浊的空气，喝经千万次循环过滤的水，吃以我们的排泄物为原料合成再生的难以下咽的食物。而与我们仅一墙之隔，就是广阔而富饶的大自然，我们外出时，穿着像一名宇航员，食物和水要自带，甚至自带氧气瓶，因为外面的空气不属于我们，是终产者的财产。

当然，有时也可以奢侈一下，比如在婚礼或节日什么的，这时我们走出自己全封闭的家，来到第一地球的大自然中，最令人陶醉的是呼吸第一口大自然的空气时，那空气是微甜的，甜得让你流泪。但这是要花钱的，外出之前我们都得吞下一粒药丸大小的空气售货机，这种装置能够监测和统计我们吸入空气的量，我们每呼吸一次，银行账户上的钱就被扣除一点。对于穷人，这真的是一种奢侈，每年也只能有一两次。我们来到外面时，也不敢剧烈活动，甚至不动只是坐着，以控制自己的呼吸量。回家前还要仔细地刮刮鞋底，因为外面的土壤也不属于我们。

现在告诉你我母亲是怎么死的。为了节省开支，她那时已经有三年没有到户外去过一次了，节日也舍不得出去。这天深夜，她竟在梦游中通过过渡门到了户外！她当时做的一定是一个置身于大自然中的梦。当执法单元发现她时，她已经离家有很远的距离了，执法单元也发现了她没有吞下空气售货机，就把她朝家里拖，同时用一只机械手卡住她的脖子，它并没想掐死她，只是不让她呼吸，以保护另一个公民不可侵犯的私有财产——空气。但到家时她已经被掐死了，执法单元放下她的尸体对我们说：她犯了盗窃罪。我们要被罚款，但我们已经没有钱了，于是母亲的遗体就被没收抵账。要知道，对一个穷人家庭来说，一个人的遗体是很宝贵的，占它重量70%的是水啊，还有其他有用的资源。但遗体的价值还不够缴纳罚款，社会机器便从我们家抽走了相当数量的空气。

我们家生态循环系统中的空气本来已经严重不足，一直没钱补充，在被抽走一部分后，已经威胁到了内部成员的生存。为了补充失去的空气，生态系统不得不电解一部分水，这个操作使得整个系统的状况急剧恶化。主控电脑发出了警报：如果我们不向系统中及时补充15升水的话，系统将在三十小时后崩溃。警报灯的红色光芒弥漫在每个房间。我们曾打算到外面的河里偷些水，但旋即放弃了，因为我们打到水后还来不及走回家，就会被无所不在的执法单元击毙。父亲沉思了一会儿，让我不要担心，先睡觉。虽然处于巨大的恐惧中，但在缺氧的状态下，我还是睡着了。不知过了多长时间，一个机器人推醒了我，它是从与我家对接的一辆资源转换车上进来的，它指着旁边一桶清澈晶莹的水说：这就是你父亲。资源转换车是一种将人体转换成能为家庭生态循环系统所用资源的流动装置，父亲就是在那里将自己体内的水全部提取出来，而这时，就在离我家不到一百米处，那条美丽的河在月光下哗哗地流着。资源转换车从他的身体还提取了其他一些对生态循环系统有用的东西：一盒有机油脂、一瓶钙片，甚至还有硬币那么大的一小片铁。

父亲的水拯救了我家的生态循环系统，我一个人活了下来，一天天长大，五年过去了。在一个秋天的黄昏，我从舷窗望出去，突然发现河边有一个人在跑步，我惊奇是谁这么奢侈，竟舍得在户外这样呼吸？！仔细一看，天啊，竟是终产者！他慢下来，放松地散着步，然后坐在河边的一块石头上，将一只赤脚伸进清澈的河水里。他看上去是一个健壮的中年男人，但实际已经两千多岁了，基因工程技术还可以保证他再活这么长时间，甚至永远活下去。不过在我看来，他真的是一个很普通的人。

又过了两年，我家的生态循环系统的运行状况再次恶化，这样小规模的生态系统，它的寿命肯定是有限的。终于，它完全崩溃了。空气中的含氧量在不断减少，在缺氧昏迷之前，我吞下了一枚空气售货机，走出了家门。像每一个家庭生态循环系统崩溃的人一样，我坦然地面对着自己的命运：呼吸完我在银行那可怜的存款，然后被执法机器掐死或击毙。

这时我发现外面的人很多，家庭生态循环系统开始大批量地崩溃了。一个巨大的执法机器悬浮在我们上空，播放着最后的警告：公民们，你们闯入了别人的家里，你们犯了私闯民宅罪，请尽快离开！不然……离开？我们能到哪里去？自己的家中已经没有可供呼吸的空气了。

我与其他人一起，在河边碧绿的草地上尽情地奔跑，让清甜的春风吹过我们苍白的面庞，让生命疯狂地燃烧……

不知过了多长时间，我们突然发现自己银行里的存款早就呼吸完了，但执法单元们并没有采取行动。这时，从悬浮在空中的那个巨型执法单元中传出了终产者的声音。

"各位好，欢迎光临寒舍！有这么多的客人我很高兴，也希望你们在我的院子里玩得愉快，但还是请大家体谅我，你们来的人实在是太多了。现在，全球已有近十亿人因生态循环系统崩溃而走出了自己的家，来到我家，另外那十多亿可能也快来了，你们是擅自闯入，侵犯了我这个公民的居住权和隐私，社会机器采取行动终止你们的生命是完全合理合法的，如果不是我劝止了它们那么做，你们早就全部被激光蒸发了。但我确实劝止了它们，我是个受过多次超等教育的有教养的人，对家里的客人，哪怕是违法闯入者，都是讲礼貌的。但请你们设身处地为我想想，家里来了二十亿客人，毕竟是稍微多了些，我是个喜欢安静和独处的人，所以还是请你们离开寒舍。我当然知道大家在地球上无处可去，但我为你们，为二十亿人准备了两万艘巨型宇宙飞船，每艘都有一座中等城市大小，能以光速的百分之一航行。上面虽没有完善的生态循环系统，但有足够容纳所有人的生命冷藏舱，足够支持 5 万年。我们的星系中只有地球这一颗行星，所以你们只好在恒星际间寻找自己新的家园，但相信一定能找到的。宇宙之大，何必非要挤在我这间小小的陋室中呢？你们没有理由恨我，得到这幢住所，我是完全合理合法的，我从一个经营妇女卫生用品的小公司起家，一直做到今天的规模，完全是凭借自己的商业才能，没有做过任何违法的事，所以，社会机器在以前保护了我，以后也会继续保护我，保护我这个守法公民的私有财产，它不会容忍你们的违法行径，所以，还是请大家尽快动身吧，看在同一进化渊源的分上，我会记住你们的，也希望你们记住我，保重吧。"

我们就是这样来到了第四地球，航程延续了 3 万年，在漫长星际流浪中，损失了近一半的飞船，有的淹没于星际尘埃中，有的被黑洞吞食……但，总算有一万艘飞船，十亿人到达了这个世界。好了，这就是第一地球的故事，二十亿个穷人和一个富人的故事。

"如果没有你们的干涉，我们的世界也会重复这个故事吗？"听完了第一地球人的讲述，滑膛问道。

"不知道，也许会也许不会，文明的进程像一个人的命运，变幻莫测的……好，我该走了，我只是一名普通的社会调查员，也在为生计奔忙。"

"我也有事要办。"滑膛说。

"保重，弟弟。"

"保重，哥哥。"

在星环的光芒下，两个世界的两个男人分别向两个方向走去。

滑膛走进了总统大厅，社会财富液化委员会的 13 个常委一起转向他。朱汉杨说：

"我们已经验收了，你干得很好，另一半款项已经汇入你的账户，尽管钱很快就没用了……还有一件事想必你已经知道：哥哥文明的社会调查员已君临地球，我们和你做的事都无意义，我们也没有进一步的业务给你了。"

"但我还是揽到了一项业务。"

滑膛说着，掏出手枪，另一只手向前伸着，啪啪啪啪啪啪啪，七颗橙黄的子弹掉在桌面上，与手中大鼻子弹仓中的 6 颗加起来，正好 13 颗。在 13 个富翁脸上，震惊和恐惧都只闪现了很短的时间，接下来的只有平静，这对他们来说，可能只意味着解脱。

外面，一群巨大的火流星划破长空，强光穿透厚厚的窗帘，使水晶吊灯黯然失色，大地剧烈震动起来。第一地球的飞船开始进入大气层。"还没吃饭吧？"许雪萍问滑膛，然后指着桌上的一堆方便面说，"咱们吃了饭再说吧。"

他们把一个用于放置酒和冰块的大银盆用三个水晶烟灰缸支起来，在银盆里加上水。然后，他们在银盆下烧起火来，用的是百元钞票，大家轮流着将一张张钞票放进火里，出神地看着黄绿相间的火焰像一个活物般欢快地跳动着。

当烧到 135 万时，水开了。

⑤

|

诗　云

伊依一行三人乘一艘游艇在南太平洋上做吟诗航行，他们的目的地是南极，如果几天后能顺利地到达那里，他们将钻出地壳去看诗云。

今天，天空和海水都很清澈，对于作诗来说，世界显得太透明了。抬头望去，平时难得一见的美洲大陆清晰地出现在天空中，在东半球构成的覆盖世界的巨大穹顶上，大陆好像是墙皮脱落的区域……

哦，现在人类生活在地球里面，更准确地说，人类生活在气球里面，哦，地球已变成了气球。地球被掏空了，只剩下厚约一百公里的一层薄壳，但大陆和海洋还原封不动地存在着，只不过都跑到里面了，球壳的里面。大气层也还存在，也跑到球壳里面了，所以地球变成了气球，一个内壁贴着海洋和大陆的气球。空心地球仍在自转，但自转的意义与以前已大不相同：它产生重力，构成薄薄地壳的那点质量产生的引力是微不足道的，地球重力现在主要由自转的离心力来产生了。但这样的重力在世界各个区域是不均匀的：赤道上最强，约为 1.5 个原地球重力，随着纬度增高，重力也渐渐减小，两极地区的重力为零。现在吟诗游艇航行的纬度正好是原地球的标准重力，但很难令伊依找到已经消失的实心地球上旧世界的感觉。

空心地球的球心悬浮着一个小太阳，现在正以正午的阳光照耀着世界。这个太阳的光度在二十四小时内不停地变化，由最亮渐变至熄灭，给空心地球里面带来昼夜更替。在适当的夜里，它还会发出月亮的冷光，但只是从一点发出的，看不到圆月。

游艇上的三人中有两个其实不是人，他们中的一个是一头名叫大牙的恐龙，它高达十米的身躯一移动，游艇就跟着摇晃倾斜，这令站在船头的吟诗者很烦。吟诗者是一个干瘦老头儿，同样雪白的长发和胡须混在一起飘动，他身着唐朝的宽大古装，仙风道骨，仿佛是在海天之间挥洒写就的一个狂草字。

这就是新世界的创造者，伟大的——李白。

礼　物

事情是从十年前开始的，当时，吞食帝国刚刚完成了对太阳系长达两个世纪的掠夺，来自远古的恐龙驾驶着那个直径五万公里的环形世界飞离太阳，航向天鹅座方向。吞食帝国还带走了被恐龙掠去当作小家禽饲养的十二亿人类。但就在接近土星轨道时，环形世界突然开始减速，最后竟沿原轨道返回，重新驶向太阳系内层空间。

在吞食帝国开始它的返程后的一个大环星期，使者大牙乘它那艘如古老锅炉般的飞船飞离大环，它的衣袋中装着一个叫伊依的人类。

"你是一件礼物！"大牙对伊依说，眼睛看着舷窗外黑暗的太空，它那粗放的嗓音震得衣袋中的伊依浑身发麻。

"送给谁？"伊依在衣袋中仰头大声问，他能从袋口看到恐龙的下颚，像是一大块悬崖顶上突出的岩石。

"送给神！神来到了太阳系，这就是帝国返回的原因。"

"是真的神吗？"

"它们掌握了不可思议的技术，已经纯能化，并且能在瞬间从银河系的一端跃迁到另一端，这不就是神了。如果我们能得到那些超级技术的百分之一，吞食帝国的前景就很光明了。我们正在完成一个伟大的使命，你要学会讨神喜欢！"

"为什么选中了我，我的肉质是很次的。"伊依说，他三十多岁，与吞食帝国精心饲养的那些肌肤白嫩的人类相比，他的外貌很有些沧桑感。

"神不吃虫虫，只是收集，我听饲养员说你很特别，你好像还有很多学生？"

"我是一名诗人，现在在饲养场的家禽人中教授人类的古典文学。"伊依很吃力地念出了"诗""文学"这类在吞食语中很生僻的词。

"无用又无聊的学问，你那里的饲养员默许你授课，是因为其中的一些内容在精神上有助于改善虫虫们的肉质……我观察过，你自视清高目空一切，对于一个被饲养的小家禽来说，这应该是很有趣的。"

"诗人都是这样！"伊依在衣袋中站直，虽然知道大牙看不见，还是骄傲地昂起头。

"你的先辈参加过地球保卫战吗？"

伊依摇摇头："我在那个时代的先辈也是诗人。"

"一种最无用的虫虫，在当时的地球上也十分稀少了。"

"他生活在自己的内心世界里，对外部世界的变化并不在意。"

"没出息……呵，我们快到了。"

听到大牙的话，伊依把头从衣袋中伸出来，透过宽大的舷窗向外看，看到了飞船前方那两个发出白光的物体，那是悬浮在太空中的一个正方形平面和一个球体，当飞船移动到与平面齐平时，它在星空的背景上短暂地消失了一下，这说明它几乎没有厚度；那个完美的球体悬浮在平面正上方，两者都发出柔和的白光，表面均匀得看不出任何特征。这两个东西仿佛是从计算机图库中取出的两个元素，是这纷乱的宇宙中两个简明而抽象的概念。

"神呢？"伊依问。

"就是这两个几何体啊，神喜欢简洁。"

距离拉近，伊依发现平面有足球场大小，飞船在向平面上降落，它的发动机喷出的火流首先接触到平面，仿佛只是接触到一个幻影，没有在上面留下任何痕迹，但伊依感到了重力和飞船接触平面时的震动，说明它不是幻影。大牙显然以前已经来过这里，没有犹豫就拉开舱门走了出去，伊依看到它同时打开了气密过渡舱的两道舱门，心一下抽紧了，但他并没有听到舱内空气涌出时的呼啸声，当大牙走出舱门后，衣袋中的伊依嗅到了清新的空气，伸出外面的脸上感到了习习的凉风……这是人和恐龙都无法理解的超级技术，它温柔和漫不经心的展示震撼了伊依，与人类第一次见到吞食者时相比，这震撼更加深入灵魂。他抬头望望，以灿烂的银河为背景，球体悬浮在他们上方。

"使者，这次你又给我带来了什么小礼物？"神问，他说的是吞食语，声音不高，仿佛从无限远处的太空深渊中传来，让伊依第一次感觉到这种粗陋的恐龙语言听起来很悦耳。

大牙把一只爪子伸进衣袋，抓出伊依放到平面上，伊依的脚底感到了平面的弹性，大牙说："尊敬的神，得知您喜欢收集各个星系的小生物，我带来了这个很有趣的小东西：地球人类。"

"我只喜欢完美的小生物，你把这么肮脏的虫子拿来干什么？"神说，球体和平面发出的白光微微地闪动了两下，可能是表示厌恶。

"您知道这种虫虫?!"大牙惊奇地抬起头。

"只是听这个旋臂的一些航行者提到过，不是太了解。在这种虫子不算长的进化史中，这些航行者曾频繁地光顾地球，这种生物的思想之猥琐、行为之低劣、其历史之混乱和肮脏，都很让他们恶心，以至于直到地球世界毁灭之前，也没有一个航行者屑于同它们建立联系……快把它扔掉。"

大牙抓起伊依，转动着硕大的脑袋看看可该往哪儿扔，"垃圾焚化口在你后面。"神说，大牙一转身，看到身后的平面上突然出现了一个小圆口，里面闪着蓝幽幽的光……

"你不要这样说！人类建立了伟大的文明!!"伊依用吞食语声嘶力竭地大喊。

球体和平面的白光又颤动了两次，神冷笑了两声："文明？使者，告诉这个虫子什么是文明。"

大牙把伊依举到眼前，伊依甚至听到了恐龙的两个大眼球转动时骨碌碌的声音："虫虫，在这个宇宙中，对一个种族文明程度的统一度量是这个种族所进入的空间的维度，只有进入六维以上空间的种族才具备加入文明大家庭的起码条件，我们尊敬的神的一族已能够进入十一维空间。吞食帝国已能在实验室中小规模地进入四维空间，只能算是银河系中一个未开化的原始群落，而你们，在神的眼里也就是杂草和青苔一类的。"

"快扔了，脏死了。"神不耐烦地催促道。

大牙说完，举着伊依向垃圾焚化口走去，伊依拼命挣扎，从衣服中掉出了许多白色的纸片。当那些纸片飘荡着下落时，从球体中射出一条极细的光线，当那束光线射到其中一张纸上时，它便在半空中悬住了，光线飞快地在上面扫描了一遍。

"唔，等等，这是什么东西？"

大牙把伊依悬在焚化口上方，扭头看着球体。

"那是……是我的学生们的作业！"伊依在恐龙的巨掌中吃力地挣扎着说。

"这种方形的符号很有趣，它们组成的小矩阵也很好玩儿。"神说，从球体中射出的光束又飞快地扫描了已落在平面上的另外几张纸。

"那是汉……汉字，这些是用汉字写的古诗！"

"诗？"神惊奇地问，收回了光束，"使者，你应该懂一些这种虫子的文字吧？"

"当然，尊敬的神，在吞食帝国吃掉地球前，我在它们的世界生活了很长时间。"大牙把伊依放到焚化口旁边的平面上，弯腰拾起一张纸，举到眼前吃力地辨认着上面的小字："它的大意是……"

"算了吧，你会曲解它的！"伊依挥手制止大牙说下去。

"为什么？"神很感兴趣地问。

"因为这是一种只能用古汉语表达的艺术，即使翻译成人类的其他语言，也就失去了大部分内涵和魅力，变成另一种东西了。"

"使者，你的计算机中有这种语言的数据库吗？还有有关地球历史的一切知识，好的，给我传过来吧，就用我们上次见面时建立的那个信道。"

大牙急忙返回飞船上，在舱内的电脑上鼓捣了一阵儿，嘴里嘟囔着："古汉语部分没有，还要从帝国的网络上传过来，可能有些时滞。"伊依从敞开的舱门中看到，恐龙的大眼球中映射着电脑屏幕上变幻的彩光。当大牙从飞船上走出来时，神已经能用标准的汉语读出一张纸上的中国古诗了：

"白日依山尽，黄河入海流，欲穷千里目，更上一层楼。"

"您学得真快！"伊依惊叹道。

神没有理他，只是沉默着。

大牙解释说："它的意思是：恒星已在行星的山后面落下，一条叫黄河的河流向着大海的方向流去，哦，这河和海都是由那种由一个氧原子和两个氢原子构成的化合物组成，要想看得更远，就应该在建筑物上登得更高些。"

神仍然沉默着。

"尊敬的神，你不久前曾君临吞食帝国，那里的景色与写这首诗的虫虫的世界十分相似，有山有河也有海，所以……"

"所以我明白诗的意思，"神说，球体突然移动到大牙头顶上，伊依感觉它就像一只盯着大牙看的没有眸子的大眼睛，"但，你，没有感觉到些什么？"

大牙茫然地摇摇头。

"我是说，隐含在这个简洁的方块符号矩阵的表面含义后面的一些东西？"

大牙显得更茫然了，于是神又吟诵了一首古诗：

"前不见古人，后不见来者，念天地之悠悠，独怆然而涕下。"

大牙赶紧殷勤地解释道："这首诗的意思是：向前看，看不到在遥远过去曾经在这颗行星上生活过的虫虫；向后看，看不到未来将要在这行星上生活的虫虫；于是感到时空太广大了，于是哭了。"

神沉默。

"呵，哭是地球虫虫表达悲哀的一种方式，这时它们的视觉器官……"

"你仍没感觉到什么?"神打断了大牙的话问,球体又向下降了一些,几乎贴到大牙的鼻子上。

大牙这次坚定地摇摇头:"尊敬的神,我想里面没有什么的,一首很简单的小诗。"

接下来,神又连续吟诵了几首古诗,都很简短,且属于题材空灵超脱的一类,有李白的《下江陵》《静夜思》和《黄鹤楼送孟浩然之广陵》、柳宗元的《江雪》、崔颢的《黄鹤楼》、孟浩然的《春晓》等。

大牙说:"在吞食帝国,有许多长达百万行的史诗,尊敬的神,我愿意把它们全部献给您!相比之下,人类虫虫的诗是这么短小简单,就像它们的技术……"

球体忽地从大牙头顶飘开去,在半空中沿着随意的曲线飘行着:"使者,我知道你们最大的愿望就是希望我回答一个问题:吞食帝国已经存在了八千万年,为什么其技术仍徘徊在原子时代?我现在有答案了。"

大牙热切地望着球体说:"尊敬的神,这个答案对我们很重要!求您……"

"尊敬的神,"伊依举起一只手大声说,"我也有一个问题,不知能不能问?!"

大牙恼怒地瞪着伊依,像要把他一口吃了似的,但神说:"我仍然讨厌地球虫子,但那些小矩阵为你赢得了这个权利。"

"艺术在宇宙中普遍存在吗?"

球体在空中微微颤动,似乎在点头:"是的,我就是一名宇宙艺术的收集和研究者,我穿行于星云间,接触过众多文明的各种艺术,它们大多是庞杂而晦涩的体系,用如此少的符号,在如此小巧的矩阵中涵含着如此丰富的感觉层次和含义分支,而且这种表达还要在严酷得有些变态的诗律和音韵的约束下进行,这,我确实是第一次见到……使者,现在可以把这虫子扔了。"

大牙再次把伊依抓在爪子里："对，该扔了它，尊敬的神，吞食帝国中心网络中存贮的人类文化资料是相当丰富的，现在您的记忆中已经拥有了所有资料，而这个虫虫，大概就记得那么几首小诗。"说着，它拿着伊依向焚化口走去。"把这些纸片也扔了。"神说，大牙又赶紧反身去用另一只爪子收拾纸片，这时伊依在大爪中高喊：

"神啊，把这些写着人类古诗的纸片留作纪念吧！您收集到了一种不可超越的艺术，向宇宙中传播它吧！"

"等等，"神再次制止了大牙，伊依已经悬到了焚化口上方，他感到了下面蓝色火焰的热力。球体飘过来，在距伊依的额头几厘米处悬定，他同刚才的大牙一样受到了那只没有眸子的巨眼的逼视。

"不可超越？"

"哈哈哈……"大牙举着伊依大笑起来，"这个可怜的虫虫居然在伟大的神面前说这样的话，滑稽！人类还剩下什么？你们失去了地球上的一切，即便能带走的科学知识也忘得差不多了，有一次在晚餐桌上，我在吃一个人之前问他：地球保卫战争中的人类的原子弹是用什么做的？他说是原子做的！"

"哈哈哈哈……"神也让大牙逗得大笑起来，球体颤动得成了椭圆，"不可能有比这更正确的回答了，哈哈哈……"

"尊敬的神，这些脏虫虫就剩下那几首小诗了！哈哈哈……"

"但它们是不可超越的！"伊依在大爪中挺起胸膛庄严地说。

球体停止了颤动，用近似耳语的声音说："技术能超越一切。"

"这与技术无关，这是人类心灵世界的精华，不可超越！"

"那是因为你不知道技术最终能具有什么样的力量，小虫子，小小的虫子，你不知道。"神的语气变得父亲般的温柔，但潜藏在深处阴冷的杀气让伊依不寒而栗，神说，"看着太阳。"

伊依按神的话做了，这是位于地球和火星轨道之间的太空，太阳的光芒使他眯起了双眼。

"你最喜欢的颜色是什么？"神问。

"绿色。"

话音刚落，太阳变成了绿色，那绿色妖艳无比，太阳仿佛是一只突然浮现在太空深渊中的猫眼，在它的凝视下，整个宇宙都变得诡异无比。

大牙爪子一颤，把伊依掉在平面上。当理智稍稍恢复后，他们都意识到另一个比太阳变绿更加震撼的事实：从这里到太阳，光需行走十几分钟，但这一切都发生在一瞬间！

半分钟后，太阳恢复原状，又发出耀眼的白光。

"看到了吗？这就是技术，是这种力量使我们的种族从海底淤泥中的鼻涕虫变为神。其实技术本身才是真正的神，我们都真诚地崇拜它。"

伊依眨着昏花的双眼说："但神并不能超越那样的艺术，我们也有神，想象中的神，我们崇拜它们，但并不认为它们能写出李白和杜甫那样的诗。"

神冷笑了两声，对伊依说："真是一只无比固执的虫子，这使你更让人厌恶。不过，为了消遣，就让我来超越一下你们的矩阵艺术。"

伊依也冷笑了两声："不可能的，首先你不是人，不可能有人的心灵感受，人类艺术在你那里只是石板上的花朵，技术并不能使你超越这个障碍。"

"技术超越这个障碍易如反掌，给我你的基因！"

伊依不知所措，"给神一根头发！"大牙提醒说，伊依伸手拔下一根头发，一股无形的吸力将头发吸向球体，后来那根头发又从球体中飘落到平面上，神只是提取了发根带着的一点皮屑。

球体中的白光涌动起来，渐渐变得透明了，里面充满了清澈的液体，浮起串串水泡。接着，伊依在液体中看到了一个蛋黄大小的球，它在射入液球的阳光中呈淡红色，仿佛自己会发光。小球很快长大，伊依认出了那是一个曲蜷着的胎儿，他肿胀的双眼紧闭着，大大的脑袋上交错着红色的血管。胎儿继续成长，小身体终于伸展开来，像青蛙似的在液球中游动着。液体渐渐变得浑浊了，透过液球的阳光只映出一个模糊的影子，看得出那个影子仍在飞速成长，最后变成了一个游动着的成人的身影。这时液球又恢复成原来那样完全不透明的白色光球，一个赤裸的人从球中掉出来，落到平面上。伊依的克隆体摇摇晃晃地站了起来，阳光在他湿漉漉的身体上闪亮，他的头发和胡子老长，但看得出来只有三四十岁的样子，除了一样的精瘦外，一点也不像伊依本人。克隆体僵僵地站着，呆滞的目光看着无限远方，似乎对这个他刚刚进入的宇宙浑然不知。在他的上方，球体的白光在暗下来，最后完全熄灭了，球体本身也像蒸发似的消失了。但这时，伊依感觉什么东西又亮了起来，很快发现那是克隆体的眼睛，它们由呆滞突然充满了智慧的灵光。后来伊依知道，神的记忆这时已全部转移到克隆体中了。

"冷，这就是冷?!"一阵轻风吹来，克隆体双手抱住湿乎乎的双肩，浑身打战，但声音中充满了惊喜，"这就是冷，这就是痛苦，精致的、完美的痛苦，我在星际间苦苦寻觅的感觉，尖锐如洞穿时空的十维弦，晶莹如类星体中心的纯能钻石，啊——"他伸开皮包骨头的双臂仰望银河，"前不见古人，后不见来者，念宇宙之……"一阵冷战使克隆体的牙齿咯咯作响，赶紧停止了出生演说，跑到焚化口边烤火了。

克隆体把两手放到焚化口的蓝火焰上烤着，哆哆嗦嗦地对伊依说："其实，我现在进行的是一项很普通的操作，当我研究和收集一种文明的艺术时，总是将自己的记忆借宿于该文明的一个个体中，这样才能保证对该艺术的完全理解。"

这时，焚化口中的火焰亮度剧增，周围的平面上也涌动着各色的光晕，使得伊依感觉整个平面像是一块漂浮在火海上的毛玻璃。

大牙低声对伊依说："焚化口已转换为制造口了，神正在进行能——质转换。"看到伊依不太明白，他又解释说："傻瓜，就是用纯能制造物品，上帝的活计！"

制造口突然喷出了一团白色的东西，那东西在空中展开并落了下来，原来是一件衣服，克隆体接住衣服穿了起来，伊依看到那竟是一件宽大的唐朝古装，用雪白的丝绸做成，有宽大的黑色镶边，刚才还一副可怜相的克隆体穿上它后立刻显得飘飘欲仙，伊依实在想象不出它是如何从蓝火焰中被制造出来的。

又有物品被制造出来，从制造口飞出一块黑色的东西，像一块石头一样咚地砸在平面上，伊依跑过去拾起来，不管他是否相信自己的眼睛，手中拿着的分明是一块沉重的石砚，而且还是冰凉的。接着又有什么啪地掉下来，伊依拾起那个黑色的条状物，他没猜错，这是一块墨！接着被制造出来的是几支毛笔，一个笔架，一张雪白的宣纸（从火里飞出的纸！），还有几件古色古香的案头小饰品，最后制造出来的也是最大的一件东西：一张样式古老的书案！伊依和大牙忙着把书案扶正，把那些小东西在案头摆放好。

"转化这些东西的能量，足以把一颗行星炸成碎末。"大牙对伊依耳语，声音有些发颤。

克隆体走到书案旁，看着上面的摆设满意地点点头，一手理着刚刚干了的胡子，说：

"我，李白。"

伊依审视着克隆体问："你是说想成为李白呢，还是真把自己当成了李白?"

"我就是李白,超越李白的李白!"

伊依笑着摇摇头。

"怎么,到现在你还怀疑吗?"

伊依点点头说:"不错,你们的技术远远超过了我的理解力,已与人类想象中的神力和魔法无异,即使是在诗歌艺术方面也有让我惊叹的东西:跨越如此巨大的文化和时空的鸿沟,你竟能感觉到中国古诗的内涵……但理解李白是一回事,超越他又是另一回事,我仍然认为你面对的是不可超越的艺术。"

克隆体——李白的脸上浮现出高深莫测的笑容,但转瞬即逝,他手指书案,对伊依大喝一声:"研墨!"然后径自走去,在几乎走到平面边缘时站住,理着胡须遥望星河沉思起来。

伊依从书案上的一个紫砂壶中向砚上倒了一点清水,拿起那条墨研了起来,他是第一次干这个,笨拙地斜着墨条磨边角。看着砚中渐渐浓起来的墨汁,伊依想到自己正身处距太阳 1.5 个天文单位的茫茫太空中,这个无限薄的平面(即使在刚才由纯能制造物品时,从远处看它仍没有厚度)仿佛是一个漂浮在宇宙深渊中的舞台,在它上面,一头恐龙、一个被恐龙当作肉食家禽饲养的人类、一个穿着唐朝古装的准备超越李白的技术之神,正在演出一场怪诞到极点的活剧,想到这里,伊依摇头苦笑起来。

当觉得墨研得差不多了时,伊依站起来,同大牙一起等待着,这时平面上的轻风已经停止,太阳和星河静静地发着光,仿佛整个宇宙都在期待。李白静立在平面边缘,由于平面上的空气层几乎没有散射,他在阳光中的明暗部分极其分明,除了理胡须的手不时动一下外,简直就是一尊石像。伊依和大牙等啊等,时间在默默地流逝,书案上蘸满了墨的毛笔渐渐有些发干了,不知不觉,太阳的位置已移动了很多,把他们和书案、飞船的影子长长地投在平面上，书案上平铺的白纸仿佛变成了平面的一部分。终于，李白转过身来，慢步走回书案前，伊依赶紧把毛笔重新蘸了墨，用双手递了过去，但李白抬起一只手回绝了，只是看着书案上的白纸继续沉思着，他的目光中有了些新的东西。

伊依得意地看出，那是困惑和不安。

"我还要制造一些东西，那都是……易碎品，你们去小心接着。"李白指了指制造口说，那里面本来已暗淡下去的蓝焰又明亮起来，伊依和大牙刚刚跑过去，就有一股蓝色的火舌把一个球形物推出来，大牙眼疾手快地接住了它，细看是一个大坛子。接着又从蓝焰中飞出了三只大碗，伊依接住了其中的两只，有一只摔碎了。大牙把坛子抱到书案上，小心地打开封盖，一股浓烈的酒味溢了出来，它与伊依惊奇地对视了一眼。

"在我从吞食帝国接收到的地球信息中，有关人类酿造业的资料不多，所以这东西造得不一定准确。"李白说，同时指着酒坛示意伊依尝尝。

伊依拿碗从中舀了一点儿抿了一口，一股火辣从嗓子眼流到肚子里，他点点头："是酒，但是与我们为改善肉质喝的那些相比太烈了。"

"满上。"李白指着书案上的另一个空碗说，待大牙倒满烈酒后，端起来咕咚咚一饮而尽，然后转身再次向远处走去，不时走出几个不太稳的舞步。到达平面边缘后又站在那里对着星海深思，但与上次不同的是他的身体有节奏地左右摆动，像在和着某首听不见的曲子。这次李白沉思的时间不长就走回到书案前，回来的一路上全是舞步了，他一把抓过伊依递过来的笔扔到远处。

"满上。"李白眼睛直勾勾地盯着空碗说。

…………

一小时后，大牙用两只大爪小心翼翼地把烂醉如泥的李白放到已清空的书案上，但他一翻身又骨碌下来，嘴里嘀咕着恐龙和人都听不懂的语言。他已经红红绿绿地吐了一大摊（真不知是什么时候吃进的这些食物），宽大的古服上也吐得脏污一片，那一摊呕吐物被平面发出的白光透过，形成了一幅很抽象的图形。李白的嘴上黑乎乎的全是墨，这是因为在喝光第四碗后，他曾试图在纸上写什么，但只是把蘸饱墨的毛笔重重地戳到桌面上，接着，李白就像初学书法的小孩子那样，试图用嘴把笔理顺……

"尊敬的神？"大牙俯下身来小心翼翼地问。

"哇咦卡啊……卡啊咦唉哇。"李白大着舌头说。

大牙站起身，摇摇头叹了一口气，对伊依说："我们走吧。"

另一条路

伊依所在的饲养场位于吞食者的赤道上，当吞食者处于太阳系内层空间时，这里曾是一片夹在两条大河之间的美丽草原。吞食者航出木星轨道后，严冬降临了，草原消失大河封冻，被饲养的人类都转到地下城中。当吞食者受到神的召唤而返回后，随着太阳的临近，大地回春，两条大河很快解冻了，草原也开始变绿。

当气候好的时候，伊依总是独自住在河边自己搭的一间简陋的草棚中，自己种地过日子。对于一般人来说这是不被允许的，但由于伊依在饲养场中讲授的古典文学课程有陶冶性情的功能，他的学生的肉有一种很特别的风味，所以恐龙饲养员也就不干涉他了。

这是伊依与李白初次见面两个月后的一个黄昏，太阳刚刚从吞食帝国平直的地平线上落下，两条映着晚霞的大河在天边交汇。在河边的草棚外，微风把远处草原上欢舞的歌声隐隐送来，伊依独自一人自己和自己下围棋，抬头看到李白和大牙沿着河岸向这里走来。这时的李白已有了很大的变化，他头发蓬乱，胡子老长，脸晒得很黑，左肩背着一个粗布包，右手提着一个大葫芦，身上那件古装已破烂不堪，脚上穿着一双已磨得不像样子的草鞋，伊依觉得这时的他倒更像一个人了。

李白走到围棋桌前，像前几次来一样，不看伊依一眼就把葫芦重重地向桌上一放，说："碗！"待伊依拿来两个木碗后，李白打开葫芦盖，把两个碗里倒满酒，然后又从布包中拿出一个纸包，打开来，伊依发现里面竟放着切好的熟肉，并闻到扑鼻的香味，不由得拿起一块嚼了起来。

大牙只是站在两三米远处静静地看着他们，有前几次的经验，它知道他们俩又要谈诗了，这种谈话他既无兴趣也没资格参与。

"好吃，"伊依赞许地点点头，"这牛肉也是纯能转化的？"

"不，我早就回归自然了。你可能没听说过，在距这里很遥远的一个牧场，饲养着来自地球的牛群。这牛肉是我亲自做的，是用山西平遥牛肉的做法，关键是在炖的时候放——"李白凑到伊依耳边神秘地说，"尿碱。"

伊依迷惑不解地看着他。

"哦，就是人类的小便蒸干以后析出的那种白色的东西，能使炖好的肉外观红润，肉质鲜嫩，肥而不腻，瘦而不柴。"

"这尿碱……也不是纯能做出来的？"伊依恐惧地问。

"我说过自己已经回归自然了！尿碱是我费了好大劲儿从几个人类饲养场收集来的，这是很正宗的民间烹饪技艺，在地球毁灭前就早已失传。"

伊依已经把嘴里的牛肉咽下去了，为了抑制呕吐，他端起了酒碗。

李白指指葫芦说："在我的指导下，吞食帝国已经建起了几个酒厂，已经能够生产大部分地球名酒，这是它们酿制的正宗的竹叶青，是用汾酒浸泡竹叶而成。"

伊依这才发现碗里的酒与前几次李白带来的不同，呈翠绿色，入口后有甜甜的药草味。

"看来，你对人类文化已了如指掌了。"伊依感慨地对李白说。"不仅如此，我还花了大量的时间亲身体验，你知道，吞食帝国很多地区的风景与李白所在的地球极为相似，这两个月来，我浪迹于这山水之间，饱览美景，月下饮酒山巅吟诗，还在遍布各地的人类饲养场中有过几次艳遇……"

"那么，现在总能让我看看你的诗作了吧。"

李白呼地放下酒碗，站起身不安地踱起步来："是作了一些诗，而且是些肯定让你吃惊的诗，你会看到，我已经是一个很出色的诗人了，甚至比你和你的祖爷爷都出色，但我不想让你看，因为我同样肯定你会认为那些诗没有超越李白，而我……"他抬起头遥望天边落日的余晖，目光中充满了迷离和痛苦，"也这么认为。"

远处的草原上，舞会已经结束，快乐的人们开始丰盛的晚餐。有一群少女向河边跑来，在岸边的浅水中嬉戏。她们头戴花环，身上披着薄雾一样的轻纱，在暮色中构成一幅醉人的画面。伊依指着距草棚较近的一个少女问李白："她美吗?"

"当然。"李白不解地看着伊依说。

"想象一下，用一把利刃把她切开，取出她的每一个脏器，剜出她的眼球，挖出她的大脑，剔出每一根骨头，把肌肉和脂肪按其不同部位和功能分割开来，再把所有的血管和神经分别理成两束，最后在这里铺上一大块白布，把这些东西按解剖学原理分门别类地放好，你还觉得美吗?"

"你怎么在喝酒的时候想到这些? 恶心。"李白皱起眉头说。

"怎么会恶心呢? 这不正是你所崇拜的技术吗?"

"你到底想说什么?"

"李白眼中的大自然就是你现在看到的河边少女，而同样的大自然在技术的眼睛中呢，就是那张白布上那些井然有序但血淋淋的部件，所以，技术是反诗意的。"

"你好像对我有什么建议?"李白理着胡子若有所思地说。

"我仍然不认为你有超越李白的可能,但可以为你的努力指出一个正确的方向:技术的迷雾蒙住了你的双眼,使你看不到自然之美。所以,你首先要做的是把那些超级技术全部忘掉,你既然能够把自己的全部记忆移植到你现在的大脑中,当然也可以删除其中的一部分。"

李白抬头和大牙对视了一下,两者都哈哈大笑起来,大牙对李白说:"尊敬的神,我早就告诉过您,多么狡诈的虫虫,您稍不小心就会跌入它们设下的陷阱。"

"哈哈哈哈,是狡诈,但也有趣。"李白对大牙说,然后转向伊依,冷笑着说,"你真的认为我是来认输的?"

"你没能超越人类诗词艺术的巅峰,这是事实。"

李白突然抬起一只手指着大河,问:"到河边去有几种走法?"

伊依不解地看了李白几秒钟:"好像……只有一种。"

"不,是两种,我还可以向这个方向走,"李白指着与河相反的方向说,"这样一直走,绕吞食帝国的大环一周,再从对岸过河,也能走到这个岸边,我甚至还可以绕银河系一周再回来,对于我们的技术来说,这也易如反掌。技术可以超越一切!我现在已经被逼得要走另一条路了!"

伊依努力想了好半天,终于困惑地摇摇头:"就算是你有神一般的技术,我还是想不出超越李白的另一条路在哪儿。"

李白站起来说:"很简单,超越李白的两条路是:一、把超越他的那些诗写出来,二、把所有的诗都写出来!"

伊依显得更糊涂了,但站在一旁的大牙似有所悟。

"我要写出所有的五言和七言诗,这是李白所擅长的;另外我还要写出常见词牌的所有的词!你怎么还不明白?!我要在符合这些格律的诗词中,试遍所有汉字的所有组合!"

"啊，伟大！伟大的工程！！"大牙忘形地欢呼起来。

"这很难吗？"伊依傻傻地问。

"当然难，难极了！如果用吞食帝国最大的计算机来进行这样的计算，可能到宇宙末日也完成不了！"

"没那么多吧。"伊依充满疑问地说。

"当然有那么多！"李白得意地点点头，"但使用你们还远未掌握的量子计算技术，就能在可以接受的时间内完成这样的计算。到那时，我就写出了所的诗词，包括所有以前写过的和所有以后可能写的，特别注意，所有以后可能写的！超越李白的巅峰之作自然包括在内。事实上我终结了诗词艺术，直到宇宙毁灭，所出现的任何一个诗人，不管他们达到了怎样的高度，都不过是个抄袭者，他的作品肯定能在我那巨大的存贮器中检索出来。"

大牙突然发出了一声低沉的惊叫，看着李白的目光由兴奋变为震惊："巨大的……存贮器？！尊敬的神，您该不是说，要把量子计算机写出的诗都……都存起来吧？"

"写出来就删除有什么意思呢？当然要存起来！这将是我的种族留在这个宇宙中的艺术丰碑之一！"

大牙的目光由震惊变为恐惧，把粗大的双爪向前伸着，两腿打弯，像要给李白跪下，声音也像要哭出来似的："使不得，尊敬的神，这使不得啊！！"

"是什么把你吓成这样？"伊依抬头惊奇地看着大牙问。

"你个白痴！你不是知道原子弹是原子做的吗？那存贮器也是原子做的，它的存贮精度最高只能达到原子级别！知道什么是原子级别的存贮吗？就是说一个针尖大小的地方，就能存下人类所有的书！不是你们现在那点儿书，是地球被吃掉前上面所有的书！"

"啊，这好像是有可能的，听说一杯水中的原子数比地球上海洋中水的杯数都多。那，他写完那些诗后带根儿针走就行了。"伊依指指李白说。

大牙恼怒已极，来回疾走几步总算挤出了一点儿耐性："好，好，你说，按神说的那些五言七言诗，还有那些常见的词牌，各写一首，总共有多少字？"

"不多，也就两三千字吧，古典诗词是最精练的艺术。"

"那好，我就让你这个白痴虫虫看看它有多么精练！"大牙说着走到桌前，用爪指着上面的棋盘说："你们管这种无聊的游戏叫什么，哦，围棋，这上面有多少个交叉点？"

"纵横各 19 行，共 361 点。"

"很好，每点上可以放黑子白子或空着，共三种状态，这样，每一个棋局，就可以看作由三个汉字写成的一首 19 行 361 个字的诗。"

"这比喻很妙。"

"那么，穷尽这三个汉字在这种诗上的所有组合，总共能写出多少首诗呢？让我告诉你：3 的 361 次方倍，或者说，嗯，我想想，10 的 172 次方倍！"

"这……很多吗？"

"白痴！"大牙第三次骂出这个词，"宇宙中的全部原子只有……啊——"它气恼得说不下去了。

"有多少？"伊依仍是那副傻样。

"只有 10 的 80 次方倍！！你个白痴虫虫啊——"

直到这时，伊依才表现出了一点儿惊奇："你是说，如果一个原子存贮一首诗，用光宇宙中的所有原子，还存不完他的量子计算机写出的那些诗？"

"差远呢！差 10 的 92 次方倍呢！！再说，一个原子哪能存下一首诗？

人类虫虫的存贮器，存一首诗用的原子数可能比你们的人口都多，至于我们，用单个原子存贮一位二进制还仅处于实验室阶段……唉。"

"使者，在这一点上是你目光短浅了，想象力不足，是吞食帝国技术进步缓慢的原因之一。"李白笑着说，"使用基于量子多态叠加原理的量子存贮器，只用很少量的物质就可以存下那些诗，当然，量子存贮不太稳定，为了永久保存那些诗作，还需要与更传统的存贮技术结合使用，即使这样，制造存贮器需要的物质量也是很少的。"

"是多少？"大牙问，看那样子显然心已提到了嗓子眼儿。

"大约为 10 的 57 次方个原子，微不足道微不足道。"

"这……这正好是整个太阳系的物质量！"

"是的，包括所有的太阳行星，当然也包括吞食帝国。"

李白最后这句话是轻描淡写地随口而出的，但在伊依听来像晴天霹雳，不过大牙反倒显得平静下来，当长时间受到灾难预感的折磨后，灾难真正来临时反而有一种解脱感。

"您不是能把纯能转换成物质吗？"大牙问。

"得到如此巨量的物质需要多少能量你不会不清楚，这对我们也是不可想象的，还是用现成的吧。"

"这么说，皇帝的忧虑不无道理。"大牙自语道。

"是的是的，"李白欢快地说，"我前天已向吞食皇帝说明，这个伟大的环形帝国将被用于一个更伟大的目的，所有的恐龙应该为此感到自豪。"

"尊敬的神，您会看到吞食帝国的感受的。"大牙阴沉地说，"还有一个问题：与太阳相比，吞食帝国的质量实在是微不足道，为了得到这九牛之一毛的物质，有必要毁灭一个进化了几千万年的文明吗？"

"你的这个疑问我完全理解，但要知道，熄灭、冷却和拆解太阳是需要很长时间的，在这之前对诗的量子计算已经开始，我们需要及时地把结果存起来，清空量子计算机的内存以继续计算，这样，可以立即用于制造存贮器的行星和吞食帝国的物质就是必不可少的了。"

"明白了，尊敬的神，最后一个问题：有必要把所有组合结果都存起来吗？为什么不能在输出端加一个判断程序，把那些不值得存贮的诗作剔除掉。据我所知，中国古诗是要遵从严格的格律的，如果把不符合格律的诗去掉，那最后结果的总量将大为减少。"

"格律？哼，"李白不屑地摇摇头，"那不过是对灵感的束缚，中国南北朝以前的古体诗并不受格律的限制，即使是在唐代以后严格的近体诗中，也有许多古典诗词大师不遵从格律，写出了许多卓越的变体诗，所以，在这次终极吟诗中我将不考虑格律。"

"那，您总该考虑诗的内容吧？最后的计算结果中肯定有百分之九十九的诗是毫无意义的，存下这些随机的汉字矩阵有什么用？"

"意义？"李白耸耸肩说，"使者，诗的意义并不取决于你的认可，也不取决于我或其他任何人，它取决于时间。许多在当时无意义的诗后来成了旷世杰作，而现今和以后的许多杰作在遥远的过去肯定也曾是无意义的。我要作出所有的诗，亿亿亿万年之后，谁知道伟大的时间把其中的哪首选为巅峰之作呢？"

"这简直荒唐！！"大牙大叫起来，它那粗放的嗓音惊起了远处草丛中的几只鸟，如果按现有的人类虫虫的汉字字库，您的量子计算机写出的第一首诗应该是这样的：

啊 啊 啊 啊 啊

啊 啊 啊 啊 啊

啊 啊 啊 啊 啊

啊 啊 啊 啊 唉

"请问，伟大的时间会把这首选为杰作?!"

一直不说话的伊依这时欢叫起来："哇！还用什么伟大的时间来选?! 它现在就是一首巅峰之作耶!! 前三行和第四行的前四个字都是表达生命对宏伟宇宙的惊叹，最后一个字是诗眼，它是诗人在领略了宇宙之浩渺后，对生命在无限时空中的渺小发出的一声无奈的叹息。"

"呵呵呵呵呵，"李白抚着胡须乐得合不上嘴，"好诗，伊依虫虫，真的是好诗，呵呵呵……"说着拿起葫芦给伊依倒酒。

大牙挥起巨爪一巴掌把伊依打了老远："混账虫虫，我知道你现在高兴了，可不要忘记，吞食帝国一旦毁灭，你们也活不了!"

伊依一直滚到河边，好半天才能爬起来，他满脸沙土，咧大了嘴，既是痛的也是在笑，他确实很高兴，"哈哈有趣，这个宇宙真他妈的不可思议!"他忘形地喊道。

"使者，还有问题吗?"看到大牙摇头，李白接着说，"那么，我在明天就要离去，后天，量子计算机将启动作诗软件，终极吟诗将开始，同时，熄灭太阳，拆解行星和吞食帝国的工程也将启动。"

"尊敬的神，吞食帝国在今天夜里就能做好战斗准备!"大牙立正后庄严地说。

"好好，真是很好，往后的日子会很有趣的，但这一切发生之前，还是让我们喝完这一壶吧。"李白快乐地点点头说，同时拿起了酒葫芦，倒完酒，他看着已笼罩在夜幕中的大河，意犹未尽地回味着，"真是一首好诗，第一首，呵呵，第一首就是好诗。"

终极吟诗

吟诗软件其实十分简单，用人类的 C 语言表达可能超不过两千行代码，另外再加一个存贮所有汉字字符的不大的数据库。当这个软件在位于海王星轨道上的那台量子计算机（一个飘浮在太空中的巨大透明锥体）上启动时，终极吟诗就开始了。

这时吞食帝国才知道，李白只是那个超级文明种族中的一个个体，这与以前预想的不同，当时恐龙们都认为进化到这样技术级别的社会在意识上早就融为一个整体了，吞食帝国在过去一千万年中遇到的五个超级文明都是这种形态。李白一族保持了个体的存在，也部分解释了他们对艺术超常的理解力。当吟诗开始时，李白一族又有大量的个体从外太空的各个方位跃迁到太阳系，开始了制造存贮器的工程。吞食帝国上的人类看不到太空中的量子计算机，也看不到新来的神族，在他们看来，终极吟诗的过程，就是太空中太阳数目的增减过程。

在吟诗软件启动一个星期后，神族成功地熄灭了太阳，这时太空中太阳的数目减到零，但太阳内部核聚变的停止使恒星的外壳失去了支撑，使它很快坍缩成一颗新星，于是暗夜很快又被照亮，只是这颗太阳的亮度是以前的上百倍，使吞食者表面草木生烟。新星又被熄灭了，但过一段时间后又爆发了，就这样亮了又灭灭了又亮，仿佛太阳是一只九条命的猫，在没完没了地挣扎。但神族对于杀死恒星其实很熟练，他们从容不迫地一次次熄灭新星，使它的物质最大比例地聚变为制造存贮器所需的重元素，当第十一次新星熄灭后，太阳才真正咽了气，这时，终极吟诗已经开始了三个地球月。早在这之前，在第三次新星出现时，太空中就有其他的太阳出现，这些太阳此起彼伏地在太空中的不同位置亮起或熄灭，最多时天空中出现过九个新太阳。这些太阳是神族在拆解行星时的能量释放，由于后来恒星太阳的闪烁已变得暗弱，人们就分不清这些太阳的真假了。

对吞食帝国的拆解是在吟诗开始后第五个星期进行的，这之前，李白曾向帝国提出了一个建议：由神族将所有恐龙跃迁到银河系另一端的一个世界，那里有一个文明，比神族落后许多，仍未纯能化，但比吞食文明要先进得多。恐龙们到那里后，将作为一种小家禽被饲养，过着衣食无忧的快乐生活。但恐龙们宁为玉碎不为瓦全，愤怒地拒绝了这个提议。

李白接着提出了另一个要求：让人类返回他们的母亲星球。其实，地球也被拆解了，它的大部分用于制造存贮器，但神族还是剩下了其中的一小部分物质为人类建造了一个空心地球。空心地球的大小与原地球差不多，但其质量仅为后者的百分之一。说地球被掏空了是不确切的，因为原地球表面那层脆弱的岩石根本不可能用来做球壳，球壳的材料可能取自地核，另外球壳上像经纬线般交错的、虽然很细但强度极高的加固圈，是用太阳坍缩时产生的简并态中子物质制造的。

令人感动的是：吞食帝国不但立即答应了李白的要求，允许所有人类离开大环世界，还把从地球掠夺来的海水和空气全部还给了地球，神族借此在空心地球内部恢复了原地球所有的大陆、海洋和大气层。

接着，惨烈的大环保卫战开始了。吞食帝国向太空中的神族目标大量发射核弹和伽马射线激光，但这些对敌人毫无作用。在神族发射的一个无形的强大力场推动下，吞食者大环越转越快，最后在超速自转产生的离心力下解体了。这时，伊依正在飞向空心地球的途中，他从一千二百万公里的距离上目睹了吞食帝国毁灭的全过程：

大环解体的过程很慢，如同梦幻，在漆黑太空的背景上，这个巨大的世界如同一团浮在咖啡上的奶沫一样散开来，边缘的碎块渐渐隐没于黑暗之中，仿佛被太空溶解了，只有不时出现的爆炸的闪光才使它们重新现形。

这个来自古老地球的充满阳刚之气的伟大文明就这样被毁灭了，伊依悲哀万分。只有一小部分恐龙活了下来，与人类一起回归地球，其中包括使者大牙。

在返回地球的途中，人类普遍都很沮丧，但原因与伊依不同：回到地球后是要开荒种地才有饭吃的，这对于已在长期被饲养的生活中变得四肢不勤五谷不分的人们来说，确实像一场噩梦。

但伊依对地球世界的前途充满信心，不管前面有多少磨难，人将重新成为人。

诗　云

吟诗航行的游艇到达了南极海岸。

这里的重力已经很小，海浪的运行很缓慢，像是一种描述梦幻的舞蹈。在低重力下，拍岸浪把水花送上十几米高处，飞上半空的海水由于表面张力而形成无数水球，大的像足球，小的如雨滴，这些水球在缓慢地下落，慢到可以用手在它们周围画圈，它们折射着小太阳的光芒，使上岸后的伊依、李白和大牙置身于一片晶莹灿烂之中。由于自转的原因，地球的南北极地轴有轻微的拉长，这就使得空心地球的两极地区保持了过去的寒冷状态。低重力下的雪很奇特，呈一种蓬松的泡沫状，浅处齐腰深，深处能把大牙都淹没，但在被淹没后，他们竟能在雪沫中正常呼吸！整个南极大陆就覆盖在这雪沫之下，起伏不平地一片雪白。

伊依一行乘一辆雪地车前往南极点，雪地车像是一艘掠过雪沫表面的快艇，在两侧激起片片雪浪。

第二天他们到达了南极点。极点的标志是一座高大的水晶金字塔，这是为纪念两个世纪前的地球保卫战而建立的纪念碑，上面没有任何文字和图形，只有晶莹的碑体在地球顶端的雪沫之上默默地折射着阳光。

从这里看去，整个地球世界尽收眼底，光芒四射的小太阳周围，围绕着大陆和海洋，使它看上去仿佛是从北冰洋中浮出来似的。

"这个小太阳真的能够永远亮着吗？"伊依问李白。

"至少能亮到新的地球文明进化到具有制造新太阳的能力的时候，它是一个微型白洞。"

"白洞？是黑洞的反演吗？"大牙问。

"是的，它通过空间蛀洞与二百万光年外的一个黑洞相连，那个黑洞围绕着一颗恒星运行，它吸入的恒星的光从这里被释放出来，可以把它看作一根超时空光纤的出口。"

纪念碑的塔尖是拉格朗日轴线的南起点，这是指连接空心地球南北两极的轴线，因战前地月之间的零重力拉格朗日点而得名，这是一条长一万三千公里的零重力轴线。以后，人类肯定要在拉格朗日轴线上发射各种卫星，比起战前的地球来，这种发射易如反掌：只需把卫星运到南极或北极点，愿意的话用驴车运都行，然后用脚把它向空中踹出去就行了。

就在他们观看纪念碑时，又有一辆较大的雪地车载来了一群年轻的旅行者，这些人下车后双腿一弹，径直跃向空中，沿拉格朗日轴线高高飞去，把自己变成了卫星。从这里看去，有许多小黑点在空中标出了轴线的位置，那都是在零重力轴线上飘浮的游客和各种车辆。本来，从这里可以直接飞到北极，但小太阳位于拉格朗日轴线中部，最初有些沿轴线飞行的游客因随身携带的小型喷气推进器坏了，无法减速而一直飞到太阳里，其实在距小太阳很远的距离上他们就被蒸发了。

在空心地球，进入太空也是一件很容易的事，只需要跳进赤道上的五口深井（名叫地门）中的一口，向下（上）坠落一百公里穿过地壳，就被空心地球自转的离心力抛进太空了。

现在，伊依一行为了看诗云也要穿过地壳，但他们走的是南极的地门，在这里地球自转的离心力为零，所以不会被抛入太空，只能到达空心地球的外表面。他们在南极地门控制站穿好轻便太空服后，就进入了那条长一百公里的深井，由于没有重力，叫它隧道更合适一些。在失重状态下，他们借助于太空服上的喷气推进器前进，这比在赤道的地门中坠落要慢得多，用了半个小时才来到外表面。

空心地球外表面十分荒凉，只有纵横的中子材料加固圈，这些加固圈把地球外表面按经纬线划分成了许多个方格，南极点正是所有经向加固圈的交点，当伊依一行走出地门后，看到自己身处一个面积不大的高原上，地球加固圈像一道道漫长的山脉，以高原为中心放射状地向各个方向延伸。

抬头，他们看到了诗云。

诗云处于已消失的太阳系所在的位置，是一片直径为一百个天文单位的旋涡状星云，形状很像银河系。空心地球处于诗云边缘，与原来太阳在银河系中的位置也很相似，不同的是地球的轨道与诗云不在同一平面，这就使得从地球上可以看到诗云的一面，而不是像银河系那样只能看到截面。但地球离开诗云平面的距离还远不足以使这里的人们观察到诗云的完整形状，事实上，南半球的整个天空都被诗云所覆盖。

诗云发出银色的光芒，能在地上照出人影。据说诗云本身是不发光的，这银光是宇宙射线激发出来的。由于空间的宇宙射线密度不均，诗云中常涌动着大团的光晕，那些色彩各异的光晕滚过长空，好像是潜行在诗云中的发光巨鲸。也有很少的时候，宇宙射线的强度急剧增加，在诗云中激发出粼粼的光斑，这时的诗云已完全不像云了，整个天空仿佛是一个月夜从水下看到的海面。地球与诗云的运行并不是同步的，所以有时地球会处于旋臂间的空隙上，这时透过空隙可以看到夜空和星星，最为激动人心的是，在旋臂的边缘还可以看到诗云的断面形状，它很像地球大气中的积雨云，变幻出各种宏伟的让人浮想联翩的形体，这些巨大的形体高高地升出诗云的旋转平面，发出幽幽的银光，仿佛是一个超级意识没完没了的梦境。

伊依把目光从诗云收回，从地上拾起一块晶片，这种晶片散布在他们周围的地面上，像严冬的碎冰般闪闪发亮。伊依举起晶片对着诗云密布的天空，晶片很薄，有半个手掌大小，正面看全透明，但把它稍斜一下，就看到诗云的亮光在它表面映出的霓彩光晕。这就是量子存贮器，人类历史上产生的全部文字信息，也只能占它们每一片存贮量的几亿分之一。诗云就是由 10 的 40 次方片这样的存贮器组成的，它们存贮了终极吟诗的全部结果。这片诗云，是用原来构成太阳和它的九大行星的全部物质所制造，当然还包括吞食帝国。

"真是伟大的艺术品！"大牙由衷地赞叹道。

"是的，它的美在于其内涵：一片直径一百亿公里的，包含着全部可能的诗词的星云，这太伟大了！"伊依仰望着星云激动地说，"我，也开始崇拜技术了。"

一直情绪低落的李白长叹一声："唉，看来我们都在走向对方，我看到了技术在艺术上的极限，我……"他抽泣起来，"我是个失败者，呜呜……"

"你怎么能这样讲呢?！"伊依指着上空的诗云说，"这里面包含了所有可能的诗，当然也包括那些超越李白的诗！"

"可我却得不到它们！"李白一踔脚，飞起了几米高，在半空中蜷成一团，悲伤地把脸埋在两膝之间呈胎儿状，在地壳那十分微小的重力下缓缓下落，"在终极吟诗开始时，我就着手编制诗词识别软件，这时，技术在艺术中再次遇到了那道不可逾越的障碍，到现在，具备古诗鉴赏力的软件也没能编出来。"他在半空中指指诗云，"不错，借助伟大的技术，我写出了诗词的巅峰之作，却不可能把它们从诗云中检索出来，唉……"

"智慧生命的精华和本质，真的是技术所无法触及的吗？"大牙仰头对着诗云大声问，经历过这一切，它变得越来越哲学了。

"既然诗云中包含了所有可能的诗，那其中自然有一部分诗，是描写我们全部的过去和所有可能与不可能的未来的，伊依虫虫肯定能找到一首诗，描述它在三十年前的一天晚上剪指甲时的感受，或十二年后的一顿午餐的菜谱；大牙使者也可以找到一首诗，描述它的腿上的某一块鳞片在五年后的颜色……"说着，已重新落回地面的李白拿出了两块晶片，它们在诗云的照耀下闪闪发光："这是我临走前送给二位的礼物，这是量子计算机以你们的名字为关键词，在诗云中检索出来的与二位有关的几亿亿首诗，描述了你们在未来各种可能的生活，当然，在诗云中，这也只占描写你们的诗作里极小的一部分。我只看过其中的几十首，最喜欢的是关于伊依虫虫的一首七律，描写它与一位美丽的村姑在江边相爱的情景……我走后，希望人类和剩下的恐龙好好相处，人类之间更要好好相处，要是空心地球的球壳被核弹炸个洞，可就麻烦了……诗云中的那些好诗目前还不属于任何人，希望人类今后能写出其中的一部分。"

"我和那位村姑后来怎样了？"伊依好奇地问。

在诗云的银光下，李白嘻嘻一笑："你们幸福地生活在一起。"

⑥

|

思想者

太　阳

他仍记得 34 年前第一次看到思云山天文台时的感觉，当救护车翻过一道山梁后，思云山的主峰在远方出现，观象台的球形屋顶反射着夕阳的金光，像镶在主峰上的几粒珍珠。

那时他刚从医学院毕业，是一名脑外科见习医生，作为主治医生的助手，到天文台来抢救一位不能搬运的重伤员，那是一名到这里做访问研究的英国学者，散步时不慎跌下山崖摔伤了脑部。到达天文台后，他们为伤员做了颅骨穿刺，吸出了部分淤血，降低了脑压，当病人改善到能搬运的状态后，便用救护车送他到省城医院做进一步的手术。

离开天文台时已是深夜，在其他人向救护车上搬运病人时，他好奇地打量着周围那几座球顶的观象台，它们的位置组合似乎有某种晦涩的含义，如月光下的巨石阵。在一种他在以后的一生中都百思不得其解的神秘力量的驱使下，他走向最近的一座观象台，推门走了进去。

里面没有开灯，但有无数小信号灯在亮着，他感觉是从有月亮的星空走进了没有月亮的星空。只有细细的一缕月光从球顶的一道缝隙透下来，投在高大的天文望远镜上，用银色的线条不完整地勾画出它的轮廓，使它看上去像深夜的城市广场中央一件抽象的现代艺术品。

他轻步走到望远镜的底部，在微弱的光亮中看到了一大堆装置，其复杂超出了他的想象，正在他寻找着可以把眼睛凑上去的镜头时，从门那边传来一个轻柔的女声：

"这是太阳望远镜，没有目镜的。"

一个穿着白色工作服的苗条身影走进门来，很轻盈，仿佛从月光中飘来的一片羽毛。这女孩子走到他面前，他感到了她带来的一股轻风。

"传统的太阳望远镜，是把影像投在一块幕板上，现在大多是在显示器上看了……医生，您好像对这里很感兴趣。"

他点点头："天文台，总是一个超脱和空灵的地方，我挺喜欢这种感觉的。"

"那您干吗要从事医学呢？噢，我这么问很不礼貌的。"

"医学并不仅仅是琐碎的技术，有时它也很空灵，比如我所学的脑医学。"

"哦？您用手术刀打开大脑，能看到思想？"她说，他在微弱的光线中看到了她的笑容，想起了那从未见过的投射到幕板上的太阳，消去了逼人的光焰，只留下温柔的灿烂，不由得心动了一下。他也笑了笑，并希望她能看到自己的笑容。

"我，尽量看吧。不过你想想，那用一只手就能托起的蘑菇状的东西，竟然是一个丰富多彩的宇宙，从某种哲学观点看，这个宇宙比你所观察的宇宙更为宏大，因为你的宇宙虽然有几百亿光年大，但好像已被证明是有限的；而我的宇宙无限，因为思想无限。"

"呵，不是每个人的思想都是无限的，但医生，您可真像是有无限想象的人。至于天文学，它真没有您想象的那么空灵，在几千年前的尼罗河畔和几百年前的远航船上，它曾是一门很实用的技术，那时的天文学家，往往长年累月在星图上标注成千上万颗恒星的位置，把一生消耗在星星的人口普查中。就是现在，天文学的具体研究工作大多也是枯燥乏味没有诗意的，比如我从事的项目，我研究恒星的闪烁，没完没了地观测记录再观测再记录，很不超脱，也不空灵。"

他惊奇地扬起眉毛："恒星在闪烁吗？像我们看到的那样？"看到她笑而不语，他自嘲地笑着摇摇头，"噢，我当然知道那是大气折射。"

她点点头："不过呢，作为一个视觉比喻这还真形象，去掉基础恒量，只显示输出能量波动的差值，闪烁中的恒星看起来还真是那个样子。"

"是由于黑子、斑耀什么的引起的吗？"

她收起笑容，庄严地摇摇头："不，这是恒星总体能量输出的波动，其动因要深刻得多，如同一盏电灯，它的光度变化不是由于周围的飞蛾，而是由于电压的波动。当然恒星的闪烁波动是很微小的，只有十分精密的观测仪器才能觉察出来，要不我们早被太阳的闪烁烤焦了。研究这种闪烁，是了解恒星的深层结构的一种手段。"

"你已经发现了什么？"

"还远不到发现什么的时候，到目前为止我们还只观测了一颗最容易观测的恒星——太阳的闪烁，这种观测可能要持续数年，同时把观测目标由近至远，逐步扩展到其他恒星……知道吗，我们可能花十几年的时间在宇宙中采集标本，然后才谈得上归纳和发现。这是我博士论文的题目，但我想我会一直把它做下去的，用一生也说不定。"

"如此看来，你并不真觉得天文学枯燥。"

"我觉得自己在从事一项很美的事业，走进恒星世界，就像进入一个无限广阔的花园，这里的每一朵花都不相同……您肯定觉得这个比喻有些奇怪，但我确实有这种感觉。"

她说着，似乎是无意识地向墙上指指，向那方向看去，他看到墙上挂着一幅画，很抽象，画面只是一条连续起伏的粗线。注意到他在看什么时，她转身走过去从墙上取下那幅画递给他，他发现那条起伏的粗线是用思云山上的雨花石镶嵌而成的。

"很好看，但这表现的是什么呢？一排邻接的山峰吗？"

"最近我们观测到太阳的一次闪烁，其剧烈的程度和波动方式在近年来的观测中都十分罕见，这幅画就是它那次闪烁时辐射能量波动的曲线。呵，我散步时喜欢收集山上的雨花石，所以……"

但此时吸引他的是另一条曲线，那是信号灯的弱光在她身躯的一侧勾出的一道光边，而她的其余部分都与周围的暗影融为一体。如同一位卓越的国画大师在一张完全空白的宣纸上信手勾出的一条飘逸的墨线，仅由于这条柔美曲线的灵气，宣纸上所有的一尘不染的空白立刻充满了生机和内涵……在山外他生活的那座大都市里，每时每刻都有上百万个青春靓丽的女孩子在追逐着浮华和虚荣，像一大群做布朗运动的分子，没有给思想留出哪怕一瞬间的宁静。但谁能想到，在这远离尘嚣的思云山上，却有一个文静的女孩子在长久地凝视星空……

"你能从宇宙中感受到这样的美，真是难得，也很幸运。"他觉察到了自己的失态，收回目光，把画递还给她，但她轻轻地推了回来。

"送给您做个纪念吧，医生，威尔逊教授是我的导师，谢谢你们救了他。"

十分钟后，救护车在月光中驶离了天文台。后来，他渐渐意识到自己的什么东西留在了思云山上。

时光之一

直到结婚时，他才彻底放弃了与时光抗衡的努力。这一天，他把自己单身宿舍的东西都搬到了新婚公寓，除了几件不适于两人共享的东西，他把这些东西拿到了医院的办公室，漫不经心地翻看着，其中有那幅雨花石镶嵌画，看着那条多彩的曲线，他突然想到，思云山之行已经是十年前的事了。

人马座 α 星

这是医院里年轻人组织的一次春游，他很珍惜这次机会，因为以后这类事越来越不可能请他参加了。这次旅行的组织者故弄玄虚，在路上一直把所有车窗的帘子紧紧拉上，到达目的地下车后让大家猜这是哪儿，第一个猜中者会有一份不错的奖励。他一下车立刻知道了答案，但沉默不语。

思云山的主峰就在前面，峰顶上那几个珍珠似的球形屋顶在阳光下闪亮。

当有人猜对这个地方后，他对领队说要到天文台去看望一个熟人，然后径自沿着那条通向山顶的盘山公路徒步走去。

他没有说谎，但心里也清楚那个连姓名都不知道的她并不是天文台的工作人员，十年后她不太可能还在这里。其实他压根就没想走进去，只是想远远地看看那个地方，十年前在那里，他那阳光灿烂燥热异常的心灵泻进了第一缕月光。

一小时后他登上了山顶，在天文台的油漆已斑驳褪色的白色栅栏旁，他默默地看着那些观象台，这里变化不大，他很快便认出了那座曾经进去过的圆顶建筑。他在草地上的一块方石上坐下，点燃一支烟，出神地看着那扇已被岁月留下痕迹的铁门，脑海中一遍遍重放着那珍藏在他记忆深处的画面：那铁门半开着，一缕如水的月光中，飘进了一片轻盈的羽毛……他完全沉浸在那逝去的梦中，以至于现实的奇迹出现时并不吃惊：那个观象台的铁门真的开了，那片曾在月光中出现的羽毛飘进阳光里，她那轻盈的身影匆匆而去，进入了相邻的另一座观象台。这过程只有十几秒钟，但他坚信自己没有看错。

五分钟后，他和她重逢了。

他是第一次在充足的光线下看到她，她与自己想象的完全一样，对此他并不惊奇，但转念一想已经十年了，那时在月光和信号灯弱光中隐现的她与现在应该不太一样，这让他很困惑。

她见到他时很惊喜，但除了惊喜似乎没有更多的东西："医生，您知道我是在各个天文台巡回搞观测项目的，一年只能有半个月在这里，又遇上了您，看来我们真有缘分！"她轻易地说出了最后那句话，更证实了他的感觉：她对他并没有更多的东西，不过，想到十年后她还能认出自己，也感到一丝安慰。

他们谈了几句那个脑部受伤的英国学者后来的情况，然后他问："你还在研究恒星闪烁吗？"

"是的。对太阳闪烁的观测进行了两年，然后我们转向其他恒星，您容易理解，这时所需的观测手段与对太阳的观测完全不同，项目没有新的资金，中断了好几年，我们三年前才重新恢复了这个项目，现在正在观测的恒星有二十五颗，数量和范围还在扩大。"

"那你一定又创作了不少雨花石画。"

他这十年中从记忆深处无数次浮现的那月光中的笑容，这时在阳光下出现了："啊，您还记得那个！是的，我每次来思云山还是喜欢收集雨花石，您来看吧！"

她带他走进了十年前他们相遇的那座观象台，他迎面看到一架高大的望远镜，不知道是不是十年前的那架太阳望远镜，但周围的电脑设备都很新，肯定不是那时留下来的。她带他来到一面高大的弧形墙前，他在墙上看到了熟悉的东西：大小不一的雨花石镶嵌画。每幅画都只是一条波动曲线，长短不一，有的平缓如海波，有的陡峭如一排高低错落的塔松。

她挨个告诉他这些波形都来自哪些恒星，"这些闪烁我们称为恒星的A类闪烁，与其他闪烁相比它们出现的次数较少。A类闪烁与恒星频繁出现的其他闪烁的区别，除了其能量波动的剧烈程度大几个数量级外，其闪烁的波形在数学上也更具美感。"

他困惑地摇摇头："你们这些基础理论科学家们时常在谈论数学上的美感，这种感觉好像是你们的专利，比如你们认为很美的麦克斯韦方程，我曾经看懂了它，但看不出美在哪儿……"

像十年前一样，她突然又变得庄严了："这种美像水晶，很硬，很纯，很透明。"

他突然注意到了那些画中的一幅，说："哦，你又重做了一幅？"看到她不解的神态，他又说，"就是你十年前送给我的那幅太阳闪烁的波形图呀。"

"可……这是人马座 α 星的一次 A 类闪烁的波形，是在，嗯，去年10月观测到的。"

他相信她表现出的迷惑是真诚的，但他更相信自己的判断，这个波形他太熟悉了，不仅如此，他甚至能够按顺序回忆出组成那条曲线的每一粒雨花石的色彩和形状。他不想让她知道，在过去十年里，除去他结婚的最后一年，他一直把这幅画挂在单身宿舍的墙上，每个月总有那么几天，熄灯后窗外透进的月光足以使躺在床上的他看清那幅画，这时他就开始默数那组成曲线的雨花石，让自己的目光像一个甲虫沿着曲线爬行，一般来说，当爬完一趟又返回一半路程时他就睡着了，在梦中继续沿着那条来自太阳的曲线漫步，像踏着块块彩石过一条永远见不到彼岸的河……

"你能够查到十年前的那条太阳闪烁曲线吗？日期是那年的 4 月 23 日。"

"当然能，"她用很特别的目光看了他一眼，显然对他如此清晰地记得那日期有些吃惊。她来到电脑前，很快调出了那列太阳闪烁波形，然后又调出了墙上的那幅画上的人马座 α 星闪烁波形，立刻在屏幕前呆住了。

两列波形完美地重叠在一起。

当沉默延长到无法忍受时，他试探着说："也许，这两颗恒星的结构相同，所以闪烁的波形也相同，你说过，A 类闪烁是恒星深层结构的反映。"

"它们虽同处主星序，光谱型也同为 G2，但结构并不完全相同。关键在于，就是结构相同的两颗恒星也不会出现这样的情况，都是榕树，您见过长得完全相同的两棵吗？如此复杂的波形竟然完全重叠，这就相当于有两棵连最末端的枝丫都一模一样的大榕树。"

"也许，真有两棵一模一样的大榕树。"他安慰说，知道自己的话毫无意义。

她轻轻地摇摇头，突然又想到了什么，猛地站起来，目光中除了刚才的震惊又多了恐惧。

"天啊。"她说。

"什么？"他关切地问。

"您……想过时间吗？"

他是个思维敏捷的人，很快捕捉到她的想法："据我所知，人马座 α 星是距我们最近的恒星，这距离好像是……4 光年吧。"

"1.3 秒差距，就是 4.25 光年。"她仍被震惊攫住，这话仿佛是别人通过她的嘴说出的。

现在事情清楚了：两个相同的闪烁出现的时间相距 8 年零 6 个月，正好是光在两颗恒星间往返一趟的所需的时间。当太阳的闪烁光线在 4.25 年后传到人马座 α 星时，后者发生了相同的闪烁，又过了同样长的时间，人马座 α 星的闪烁光线传回来，被观测到。

她又伏在计算机上进行了一阵演算，自语道："即使把这些年来两颗恒星的相互退行考虑进去，结果仍能精确地对上。"

"让你如此不安我很抱歉，不过这毕竟是一件无法进一步证实的事，不必太为此烦恼吧。"他又想安慰她。

"无法进一步证实吗？也不一定：太阳那次闪烁的光线仍在太空中传播，也许会再次导致一颗恒星产生相同的闪烁。"

"比人马座 α 星再远些的下一颗恒星是……"

"巴纳德星，1.81 秒差距，但它太暗，无法进行闪烁观测；再下一颗，佛耳夫 359，2.35 秒差距，同样太暗，不能观测；再往远，莱兰 21185，2.52 秒差距，还是太暗……只有到天狼星了。"

"那好像是我们能看到的最亮的恒星了，有多远？"

"2.65 秒差距，也就是 8.6 光年。"

"现在太阳那次闪烁的光线在太空中已行走了十年，已经到了那里，也许天狼星已经闪烁过了。"

"但它闪烁的光线还要再等七年多才能到达这里。"

她突然像从梦中醒来一样，摇着头笑了笑："呵，天啊，我这是怎么了？太可笑了！"

"你是说，作为一名天文学家，有这样的想法很可笑？"

她很认真地看着他："难道不是吗？作为脑外科医生，如果您同别人讨论思想是来自大脑还是心脏，有什么感觉？"

他无话可说了，看到她在看表，他便起身告辞，她没有挽留他，但沿下山的公路送了他很远。他克制了朝她要电话号码的冲动，因为他知道，自己在她眼中不过是一个十年后又偶然重逢的陌路人而已。告别后，她反身向天文台走去，山风吹拂着她那白色的工作衣，突然唤起他十年前那次告别的感觉，阳光仿佛变成了月光，那片轻盈的羽毛正离他远去……像一个落水者极力抓住一根稻草，他决意要维持他们之间那蛛丝般的联系，几乎是本能地，他冲她的背影喊道："如果，七年后你看到天狼星真的那样闪烁了……"

她停下脚步转过身来，微笑着回答他："那我们就还在这里见面！"

时光之二

婚姻使他进入了一种完全不同的生活，但真正彻底改变生活的是孩子，自从孩子出生后，生活的列车突然由慢车变成特快，越过一个又一个沿途车站，永不停息地向前赶路。旅途的枯燥使他麻木了，他闭上双眼不再看沿途那千篇一律的景色，在疲倦中自顾自睡去。但同许多在火车上睡觉的旅客一样，心灵深处的一个小小的时钟仍在走动，使他在到达目的地前的一分钟醒来。

这天深夜，妻儿都已睡熟，他难以入睡，一种神秘的冲动使他披衣来到阳台上。他仰望着在城市的光雾中暗淡了许多的星空，在寻找着，找什么呢？好一会儿他才在心里回答自己：找天狼星。这时他不由得打了一个寒战。

七年已经过去，现在，距他和她相约的那个日子只有两天了。

天狼星

昨天下了今年的第一场雪，路面很滑，最后一段路出租车不能走了，他只好再一次徒步攀登思云山的主峰。

路上，他不止一次地质疑自己的精神是否正常。事实上，她赴约的可能性为零，理由很简单：天狼星不可能像十七年前的太阳那样闪烁。在这七年里，他涉猎了大量的天文学和天体物理学知识，七年前那个发现的可笑让他无地自容，她没有当场嘲笑，也让他感激万分。现在想想，她当时那种认真的样子，不过是一种得体的礼貌而已，七年间他曾无数次回味分别时她的那句诺言，越来越从中体会出一种调侃的意味……随着天文观测向太空轨道的转移，思云山天文台在四年前就不存在了，那里的建筑变成了度假别墅，在这个季节已空无一人，他到那儿去干什么？想到这里他停下了脚步，这七年的岁月显示出了它的力量，他再也不可能像当年那样轻松地登山了。他犹豫了一会儿，最终还是放弃了返回的念头，继续向前走。

在这人生过半之际，就让自己最后追一次梦吧。

所以，当他看到那个白色的身影时，真以为是幻觉。天文台旧址前的那个穿着白色风衣的身影与积雪的山地背景融为一体，最初很难分辨，但她看到他时就向这边跑过来，这使他远远看到了那片飞过雪地的羽毛。他只是呆立着，一直等她跑到面前。她喘息着一时说不出话来，他看到，除了长发换成短发，她没变太多，七年不是太长的时间，对于恒星的一生来说连弹指一挥间都算不上，而她是研究恒星的。

她看着他的眼睛说："医生，我本来不抱希望能见到您，我来只是为了履行一个诺言，或者说满足一个心愿。"

"我也是。"他点点头。

"我甚至，甚至差点错过了观测时间，但我没有真正忘记这事，只是把它放到记忆中一个很深的地方，在几天前的一个深夜里，我突然想到了它……"

"我也是。"他又点点头。

他们沉默了，只听到阵阵松涛声在山间回荡。"天狼星真的那样闪烁了？"他终于问道，声音微微发颤。

她点点头："闪烁波形与十七年前太阳那次和七年前人马座 α 星那次精确重叠，一模一样，闪烁发生的时间也很精确。这是孔子三号太空望远镜的观测结果，不会有错的。"

他们又陷入长时间的沉默，松涛声在起伏轰响，他觉得这声音已从群山间盘旋而上，充盈在天地之间，仿佛是宇宙间的某种力量在进行着低沉而神秘的合唱……他不由得打了个寒战。她显然也有同样的感觉，打破沉默，似乎只是为了摆脱这种恐惧。

"但这种事情，这种已超出了所有现有理论的怪异，要想让科学界严肃地面对它，还需要更多的观测和证据。"

他说："我知道，下一个可观测的恒星是……"

"本来小犬座的南河二星可以观测，但五年前该星的亮度急剧减弱到可测值以下，可能是飘浮到它附近的一片星际尘埃所致，这样，下一次只能观测天鹰座的河鼓二星了。"

"它有多远？"

"5.1 秒差距，16.6 光年，十七年前的太阳闪烁信号刚刚到达那颗恒星。"

"这就是说，还要再等将近十七年？"

她缓缓地点点头："人生苦短啊。"

她最后这句话触动了他心灵深处的什么东西，他那被冬风吹得发干的双眼突然有些湿润："是啊，人生苦短。"

她说："但我们至少还有时间再这样相约一次。"

这话使他猛地抬起头来，呆呆地望着她，难道又要分别十七年?!

"请您原谅，我现在心里很乱，我需要时间思考。"她拂开被风吹到额前的短发说，然后看透了他的心思，动人地笑了起来，"当然，我给您我的电话和邮箱，如果您愿意的话，我们以后常联系。"

他长长地松了一口气，仿佛飘荡在大洋上的航船终于看到了岸边的灯塔，心中充满了一种难言的幸福感，"那……我送你下山吧。"

她笑着摇摇头，指指后面的圆顶度假别墅："我要在这里住一阵儿，别担心，这里有电，还有一户很好的人家，是常驻山里的护林哨……我真的需要安静，很长时间的安静。"

他们很快分手，他沿着积雪的公路向山下走去，她站在思云山的顶峰上久久地目送着他，他们都准备好了这十七年的等待。

时光之三

在第三次从思云山返回后，他突然看到了生命的尽头，他和她的生命都再也没有多少个十七年了，宇宙的广漠使光都慢得像蜗牛，生命更是灰尘般微不足道。

在这十七年的头五年里他和她保持着联系，他们互通电子邮件，有时也打电话，但从未见过面，她居住在另一个很远的城市。以后，他们各自都走向人生的巅峰，他成为著名脑医学专家和这个大医院的院长，她则成为国家科学院院士。他们要操心的事情多了起来，同时他明白，同一个已取得学术界最高地位的天文学家，过多地谈论那件把他们联系在一起的神话般的事件是不适宜的。于是他和她相互间的联系渐渐少了，到十七年过完一半时，这联系完全断了。

但他很坦然，他知道他们之间还有一个不可能中断的纽带，那就是在广漠的外太空中正在向地球日夜兼程的河鼓二的星光，他们都在默默地等待它的到达。

河鼓二星

他和她在思云山主峰见面时正是深夜，双方都想早来些以免让对方等自己，所以都在凌晨3点多攀上山来。他们各自的飞行车都能轻而易举地到达山顶，但两人都不约而同地把车停在山脚下，徒步走上山来，显然都想找回过去的感觉。

自从十年前被划为自然保护区后，思云山成了这世界上少有的越来越荒凉的地方，昔日的天文台和度假别墅已成为一片被藤蔓覆盖的废墟，他和她就在这星光下的废墟间相见。他最近还在电视上见过她，所以已熟悉岁月在她身上留下的痕迹，但今夜没有月亮，无论怎样想象，他都觉得面前的她还是三十四年前那个月光中的少女，她的双眸映着星光，让他的心融化在往昔的感觉中。

她说："我们先不要谈河鼓二好吗？这几年我在主持一个研究项目，就是观测恒星间A类闪烁的传递。"

"呵，我一直以为你不敢触及这个发现，或干脆把它忘了呢。"

"怎么会呢？真实的存在就应该去正视，其实就是经典的相对论和量子力学描述的宇宙，其离奇和怪异已经不可思议了……这几年的观测发现，A类闪烁的传递是恒星间的一种普遍现象，每时每刻都有无数颗恒星在发生初始的 A 类闪烁，周围的恒星再把这个闪烁传递开去，任何一颗恒星都可能成为初始闪烁的产生者或其他恒星闪烁的传递者，所以整个星际看起来很像是雨中泛起无数圈涟漪的池塘……怎么，你并不感到吃惊？"

"我只是感到不解：仅观测了四颗恒星的闪烁传递就用了三十多年，你们怎么可能……"

"你是个十分聪明的人，应该能想到一个办法。"

"我想……是不是这样：寻找一些相互之间相距很近的恒星来观测，比如两颗恒星 A 和 B，它们距地球都有一万光年，但它们之间相距仅五光年，这样你们就能用五年时间观察到它们一万年前的一次闪烁传递。"

"你真的是聪明人！银河系内有上千亿颗恒星，可以找到相当数量的这类恒星对。"

他笑了笑，并像三十四年前一样，希望她能在夜色中看到自己的笑。

"我给你带来了一件礼物。"他说着，打开背上山来的一个旅行包，拿出一个很奇怪的东西，足球大小，初看上去像是一团胡乱团起的渔网，对着天空时，透过它的孔隙可以看到断断续续的星光。他打开手电，她看到那东西是由无数米粒大小的小球组成的，每个小球都伸出数目不等的几根细得几乎看不见的细杆与其他小球相连，构成了一个极其复杂的网架系统。他关上手电，在黑暗中按了一下网架底座上的一个开关，网架中突然充满了快速移动的光点，令人眼花缭乱，她仿佛在看着一个装进了几万只萤火虫的空心玻璃球。再定睛细看，她发现光点最初都是由某一个小球发出，然后向周围的小球传递，每时每刻都有一定比例的小球在发出原始光点，或传递别的小球发出的光点，她形象地看到了自己的那个比喻：雨中的池塘。

"这是恒星闪烁传递模型吗？！啊，真美，难道……你已经预见到这一切？！"

"我确实猜测恒星闪烁传递是宇宙间的一种普遍现象，当然是仅凭直觉。但这个东西不是恒星闪烁传递模型。我们院里有一个脑科学研究项目，用三维全息分子显微定位技术，研究大脑神经元之间的信号传递，这就是一小部分右脑皮层的神经元信号传递模型，当然只是很小很小一部分。"

她着迷地盯着这个星光窜动的球体："这就是意识吗？"

"是的，正如巨量的 0 和 1 的组合产生了计算机的运算能力一样，意识也只是由巨量的简单连接产生的，这些神经元间的简单连接聚集到一个巨大的数量，就产生了意识，换句话说，意识，就是超巨量的节点间的信号传递。"

他们默默地注视着这个星光灿烂的大脑模型，在他们周围的宇宙深渊中，飘浮着银河系的千亿颗恒星，和银河系外的千亿个恒星系，在这无数的恒星之间，无数的 A 类闪烁正在传递。

她轻声说："天快亮了，我们等着看日出吧。"

于是他们靠着一堵断墙坐下来，看着放在前面的大脑模型，那闪闪的荧光有一种强烈的催眠作用，她渐渐睡着了。

思想者

她逆着一条苍茫的灰色大河飞行，这是时光之河，她在飞向时间的源头，群星像寒冷的冰碛漂浮在太空中。她飞得很快，扑动一下双翅就越过上亿年时光。宇宙在缩小，群星在会聚，背景辐射在剧增，百亿年过去了，群星的冰碛开始在能量之海中溶化，很快消散为自由的粒子，后来粒子也变为纯能。太空开始发光，最初是暗红色，她仿佛潜行在能量的血海之中；后来光芒急剧增强，由暗红变成橘黄，再变为刺目的纯蓝，她似乎在一个巨大的霓虹灯管中飞行，物质粒子已完全溶解于能量之海中。透过这炫目的空间，她看到宇宙的边界球面如巨掌般收拢，她悬浮在这已收缩到只有一间大厅般大小的宇宙中央，等待着奇点的来临。终于一切陷入漆黑，她知道已在奇点中了。

一阵寒意袭来，她发现自己站立在广阔的白色平原上，上面是无限广阔的黑色虚空。看看脚下，地面是纯白色的，覆盖着一层湿滑的透明胶液。她向前走，来到一条鲜红的河流边，河面覆盖着一层透明的膜，可以看到红色的河水在膜下涌动。她离开大地飞升而上，看到血河在不远处分了，还有许多条树枝状的血河，构成了一个复杂的河网。再上升，血河细化为白色大地上的血丝，而大地仍是一望无际。她向前飞去，前面出现了一片黑色的海洋，飞到海洋上空时她才发现这海不是黑的，呈黑色是因为它深而完全透明，广阔海底的山脉历历在目，这些水晶状的山脉呈放射状由海洋的中心延伸到岸边……她拼命上升，不知过了多长时间才再次向下看，这时整个宇宙已一览无遗。

这宇宙是一只静静地看着她的巨大的眼睛。

…………

她猛地醒来，额头湿湿的，不知是汗水还是露水。他没睡，一直在身边默默地看着她，他们前面的草地上，大脑模型已耗完了电池，穿行于其中的星光熄灭了。

在他们上方，星空依旧。

"'他'在想什么？"她突然问。

"现在吗？"

"在这三十四年里。"

"源于太阳的那次闪烁可能只是一次原始的神经元冲动，这种冲动每时每刻都在发生，大部分像蚊子在水塘中点起的微小涟漪，转瞬即逝，只有传遍全宇宙的冲动才能成为一次完整的感受。"

"我们耗尽了一生时光，只看到'他'的一次甚至自己都感觉不到的瞬间冲动？"她迷茫地说，仿佛仍在梦中。

"耗尽整个人类文明的寿命，可能也看不到'他'的一次完整的感觉。"

"人生苦短啊。"

"是啊，人生苦短……"

"一个真正意义上的孤独者。"她突然没头没尾地说。

"什么？"他不解地看着她。

"呵，我是说'他'之外全是虚无，'他'就是一切，还在想，也许还做梦，梦见什么呢……"

"我们还是别试图做哲学家吧！"他一挥手像赶走什么似的说。

她突然想起了什么，从靠着的断墙上直起身说："按照现代宇宙学的宇宙暴胀理论，在膨胀的宇宙中，从某一点发出的光线永远也不可能传遍宇宙。"

"这就是说，'他'永远也不可能有一次完整的感觉。"

她两眼平视着无限远方，沉默许久，突然问道："我们有吗？"

她的这个问题令他陷入对往昔的追忆，这时，思云山的丛林中传来了第一声鸟鸣，东方的天际出现了一线晨光。

"我有过。"他很自信地回答。是的，他有过，那是三十四年前，在这个山峰上的一个宁静的月夜，一个月光中羽毛般轻盈的身影，一双仰望星空的少女的眼睛……他的大脑中发生了一次闪烁，并很快传遍了他的整个心灵宇宙，在以后的岁月中，这闪烁一直没有消失。这个过程更加宏伟壮丽，大脑中所包含的那个宇宙，要比这个星光灿烂的已膨胀了一百五十亿年的外部宇宙更为宏大，外部宇宙虽然广阔，毕竟已被证明是有限的，而思想无限。

东方的天空越来越亮，群星开始隐没，思云山露出了剪影般的轮廓，在它高高的主峰上，在那被藤蔓覆盖的天文台废墟中，这两个年近六十的人期待地望着东方，等待着那个光辉灿烂的脑细胞升出地平线。

⑦

|

坍　缩

坍缩将在凌晨 1 时 24 分 17 秒时发生。

对坍缩的观测将在国家天文台最大的观测厅进行，这个观测厅接收在同步轨道上运行的太空望远镜发回的图像，并把它投射到一面面积有一个篮球场大小的巨型屏幕上。现在，屏幕上还是空白。到场的人并不多，但都是理论物理学、天体物理学和宇宙学的权威，对即将到来的这一时刻，他们是这个世界上少数真正能理解其含义的人。此时他们静静地坐着，等着那一时刻，就像刚刚用泥土做成的亚当夏娃等着上帝那一口生命之气一样。只有天文台的台长在焦躁地来回踱着步。巨型屏幕出了故障，而负责维修的工程师到现在还没来，如果她来不了的话，来自太空望远镜的图像只能在小屏幕上显示，那这一伟大时刻的气氛就差多了。

丁仪教授走进了大厅。科学家们都提前变活了，他们一齐站了起来。

除了半径二百光年的宇宙，能让他们感到敬畏的就是这个人了。

丁仪同往常一样的目空一切，没有同任何人打招呼，也没有坐到那把为他准备的大而舒适的椅子上去，而是信步走到大厅的一角，欣赏起那里放在玻璃柜中的一个大陶土盘来。这个陶土盘是天文台的镇台之宝，是价值连城的西周时代的文物，上面刻着几千年前已化为尘土的眼睛所看到的夏夜星图。这个陶土盘经历了沧海桑田的漫长岁月已到了崩散的边缘，上面的星图模糊不清，但大厅外面的星空却丝毫没变。

丁仪掏出一个大烟斗，向一个上衣口袋里挖了一下，就挖出了满满一斗烟丝，然后旁若无人地点上烟斗抽了起来。大家都很惊诧，因为他有严重的气管炎，以前是不抽烟的，别人也不敢在他面前抽烟。再说，观测大厅里严禁吸烟，而那个大烟斗产生的烟比十支香烟都多。

但，丁教授是有资格做任何事情的。他创立了统一场论，实现了爱因斯坦的梦。他的理论对宇宙大尺度空间所作的一系列预言都得到了实际观测的精确证实。后来，使用统一场论的数学模型，上百台巨型计算机不间断地运行了三年，得出了令人难以置信的结论：已膨胀了二百亿年的宇宙将在两年后转为坍缩。

现在，这两年时间只剩不到一个小时了。白色的烟雾在丁仪的头上聚集盘旋，形成梦幻般的图案，仿佛是他那不可思议的思想从大脑中飘出……

台长小心翼翼地走到丁仪身边，说："丁老，今天省长要来，请到他不容易，请您一定对省长施加一些影响，让他给我们多少拨一些钱。本来不该用这些事使您分心的，但台里的经费状况已到了山穷水尽的地步，国家今年不可能再给线，只能向省里要了。我们是国内主要的宇宙学观测基地，可您看我们到了什么地步，连射电望远镜的电费都拿不出，现在，我们已经开始打它的主意了，"台长指了指丁仪正欣赏的古老的星图盘，

"要不是有文物法，我们早就卖掉它了！"

这时，省长同两名随行人员一起走进了大厅，他们的脸上露着忙碌的疲惫，把一缕尘世的气息带进这超脱的地方。"对不起，哦，丁老您好，大家好，对不起来晚了。今天是连续暴雨后的第一个晴天，洪水形势很紧张，长江已接近一九九八年的最高水位了。"

台长激动地说了许多欢迎的话，然后把省长领到丁仪面前，"下面请丁老为您介绍一下宇宙坍缩的概念……"他同时向丁仪递了个眼色。

"这样好不好，我先说说自己对这个概念的理解，然后请丁老和各位科学家指正。首先，哈勃发现了宇宙的红移现象，是哪一年我记不清了。我们所能观测到的所有星系的光谱都向红端移动，根据开普勒效应，这显示所有的星系都在离我们远去。由以上现象我们可以得出结论：宇宙在膨胀之中，由此又得出结论：宇宙是在二百亿年前的一次大爆炸中诞生的。如果宇宙的总质量小于某一数值，宇宙将永远膨胀下去；如果总质量大于某一数值，则万有引力逐渐使膨胀减速，最后使其停止，之后，宇宙将在引力作用下走向坍缩。以前宇宙中所能观测到的物质总量使人们倾向于第一个结论，但后来发现中微子具有质量，并且在宇宙中发现了大量的以前没有观测到的暗物质，这使宇宙的总质量大大增加，使人们又转向了后一个结论，认为宇宙的膨胀将逐渐减慢，最后转为坍缩，宇宙中的所有星系将向一个引力中心聚集，这时，同样由于开普勒效应，在我们眼中所有星系的光谱将向蓝端移动，即蓝移。现在，丁老的统一场论计算出了宇宙由膨胀转为坍缩的精确时间。"

"精彩！"台长恭维地拍了几下手，"像您这样对基础科学有如此了解的领导是不多的，我想，丁老也是这么认为的。"他又向丁仪使了个眼色。

"他说的基本正确。"丁仪慢慢地把烟灰磕到干净的地毯上。

"对，对，如果丁老都这么认为……"台长高兴得眉飞色舞。

"正确到足以显示他的肤浅。"丁仪又从上衣口袋挖出一斗烟丝。

台长的表情凝固了，科学家们那边传来了低低的几声笑。

省长很宽容地笑了笑，"我学的也是物理专业，但以后这三十年，我都差不多忘光了，同在场的各位相比，我的物理学和宇宙学知识，怕是连肤浅都达不到。唉，我现在只记得牛顿三定律了。"

"但离理解它还差得很远。"丁仪点上了新装的烟丝。

台长哭笑不得地摇摇头。

"丁老，我们生活在两个完全不同的世界里。"省长感慨地说，"我的世界是一个现实的、无诗意的、烦琐的世界，我们整天像蚂蚁一样忙碌，目光也像蚂蚁一样受到局限。有时深夜从办公室里出来，抬头看看星空，已是难得的奢侈了。您的世界充满着空灵与玄妙，您的思想跨越上百光年的空间和上百亿年的时间，地球对于您只是宇宙中的一粒灰尘，现世对于您只是永恒中短得无法测量的一瞬，整个宇宙似乎都是为了满足您的好奇心而存在的。说句真心话，丁老，我真有些嫉妒您。我年轻时做过那样的梦，但进入您的世界太难了。"

"但今天晚上并不难，您至少可以在丁老的世界中待一会儿，一起目睹这个世界最伟大的一瞬间。"台长说。

"我没有这么幸运。各位，很对不起，长江大堤已出现多处险情，我得马上赶到防总去。在走之前，我还有个问题想请教丁老，这些问题在您看来可能幼稚可笑，但我苦想了很长时间也没有弄明白。第一个问题，坍缩的标志是宇宙由红移转为蓝移，我们将看到所有星系的光谱同时向蓝端移动。但目前能观测到的最远的星系距我们二百亿光年，按您的计算，宇宙将在同一时刻坍缩，那样的话，我们要过二百亿年才能看到这些星系的蓝移出现。即使最近的半人马座，也要在四年之后才能看到它的蓝移。"

丁仪缓缓地吐出一口烟雾，那烟雾在空中飘浮，像微缩的旋涡星系。

"很好，能看到这一点，使您有点像一个物理系的学生了，尽管仍是一个肤浅的学生。是的，我们将同时看到宇宙中所有星系光谱的蓝移，而不是在从四年到二百亿年的时间上依次看到。这源于宇宙大尺度范围内的量子效应，它的数学模型很复杂，是物理学和宇宙学中最难表述的概念，没有希望使您理解。但由此您已得到第一个启示，它提醒您，宇宙坍缩产生的效应远比人们想象的复杂。您还有问题吗？哦，您没有必要马上走，您要去处理的事情并不像您想象的那样紧迫。"

"同您的整个宇宙相比，长江的洪水当然微不足道了。但丁老，神秘的宇宙固然令人神往，现实生活也还是要过的。我真的该走了，谢谢丁老的教诲，祝各位今晚看到你们想看的。"

"您不明白我的意思，"丁仪说，"现在长江大堤上一定有很多人在抗洪。"

"但我有我的责任，丁老，我必须回去。"

"您还是不明白我的意思，我是说大堤上的人们一定很累了，您可以让他们也离开。"

所有的人都惊呆了。

"什么……离开?! 干什么，看宇宙坍缩吗?"

"如果他们对此不感兴趣，可以回家睡觉。"

"丁老，您真会开玩笑!"

"我是认真的，他们干的事已没有意义。"

"为什么?"

"因为坍缩。"

沉默了好长时间，省长指了指大厅一角陈列的那个古老的星图盘说："丁老，宇宙一直在膨胀，但从上古时代到今天，我们所看到的宇宙没有什么变化。坍缩也一样，人类的时空同宇宙时空相比，渺小到可以忽略不计，除了纯理论的意义外，我不认为坍缩会对人类生活产生任何影响。甚至，我们可能在一亿年之后都不会观测到坍缩使星系产生的微小位移，如果那时还有我们的话。""十五亿年，"丁仪说，"如果用我们目前最精密的仪器，十五亿年后我们才能观测到这种位移，那时太阳早已熄灭，大概没有我们了。"

"而宇宙完全坍缩要二百亿年，所以，人类是宇宙这棵大树上的一滴小露珠，在它短暂的寿命中，是绝对感觉不到大树的成长的。您总不至于同意互联网上那些可笑的谣言，说地球会被坍缩挤扁吧!"

这时，一位年轻姑娘走了进来，她脸色苍白，目光暗淡，她就是负责巨型显示屏的工程师。

"小张，你也太不像话了! 你知道这是什么时候吗?!"台长气急败坏地冲她喊道。

"我父亲刚在医院去世。"

台长的怒气立刻消失了，"真对不起，我不知道，可你看……"

工程师没再说什么，只是默默地走到大屏幕的控制计算机前，开始埋头检查故障。丁仪叼着烟斗慢慢走了过去。

"哦，姑娘，如果你真正了解宇宙坍缩的含义，父亲的死就不会让你这么悲伤了。"

丁仪的话激怒了在场的所有人，工程师猛地站起来，她苍白的脸由于愤怒而涨红，双眼充满泪水。

"您不是这个世界上的人! 也许，同您的宇宙相比，父亲不算什么，但父亲对我重要，对我们这些普通人重要! 而您的坍缩，那不过是夜空中那弱得不能再弱的光线频率的一点点变化而已，这变化，甚至那光线，如果不是由精密仪器放大上万倍，谁都看不到! 坍缩是什么? 对普通人来说什么都不是! 宇宙膨胀或坍缩，对我们有什么区别?! 但父亲对我们是重要的,您明白吗?!"

当工程师意识到自己是在向谁发火时,她克制了自己,转身继续她的工作。丁仪叹息着摇摇头,对省长说:"是的,如您所说,两个世界。我们的世界,"他挥手把自己和那一群物理学家和宇宙学家划到一个圈里,然后指指物理学家们,"小的尺度是亿亿分之一毫米,"又指指宇宙学家们,"大的尺度是百亿光年。这是一个只能用想象来把握的世界;而你们的世界,有长江的洪水,有紧张的预算,有逝去的和还活着的父亲……一个实实在在的世界。但可悲的是,人们总要把这两个世界分开。"

"可您看到它们是分开的。"省长说。

"不!基本粒子虽小,却组成了我们;宇宙虽大,我们身在其中。微观和宏观世界的每一个变化都牵动着我们的一切。"

"可即将发生的宇宙坍缩牵动着我们的什么吗?"

丁仪突然大笑起来,这笑除了神经质外,还包含着一种神秘的东西,让人毛骨悚然。

"好吧,物理系的学生,请背诵您所记住的时间、空间和物质的关系。"

省长像一个小学生那样顺从地背了起来:"由相对论和量子力学所构成的现代物理学已证明,时间和空间不能离开物质而独立存在,没有绝对时空,时间、空间和物质世界是融为一体的。"

"很好,但有谁真正理解呢?您吗?"丁仪问省长,然后转向台长,"您吗?"转向埋头工作的工程师,"您吗?"又转向大厅中的其他的技术人员,"你们吗?"最后转向科学家们,"甚至你们?!不,你们都不理解。你们仍按绝对时空来思考宇宙,就像脚踏大地一样自然,绝对时空就是你们思想的大地,离开它你们对一切都无从把握。谈到宇宙的膨胀和坍缩,你们认为那只是太空中的星系在绝对的时间空间中散开和会聚。"他说着,蹀到那个玻璃陈列柜前，伸手打开柜门，把那个珍贵的星图盘拿了出来，放在手上抚摸着，欣赏着。台长万分担心地抬起两只手在星图盘下护着，这件宝物放在那儿二十多年，还没有人敢动一下。

台长焦急地等着丁仪把星图盘放回原位，但他没有，而是一抬手，把星图盘扔了出去！价值连城的古老珍宝，在地毯上碎成了无数陶土块。空气凝固了，大家呆若木鸡。只有丁仪还在悠然地蹀着步，是这僵住的世界中唯一活动的因素，他的话音仍不间断地响着。

"时空和物质是不可分的，宇宙的膨胀和坍缩包括整个时空，是的朋友们，包括整个时间和空间！"

又响起了一声破裂声，这是一只玻璃水杯从一名物理学家手中掉下去。引起他们震惊的原因同其他人不一样，不是星图盘，而是丁仪话中的含义。

"您是说……"一名宇宙学家死死地盯住丁仪，话卡在喉咙里说不出来。

"是的。"丁仪点点头，然后对省长说，"他们明白了。"

"那么，这就是统一场数学模型的计算结果中那个负时间参量的含义?!"一名物理学家恍然大悟地说。丁仪点点头。

"为什么不早些把它公布于世?! 您太不负责任了!"另一名物理学家愤怒地说。

"有什么用? 只能引起全世界范围的混乱，对时空，我们能做些什么?"

"你们都在说些什么?!"省长一头雾水地问。

"坍缩……"台长，同时是一名天体物理学家，做梦似的喃喃地说。

"宇宙坍缩会对人类产生影响，是吗?"

"影响? 不，它将改变一切。"

197

"能改变什么呢?"

科学家们都在匆匆地整理着自己的思绪,没人回答他。

"你们就告诉我,坍缩时,或宇宙蓝移开始时,会发生什么?"省长着急地问。

"时间将反演。"丁仪回答。

"……反演?"省长迷惑地望望台长,又望望丁仪。

"时光倒流。"台长简短地解释。

巨型屏幕这时修好了,壮丽的宇宙出现在大家面前。为了使坍缩的出现更为直观,太空望远镜发回的图像由计算机进行变频处理,并对频率变化所产生的色彩效应进行了视觉上的夸张。现在所有的恒星和星系发出的光在大屏幕上都呈红色,象征着目前膨胀中宇宙的红移。当坍缩开始时,它们将同时变为蓝色。屏幕的一角显示出蓝移出现的倒计时:一百五十秒。

"我们的时间随宇宙膨胀了二百亿年,但现在,这膨胀的时间只剩不到三分钟了,之后,时间将随宇宙坍缩,时光将倒流。"丁仪走到木然的台长面前,指指摔碎的星图盘,"不必为这件古物而痛心,蓝移出现后不久,碎片就会重新复原,它会回到陈列柜中去,多少年以后,回到土中深埋,再过几千年的时间,它将回到燃烧的窑中,然后作为一团潮泥回到那位上古天文学家的手中……"他走到那位年轻的女工程师身边,"也不要为你的父亲悲伤,他将很快复活,你们很快就会见面。如果父亲对你很重要,你应该感到安慰,因为在坍缩的宇宙中,他比你长寿,他将看着你作为婴儿离开这个世界。是的,我们这些老人都是刚刚踏上人生旅途,而你们年轻人则已近暮年,或说幼年。"他又走到省长面前,"如果过去没有,那么长江的洪水未来永远不会在您的任期内越出江堤,因为现在宇宙中的未来只剩一百秒了。坍缩宇宙中的未来就是膨胀宇宙中的过去。最大的险情要到一九九八年才会出现，但那时您的生命已接近幼年，那不是您的责任了。还有一分钟，现在无论做什么，都不会对将来产生后果，大家可以做各自喜欢的事情而不必顾虑将来，在这个时间里已经没有将来了。至于我，我现在只是干我喜欢，但以前由于气管炎而不能干的一件小事。"丁仪又用大烟斗从口袋里挖了一锅烟丝，点上悠然地抽了起来。

蓝移倒计时五十秒。

"这不可能!"省长叫道，"从逻辑上这说不通，时间反演? 一切都将反过来进行，难道我们倒着说话吗? 这太难以想象了!"

"您会适应的。"

蓝移倒计时四十秒。

"也就是说，以后的　切都是重复，那历史和人生变得多么乏味。"

"不会的，您将在另一个时间里，现在的过去将是您的未来，我们现在就在那时的未来里。您不可能记住未来，蓝移开始时，您的未来一片空白，对它，您什么都不记得，什么都不知道。"

蓝移倒计时二十秒。

"这不可能!"

"您将会发现，从老年走向幼年，从成熟走向幼稚是多么合理，多么理所当然，如果有人谈起时间还有另一个流向，您会认为他是痴人说梦。快了，还有十几秒，十几秒后，宇宙将通过一个时间奇点，在那一点时间不存在。然后，我们将进入坍缩宇宙。"

蓝移倒计时八秒。

"这不可能! 真的不可能!!"

"没关系，您很快就会知道的。"

蓝移倒计时五秒，四，三，二，一，零。

宇宙中的星光由使人烦躁的红色变为空洞的白色⋯⋯

……时间奇点……

…………

星光由白色变为宁静美丽的蓝色，蓝移开始了，坍缩开始了。

…………

……。了始开缩坍，了始开移蓝，色蓝的丽美静宁为变色白由光星……

……点奇间时……

……色白的空洞为变色红的躁烦人使由光星的中宙宇

。零，一，二，三，四，秒五时计倒移蓝

"。的道知会就快很您，系关没"

"！！能可不的真！能可不这"

。秒八时计倒移蓝

"。宙宇缩坍入进将们我，后然。在存不间时点一那在，点奇间时个一过通将宙宇，后秒几十，秒几十有还，了快。梦说人痴是他为认会您，向流个一另有还间时起谈人有果如，然当所理么多……

…………

⑧

微纪元

回　归

先行者知道，他现在是全宇宙中唯一的一个人了。

他是在飞船越过冥王星时知道的，从这里看去，太阳是一个暗淡的星星，同三十年前他飞出太阳系时没有两样，但飞船计算机刚刚进行的视行差测量告诉他，冥王星的轨道外移了许多，由此可以计算出太阳比他启程时损失了 4.74% 的质量，由此又可推论出另外一个使他的心先是颤抖然后冰冻的结论。

那事已经发生过了。

其实，在他启程时人类已经知道那事要发生了，通过发射上万个穿过太阳的探测器，天体物理学家们确定了太阳将要发生一次短暂的能量闪烁，并损失大约 5% 的质量。

如果太阳有记忆，它不会对此感到不安，在那几十亿年的漫长生涯中，它曾经历过比这大得多的剧变，当它从星云的旋涡中诞生时，它的生命的剧变是以毫秒为单位的，在那辉煌的一刻，引力的坍缩使核聚变的火焰照亮星云混沌的黑暗……它知道自己的生命是一个过程，尽管现在处于这个过程中最稳定的时期，偶然的、小小的突变总是免不了的，就像平静的水面上不时有一个小气泡浮起并破裂。能量和质量的损失算不了什么，它还是它，一颗中等大小，视星等为 -26.8 的恒星。甚至太阳系的其他部分也不会受到太大的影响，水星可能被熔化，金星稠密的大气将被剥离，再往外围的行星所受的影响就更小了，火星颜色可能由于表面的熔化而由红变黑，地球嘛，只不过表面温度升高至 4000℃，这可能会持续 100 小时左右，海洋肯定会被蒸发，各大陆表面岩石也会熔化一层，但仅此而已。以后，太阳又将很快恢复原状，但由于质量的损失，各行星的轨道会稍微后移，这影响就更小了，比如地球，气温可能稍稍下降，平均降到零下110℃左右，这有助于熔化的表面重新凝结，并使水和大气多少保留一些。

那时人们常谈起一个笑话，说的是一个人同上帝的对话：上帝啊，一万年对你是多么短啊！上帝说：就一秒钟；上帝啊，一亿元对你是多少啊，上帝说：就一分钱；上帝啊，给我一分钱吧！上帝说：请等一秒钟。

现在，太阳让人类等了"一秒钟"：预测能量闪烁的时间是在一万八千年之后。这对太阳来说确实只是一秒钟，却可以使目前活在地球上的人类对"一秒钟"后发生的事采取一种超然的态度，甚至当作一种哲学理念。影响不是没有的，人类文化一天天变得玩世不恭起来，但人类至少还有四五百代的时间可以从容地想想逃生的办法。

两个世纪以后，人类采取了第一个行动：发射了一艘恒星际飞船，在周围 100 光年以内寻找带有可移民行星的恒星，飞船被命名为方舟号，这批宇航员都被称为先行者。

方舟号掠过了六十颗恒星，也是掠过了六十个炼狱。其只有一颗恒星有一颗卫星，那是一滴直径八千公里的处于白炽状态的铁水，因其液态，在运行中不断地改变着形状……方舟号此行唯一的成果，就是进一步证明了人类的孤独。

方舟号航行了二十三年时间，但这是"方舟时间"，由于飞船以接近光速行驶，地球时间已过了两万五千年。

本来方舟号是可以按预定时间返回的。

由于在接近光速时无法同地球通信，必须把速度降至光速的一半以下，这需要消耗大量的能量和时间。所以，方舟号一般每月减速一次，接收地球发来的信息，而当它下一次减速时，收到的已是地球一百多年后发出的信息了。方舟号和地球的时间，就像从高倍瞄准镜中看目标一样，瞄准镜稍微移动一下，镜中的目标就跨越了巨大的距离。方舟号收到的最后一条信息是在"方舟时间"自起航十三年，地球时间自起航一万七千年时从地球发出的，方舟号一个月后再次减速，发现地球方向已寂静无声了。一万多年前对太阳的计算可能稍有误差，在方舟号这一个月，地球这一百多年间，那事发生了。

方舟号真成了一艘方舟，但已是一艘只有诺亚一人的方舟。其他的七名先行者，有四名死于一颗在飞船四光年处突然爆发的新星的辐射，二人死于疾病，一人（是男人）在最后一次减速通信时，听着地球方向的寂静开枪自杀了。

以后，这唯一的先行者曾使方舟号保持在可通信速度很长时间，后来他把飞船加速到光速，心中那微弱的希望之火又使他很快把速度降下来聆听，由于减速越来越频繁，回归的行程拖长了。

寂静仍持续着。

方舟号在地球时间启程二万五千年后回到太阳系，比预定的晚了九千年。

纪念碑

穿过冥王星轨道后，方舟号继续飞向太阳系深处，对于一艘恒星际飞船来说，在太阳系中的航行如同海轮行驶在港湾中。太阳很快大了亮了，先行者曾从望远镜中看了一眼木星，发现这颗大行星的表面已面目全非，大红斑不见了，风暴纹似乎更加混乱。他没再关注别的行星，径直飞向地球。

先行者用颤抖的手按动了一个按钮，高大的舷窗的不透明金属窗帘正在缓缓打开。啊，我的蓝色水晶球，宇宙的蓝眼珠，蓝色的天使……先行者闭起双眼默默祈祷着，过了很长时间，才强迫自己睁开双眼。

他看到了一个黑白相间的地球。

黑色的是熔化后又凝结的岩石，那是墓碑的黑色；白色的是蒸发后又冻结海洋，那是殓布的白色。

方舟号进入低轨道，从黑色的大陆和白色的海洋上空缓缓越过，先行者没有看到任何遗迹，一切都被熔化了，文明已成过眼烟云。但总该留个纪念碑的，一座能耐4000℃高温的纪念碑。

先行者正这么想，纪念碑就出现了。飞船收到了从地面发上来的一束视频信号，计算机把这信号显示在屏幕上，先行者首先看到了用耐高温摄像机拍下的两千多年前的大灾难景象。能量闪烁时，太阳并没有像他想象的那样亮度突然增强，太阳迸发出的能量主要以可见光之外的辐射传出。他看到，蓝色的天空突然变成地狱般的红色，接着又变成噩梦般的紫色；他看到，纪元城市中他熟悉的高楼群在几千度的高温中先是冒出浓烟，然后像火炭一样发出暗红色的光，最后像蜡一样熔化了；灼热的岩浆从高山上流下，形成了一道道巨大的瀑布，无数个这样的瀑布又汇成一条条发着红光的岩浆的大河，大地上火流的洪水在泛滥；原来是大海的地方，只有蒸汽形成的高大的蘑菇云，这形状狰狞的云山下部映射着岩浆的红色，上部透出天空的紫色，在急剧扩大，很快一切都消失在这蒸汽中……

当蒸汽散去，又能看到景物时，已是几年以后了。这时，大地已从烧熔状态初步冷却，黑色的波纹状岩石覆盖了一切。还能看到岩浆河流，它们在大地上形成了错综复杂的火网。人类的痕迹已完全消失，文明如梦一样无影无踪了。又过了几年，水在高温状态下离解成的氢氧又重新化合成水，大暴雨从天而降，灼热的大地上再次蒸汽弥漫，这时的世界就像在一个大蒸锅中一样阴暗闷热和潮湿。暴雨连下几十年，大地被进一步冷却，海洋渐渐恢复了。又过了上百年，因海水蒸发形成的阴云终于散去，天空现出蓝色，太阳再次出现了。再后来，由于地球轨道外移，气温急剧下降，大海完全冻结，天空万里无云，已死去的世界在严寒中变得很宁静了。

先行者接着看到了一个城市的图像：先看到如林的细长的高楼群，镜头从高楼群上方降下去，出现了一个广场，广场上一片人海。镜头再下降，先行者看到所有的人都在仰望着天空。镜头最后停在广场正中的一个平台上，平台上站着一个漂亮姑娘，好像只有十几岁，她在屏幕上冲着先行者挥挥手，娇滴滴地喊："喂，我们看到你了，像一个飞得很快的星星！你是方舟一号?!"

在旅途的最后几年，先行者的大部分时间是在虚现实游戏中度过的。

205

在那个游戏中，计算机接收玩者的大脑信号，根据玩者思维构筑一个三维画面，这画面中的人和物还可根据玩者的思想做出有限的活动。先行者曾在寂寞中构筑过从家庭到王国的无数个虚世界，所以现在他一眼就看出这是一幅这样的画面。但这个画面造得很拙劣，由于大脑中思维的飘忽性，这种由想象构筑的画面总有些不对的地方，但眼前这个画面中的错误太多了：首先，当镜头移过那些摩天大楼时，先行者看到有很多人从楼顶窗子中钻出，径直从几百米高处跳下来，经过让人头晕目眩的下坠，这些人都平安无事地落到地上；同时，地上有许多人一跃而起，像会轻功一样一下就跃上几层楼的高度，然后他们的脚踏上了楼壁上伸出的一小块踏板上（这样的踏板每隔几层就有一个，好像专门为此而设），再一跃，又飞上几层，就这样一直跳到楼顶，从某个窗子中钻进去。仿佛这些摩天大楼都没有门和电梯，人们就是用这种方式进出的。当镜头移到那个广场平台上时，先行者看到人海中有用线吊着的几个水晶球，那球直径可能有一米多。有人把手伸进水晶球，很轻易地抓出水晶球的一部分，在他们的手移出后晶莹的球体立刻恢复原状，而人们抓到手中的那部分立刻变成了一个小水晶球，那些人就把那个透明的小球扔进嘴里……除了这些明显的谬误外，有一点最能反映造这幅计算机画面的人思维的变态和混乱：在这城市的所有空间，都飘浮着一些奇形怪状的物体，它们大的有两三米，小的也有半米，有的像一块破碎的海绵，有的像一根弯曲的大树枝，那些东西缓慢地飘浮着，有一根大树枝飘向平台上的那个姑娘，她轻轻推开了它，那大树枝又打着转儿向远处飘去……先行者理解这些，在一个濒临毁灭的世界中，人们是不会有清晰和正常的思维的。

这可能是某种自动装置，在这大灾难前被人们深埋地下，躲过了高温和辐射，后来又自动升到这个已经毁灭的地面世界上。这装置不停地监视着太空，监测到零星回到地球的飞船时就自动发射那个画面，给那些幸存者以这样糟糕透顶又滑稽可笑的安慰。

"这么说后来又发射过方舟飞船？"先行者问。

"当然，又发射了十二艘呢！"那姑娘说。不说这个荒诞变态的画面的其他部分，这个姑娘造得倒是真不错，她那融合东西方精华的姣好的面容露出一副天真透顶的样子，仿佛她仰望的整个宇宙是一个大玩具。那双大眼睛好像会唱歌，还有她的长发，好像失重似的永远飘在半空不落下，使得她看上去像身处海水中的美人鱼。

"那么，现在还有人活着吗？"先行者问，他最后的希望像野火一样燃烧起来。

"您这样的人吗？"姑娘天真地问。

"当然是我这样的真人，不是你这样用计算机造出来的虚拟人。"

"前一艘方舟号是在七百三十年前回来的，您是最后一艘回归的方舟号了。请问您船上还有女人吗？"

"只有我一个人。"

"您是说没有女人了？！"姑娘吃惊地瞪大了眼。

"我说过只有我一人。在太空中还有没回来的其他飞船吗？"

姑娘把两只白嫩的小手儿在胸前绞着，"没有了！我好难过好难过啊，您是最后一个这样的人了，如果，呜呜……如果不克隆的话……呜呜……"这美人儿捂着脸哭起来，广场上的人群也是一片哭声。

先行者的心沉底，人类的毁灭最后证实了。

"您怎么不问我是谁呢？"姑娘又抬起头来仰望着他说，她又恢复了那副天真神色，好像转眼忘了刚才的悲伤。

"我没兴趣。"

姑娘娇滴滴地大喊，"我是地球领袖啊！"

"对，她是地球联合政府的最高执政官！"下面的人也都一齐闪电般地由悲伤转为兴奋，这真是个拙劣到家的制品。

先行者不想再玩这种无聊的游戏了，他起身要走。

"您怎么这样?！首都的全体公民都在这儿迎接您，前辈，您不要不理我们啊！"姑娘带着哭腔喊。

先行者想起了什么，转过身来问："人类还留下了什么?"

"照我们的指引着陆，您就会知道！"

首　都

先行者进入了着陆舱，把方舟号留在轨道上，在那束信息波的指引下开始着陆。他戴着一副视频眼镜，可以从其中的一个镜片上看到信息波传来的那个画面。

"前辈，您马上就要到达地球首都了，这虽然不是这个星球上最大的城市，但肯定是最美丽的城市，您会喜欢的！不过您的落点要离城市远些，我们不希望受到伤害……"画面上那个自称地球领袖的女孩还在喋喋不休。

先行者在视频眼镜中换了一个画面，显示出着陆舱正下方的区域，现在高度只有一万多米了，下面是一片黑色的荒原。

后来，画面上的逻辑更加混乱起来，也许是几千年前那个画面的构造者情绪沮丧到了极点，也许是发射画面的计算机的内存在这几千年的漫长岁月中老化了。画面上，那姑娘开始唱起歌来：

啊，尊敬的使者，你来自宏纪元！

辉煌的宏纪元，

伟大的宏纪元，

美丽的宏纪元，

你是烈火中消逝的梦……

这个漂亮的歌手唱着唱着开始跳起来，她一下从平台跳上几十米的半空，落到平台上后又一跳，居然飞越了大半个广场，落到广场边上的一座高楼顶上，又一跳，飞过整个广场，落到另一边，看上去像一只迷人的小跳蚤。她有一次在空中抓住一根几米长的奇形怪状的漂浮物，那根大树干载着她在人海上空盘旋，她在上面优美地扭动着苗条的身躯。

下面的人海沸腾起来，所有人都大声合唱："宏纪元，宏纪元……"每个人轻轻一跳就能升到半空，以至整个人群看起来如撒到振动鼓面上的一片沙子。

先行者实在受不了了，他把声音和图像一起关掉。他现在知道，大灾难前的人们嫉妒他们这些跨越时空的幸存者，所以做了这些变态的东西来折磨他们。但过了一会儿，当那画面带来的烦恼消失一些后，当感觉到着陆舱接触地面的振动时，他产生了一个幻觉：也许他真的降落在一个高空看不清楚的城市中？当他走出着陆舱，站在那一望无际的黑色荒原上时，幻觉消失，失望使他浑身冰冷。

先行者小心地打开宇宙服的面罩，一股寒气扑面而来，空气很稀薄，但能维持人的呼吸。气温在摄氏零下 40℃ 左右。天空呈一种大灾难前黎明和黄昏时的深蓝色，但现在太阳正在空照耀着，先行者摘下手套，没有感到它的热力。由于空气稀薄，阳光散射较弱，天空中能看到几颗较亮的星星。脚下是刚凝结了两千年左右的大地，到处可见岩浆流动的波纹形状，地面虽已开始风化，仍然很硬，土壤很难见到。这带波纹的大地伸向天边，其间有一些小小的丘陵。在另一个方向，可以看到冰封的大海在地平线处闪着白光。

先行者仔细打量四周，看到了信息波的发射源，那儿有一个镶在地面岩石中的透明半球护面，直径大约有一米，半球护面下似乎扣着一片很复杂的结构。他还注意远处的地面上还有几个这样的透明半球，相互之间相隔二三十米，像地面上的几个大水泡，反射着阳光。

先行者又在他的左镜片中打开了画面，在计算机的虚拟世界中，那个恬不知耻的小骗子仍在那根飘浮在半空中的大树枝上忘情地唱着扭着，并不时向他送飞吻，下面广场上所有的人都在向他欢呼。

> ……
>
> 宏伟的宏纪元！
>
> 浪漫的宏纪元！
>
> 忧郁的宏纪元！
>
> 脆弱的宏纪元！
>
> ……

先行者木然地站着，深蓝色的苍穹中，明亮的太阳和晶莹的星星在闪耀，整个宇宙围绕着他——最后一个人类。

孤独像雪崩一样埋住了他，他蹲下来捂住脸抽泣起来。

歌声戛然而止，虚画面中的所有人都关切地看着他，那姑娘骑在半空中的大树枝上，突然嫣然一笑。

"您对人类就这么没信心吗？"

这话中有一种东西使先行者浑身一震，他真的感觉到了什么，站起身来。他突然注意到，左镜片画面中的城市暗了下来，仿佛阴云在一秒钟内遮住了天空。他移动脚步，城市立即亮了起来。他走到那个透明半球，俯身向里面看，他看不清里面那些密密麻麻的细微结构，但看到左镜片中的画面上，城市的天空立刻被一个巨大的东西占据了。

那是他的脸。

"我们看到您了！您能看清我们吗?！去拿个放大镜吧！"姑娘大叫起来，广场上人海再次沸腾起来。

先行者明白了一切。他想起了那些跳下高楼的人们，在微小环境下重力是不会造成伤害的，同样，在那样的尺度下，人也可以轻易地跃上几百米（几百微米?）的高楼。那些大水晶球实际上就是水，在微小的尺度下水的表面张力处于统治地位，那是一些小水珠，人们从这些水珠中抓出来喝的水珠就更小了。城市空间中飘浮的那些看上去有几米长的奇怪东西，包括载着姑娘飘浮的大树枝，只不过是空气中细微的灰尘。

那个城市不是虚拟的，它就像两万五千年前人类的所有城市一样真实，它就在这个一米直径的半球形透明玻璃罩中。

人类还在，文明还在。

在微型城市中，飘浮在树枝上的姑娘——地球联合政府最高执政官，向几乎占满整个宇宙的先行者自信地伸出手来。

"前辈，微纪元欢迎您。"

微人类

"在大灾难到来前的一万七千年中，人类想尽了逃生的办法，其中最容易想到的是恒星际移民，但包括您这艘在内的所有方舟飞船都没有找到带有可居住行星的恒星。即使找到了，以大灾难前一个世纪人类的宇航技术，连移民千分之一的人类都做不到。另一个设想是移居到地层深处，躲过太阳能量闪烁后再出来。这不过是拖长死亡的过程而已，大灾难后地球的生态系统将被完全摧毁，养活不了人类的。

211

"有一段时期，人们几乎绝望了。但某位基因工程师的脑海中闪现了这样一个火花：如果把人类的体积缩小十亿倍会怎么样？这样人类社会的尺度也缩小了十亿倍，只要有很微小的生态系统，消耗很微小的资源就可生存下来。很快全人类都意识到这是拯救人类文明唯一可行的办法。这个设想是以两项技术为基础的，其一是基因工程，在修改人类基因后，人类将缩小至 10 微米左右，只相当于一个细胞大小，但其身体的结构完全不变。做到这点是完全可能的，人和细菌的基因本来就没有太大的差别；另一项是纳米技术，这是一项在二十世纪就发展起来的技术，那时人们已经能造出细菌大小的发电机了，后来人们可以在纳米尺度造出从火箭到微波炉的一切设备，只是那些纳米工程师做梦都不会想到他们的产品的最后用途。

"培育第一批微人类似于克隆：从一个人类细胞中抽取全部遗传信息，然后培育出同主体一模一样的微人，但其体积只是主体的十亿分之一。以后他们就同宏人（微人对你们的称呼，他们还把你们的时代叫宏纪元）一样生育后代了。

"第一批微人的亮相极富戏剧性，有一天，大约是您的飞船起航后一万二千年吧，全球的电视上都出现了一个教室，教室中有三十个孩子在上课，画面极其普通，孩子是普通的孩子，教室是普通的教室，看不出任何特别之处。但镜头拉开，人们发现这个教室是放在显微镜下拍摄的……"

"我想问，"先行者打断最高执政官的话，"以微人这样微小的大脑，能达到宏人的智力吗？"

"那么您认为我是个傻瓜了？鲸鱼也并不比您聪明！智力不是由大脑的大小决定的，以微人大脑中在原子数目和它们的量子状态的数目来说，其信息处理能力是像宏人大脑一样绰绰有余的……嗯，您能请我们到那艘大飞船去转转吗？"

"当然，很高兴，可……怎么去呢?"

"请等我们一会儿!"

于是，最高执政官跳上了半空中一个奇怪的飞行器，那飞行器就像一片带螺旋桨的大羽毛。接着，广场上的其他人也都争着向那片"羽毛"上跳。这个社会好像完全没有等级观念，那些从人海中随机跳上来的人肯定是普通平民，他们有老有少，但都像最高执政官姑娘一样一身孩子气，兴奋地吵吵闹闹。这片"羽毛"上很快挤满了人，空中不断出现新的"羽毛"，每片刚出现，就立刻挤满了跳上来的人。最后，城市的天空中飘浮着几百片载满微人的"羽毛"，它们在最高执政官那片的带领下，浩浩荡荡向一个方向飞去。

先行者再次伏在那个透明半球上方，仔细地观察着里面的微城市。这一次，他能分辨出那些摩天大楼了，它们看上去像一片密密麻麻的直立的火柴棍。先行者穷极自己的目力，终于分辨了那些像羽毛的交通工具，它们像一杯清水中漂浮的细小的白色微粒，如果不是几百片一群，根本无法分辨出来。凭肉眼看到人是不可能的。

在先行者视频眼镜的左镜片中，那由一个微人摄像师用小得无法想象的摄像机实况拍摄的画面仍很清晰，现在那摄像师也在一片"羽毛"上。先行者发现，在微城市的交通中，碰撞是一件随时都在发生的事。那群快速飞行的"羽毛"不时互相撞在一起，撞在空中飘浮的巨大尘粒上，甚至不时迎面撞到高耸的摩天大楼上！但飞行器和它的乘员都安然无恙，似乎没有人去注意这种碰撞。其实这是个初中生都能理解的物理现象：物体的尺度越小，整体强度就越高，两辆自行车碰撞与两艘万吨轮碰撞的后果是完全不一样的，如果两粒尘埃相撞，它们会毫无损伤。微世界的人们似乎都有金刚之躯，毫不担心自己会受伤。当"羽毛"群飞过时，旁边的摩天大楼上不时有人从窗中跃出，想跳上其中的一片，这并不总是能成功的，于是那人就从几百米处开始了令先行者头晕目眩的下坠，而那些下坠中的微人，还在神情自若地同经过的大楼窗子中的熟人打招呼！

"呀，您的眼睛像黑色的大海，好深好深，带着深深的忧郁呢！您的忧郁罩住了我们的城市，您把它变成一个博物馆了！呜呜呜……"最高执政官又伤心地哭了起来，别的人也都同她一起哭，任他们乘坐的"羽毛"在摩天大楼间撞来撞去。

先行者也从左镜片中看到了城市的天空中自己那双巨大的眼睛，那放大了上亿倍的忧郁深深震撼了他自己。"为什么是博物馆呢？"先行者问。

"因为只有在博物馆中才有忧郁，微纪元是无忧无虑的纪元！"地球领袖高声欢呼，尽管泪滴还挂在她那娇嫩的脸上，但她已完全没有悲伤的痕迹了。

"我们是无忧无虑的纪元！！"其他人也都忘情地欢呼起来。

先行者发现，微纪元人类的情绪变化比宏纪元快上百倍，这变化主要表现在悲伤和忧郁这类负面情绪上，他们能在一瞬间从这种情绪中跃出。还有一个发现让他更惊奇：由于这类负面情绪在这个时代十分少见，以至于微人们把它当成了稀罕物，一有机会就迫不及待地去体验。

"您不要像孩子那样忧郁，您很快就会发现，微纪元没有什么可忧虑的！"

这话使先行者万分惊奇，他早看到微人的精神状态很像宏时代的孩子，但孩子的精神状态还要夸张许多倍才真正像他们。"你是说，在这个时代，人们越长越……越幼稚?!"

"我们越长越快乐！"领袖女孩说。

"对，微纪元是越长越快乐的纪元！"众人大声应和着。

"但忧郁也是很美的，像月光下的湖水，它代表着宏时代的田园爱情，呜呜呜……"地球领袖又大放悲声。

"对，那是一个多美的时代啊！"其他微人也眼泪汪汪地附和着。

先行者笑起来，"你们根本不知道什么是忧郁，小人儿，真正的忧郁是哭不出来的。"

"您会让我们体验到的！"最高执政官又恢复到兴高采烈的状态。

"但愿不会。"先行者轻轻地叹息说。

"看，这就是宏纪元的纪念碑！"当"羽毛"群飞过另一个城市广场时，最高执政官介绍说。先行者看到那个纪念碑是一根粗大的黑色柱子，有过去的巨型电视塔那么粗，表面覆盖着无数片车轮大小的黑色巨瓦，叠合成鱼鳞状，高耸入云，他看了好长时间才明白，那是一根宏人的头发。

宴 会

"羽毛"群从半球形透明罩上的一个看不见的出口飞了出来，这时，最高执政官在视频画面中对先行者说："我们距您那个飞行器有一百多公里呢，我们还是落到您的手指上，您把我们带过去快些。"

先行者回头看看身后不远处的着陆舱，心想他们可能把计量单位也都微缩了。他伸出手指，"羽毛"群落了上来，看上去像是在手指上飘落了一小片细小的白色粉末。

从视频画面中先行者看到，自己的指纹如一道道半透明的山脉，降落在其上的"羽毛"飞行器显得很小。最高执政官第一个从"羽毛"上跳下来，立刻摔了个四脚朝天。

"太滑了，您是油性皮肤！"她抱怨着，脱下鞋子远远地扔出去，光着脚丫好奇地来回转着，其他人也都下了"羽毛"，手指上的半透明山脉间现在有了一片人海。先行者粗略估计了一下，他的手指上现在有一万多人！

先行者站起来，伸着手指小心翼翼地向着陆舱走去。

刚进入着陆舱，微人群中就有人大喊："哇，看那金属的天空，人造的太阳！"

"别大惊小怪，像个白痴！这只是小渡船，上面那个才大呢！"

最高执政官训斥道，但她自己也惊奇地四下张望，然后又同众人一起唱起那支奇怪的歌来：

> 辉煌的宏纪元，
> 伟大的宏纪元，
> 忧郁的宏纪元，
> 你是烈火中消逝的梦……

在着陆舱起飞飞向方舟号的途中，地球领袖继续讲述微纪元的历史。

"微人社会和宏人社会共存了一个时期，在这段时间里，微人完全掌握了宏人的知识，并继承了他们的文化。同时，微人在纳米技术的基础上，发展起了一个十分先进的技术文明。这宏纪元向微纪元的过渡时期大概有，嗯，二十代人左右吧。

"后来，大灾难临近，宏人不再进行传统生育了，他们的数量一天天减少；而微人的人口飞快增长，社会规模急剧增大，很快超过了宏人。这时，微人开始要求接管世界政权，这在宏人社会中激起了轩然大波，顽固派们拒绝交出政权，用他们的话说，怎么能让一帮细菌领导人类。于是，在宏人和微人之间爆发了一场世界大战！"

"那对你们可太不幸了！"先行者同情地说。

"不幸的是宏人，他们很快就被击败了。"

"这怎么可能呢？他们一个人用一把大锤就可以捣毁你们一座上百万

人的城市。"

"可微人不会在城市里同他们作战的。宏人的那些武器对付不了微人这样看不见的敌人,他们能使用的唯一武器就是消毒剂,而他们在整个文明史上一直用这东西同细菌作战,最后也并没有取得胜利。他们现在要战胜的是有他们一样智力的微人,取胜就更没可能了。他们看不到微人军队的调动,而微人可以轻而易举地在他们眼皮底下腐蚀掉他们的计算机的芯片,没有计算机,他们还能干什么呢?大不等于强大。"

"现在想想是这样。"

"那些战犯得到了应有的下场,几千名微人的特种部队带着激光钻头空降到他们的视网膜上……"领袖女孩恶狠狠地说。

"战后,微人取得了世界政权,宏纪元结束了,微纪元开始了!"

"真有意思!"

登陆舱进入了近地轨道上的方舟号,微人们乘着"羽毛"四处观光,这艘飞船之巨大令微人们目瞪口呆。先行者本想从他们那里听到赞叹的话,但最高执政官这样告诉他自己的感想:

"现在我们知道,就是没有太阳的能量闪烁,宏纪元也会灭亡的。你们对资源的消耗是我们的几亿倍!"

"但这艘飞船能够以接近光速的速度飞行,可以到达几百光年远的恒星,小人儿,这件事,只能由巨大的宏纪元来做。"

"我们目前确实做不到,我们的飞船目前只能达到光速的十分之一。"

"你们能宇宙航行?!"先行者大惊失色。

"当然不如你们。微纪元的飞船队最远到达金星,刚收到他们的信息,说那里现在比地球更适合居住。"

"你们的飞船有多大?"

"大的有你们时代的,嗯,足球那么大,可运载十几万人;小的吗,只有高尔夫球那么大，当然是宏人的高尔夫球。"

现在，先行者最后的一点优越感荡然无存了。

"前辈，您不请我们吃点什么吗？我们饿了！"当所有"羽毛"飞行器重新聚集到方舟号的控制台上时，地球领袖代表所有人提出要求，几万个微人在控制台上眼巴巴地看着先行者。

"我从没想到会请这么多人吃饭。"先行者笑着说。

"我们不会让您太破费的！"女孩怒气冲冲地说。

先行者从贮藏舱拿出一听午餐肉罐头，打开后，他用小刀小心地剜下一小块，放到控制台上那一万多人的旁边，他们能看到他们所在的位置，那是控制台上一小块比硬币大些的圆形区域，那区域只是光滑度比周围差些，像在上面呵了口气一样。

"怎么拿出这么多？这太浪费了！"地球领袖指责道，从面前的大屏幕上可以看到，在她身后，人们涌向一座巍峨的肉山，从那粉红色的山体里抓出一块块肉来大吃着。再看看控制台上，那小块肉丝毫不见减少。屏幕上，拥挤的人群很快散开了，有人还把没吃完的肉扔掉，领袖女孩拿着一块咬了一口的肉摇摇头。

"不好吃。"她评论说。

"当然，这是生态循环机中合成的，味道肯定好不了。"先行者充满歉意地说。

"我们要喝酒！"地球领袖又提出要求，这又引起了微人们的一片欢呼。先行者吃惊不小，因为他知道酒是能杀死微生物的！

"喝啤酒吗？"先行者小心翼翼地问。

"不，喝苏格兰威士忌或莫斯科伏特加！"地球领袖说。

"茅台酒也行！"有人喊。

先行者还真有一瓶茅台酒，那是他自起航时一直保留在方舟号上，准备在找到新殖民行星时喝的。他把酒拿出来，把那白色瓷瓶的盖子打开，小心地把酒倒在盖子中，放到人群的边上。他在屏幕上看到，人们开始攀登瓶盖那道似乎高不可攀的悬崖绝壁，光滑的瓶盖在微尺度下有大块的突出物，微人用他们上摩天大楼的本领很快攀到了瓶盖的顶端。

"哇，好美的大湖！"微人们齐声赞叹。从屏幕上，先行者看到那个广阔酒湖的湖面由于表面张力而呈巨大的弧形。微人记者的摄像机一直跟着最高执政官，这个女孩先用手去抓酒，但够不着，她接着坐到瓶盖沿上，用一只白嫩的小脚在酒面上划了一下，她的脚立刻包在一个透明的酒珠里，她把脚伸上来，用手从脚上那个大酒珠里抓出了一个小酒珠，放进嘴里。

"哇，宏纪元的酒比微纪元好多了。"她满意地点点头。

"很高兴我们还有比你们好的东西，不过你这样用脚够酒喝，太不卫生了。"

"我不明白。"她不解地仰望着他。

"你光脚走了那么长的路，脚上会有病菌什么的。"

"啊，我想起来了！"地球领袖大叫一声，从旁边一个随行者的手中接过一个箱子，她把箱子打开，从中取出一个活物，那是一个足球大小的圆家伙，长着无数只乱动的小腿，她抓着其中一只小腿把那东西举起来。"看，这是我们的城市送您的礼物！乳酸鸡！"

先行者努力回忆着他的微生物学知识，"你说的是……乳酸菌吧！"

"那是宏纪元的叫法，这就是使酸奶好吃的动物，它是有益的动物！"

"有益的细菌。"先行者纠正说，"现在我知道细菌确实伤害不了你们，我们的卫生观念不适合微纪元。"

"那不一定，有些动物，呃，细菌，会咬人的，比如大肠肝狼，战胜它们需要体力，但大部分动物，像酵母猪，是很可爱的。"地球领袖说着，又从脚上取下一团酒珠送进嘴里。当她抖掉脚上剩余的酒球站起来时，已喝得摇摇晃晃了，舌头也有些打不过转来。

"真没想到人类连酒都没有失传！"

"我……我们继承了人类所有美好的东西，但那些宏人却认为我们无权代……代表人类文明……"地球领袖可能觉得天旋地转，又一屁股坐在地上。

"我们继承了人类所有的哲学，西方的，东方的，希腊的，中国的！"人群中有一个声音说。

地球领袖坐在那儿向天空伸出双手大声朗诵着："没人能两次进入同一条河流；道生一，一生二，二生三，三生万……万物！"

"我们欣赏梵·高的画，听贝多芬的音乐，演莎士比亚的戏剧！"

"活着还是死了，这是个……是个问题！"领袖女孩又摇摇晃晃站起，扮演起哈姆雷特来。

"但在我们的纪元，你这样儿的女孩是做梦也当不了世界领袖的。"先行者说。

"宏纪元是忧郁的纪元，有着忧郁的政治；微纪元是无忧无虑的纪元，需要快乐的领袖。"最高执政官说，她现在看起来清醒了许多。

"历史还没……没讲完，刚才讲到，哦，战争，宏人和微人间的战争，后来微人之间也爆发过一次世界大战……"

"什么？不会是为了领土吧？"

"当然不是，在微纪元，要是有什么取之不尽的东西的话，就是领土了。是为了一些……一些宏人无法理解的事，在一场最大的战役中，战线长达……哦，按你们的计量单位吧，一百多米，那是多么广阔的战场啊！"

"你们所继承的宏纪元的东西比我想象的多多了。"

"再到后来，微纪元就集中精力为即将到来的大灾难做准备了。微人用了五个世纪的时间，在地层深处建造了几千座超级城市，每座城市在您看来是一个直径两米的不锈钢大球，可居住上千万人。这些城市都建在地下八万公里深处……"

"等等，地球半径只有六千公里。"

"哦，我又用了我们的单位，那是你们的，嗯，八百米深吧！当太阳能量闪烁的征兆出现时，微世界便全部迁移到地下。然后，然后就是大灾难了。

"在大灾难后的四百年，第一批微人从地下城中沿着宽大的隧道（大约有宏人时代的自来水管的粗细）用激光钻透凝结的岩浆来到地面，又过了五个世纪，微人在地面上建起了人类的新世界，这个世界有上万个城市，一百八十亿人口。

"微人对人类的未来是乐观，这种乐观之巨大之毫无保留，是宏纪元的人们无法想象的。这种乐观的基础，就是微纪元社会尺度的微小，这种微小使人类在宇宙中和生存能力增强了上亿倍。比如您刚才打开的那听罐头，够我们这座城市的全体居民吃一到两年，而那个罐头盒，又能满足这座城市一到两年的钢铁消耗。"

"作为一个宏纪元的人，我更能理解微纪元文明这种巨大的优势，这是神话，是史诗！"先行者由衷地说。

"生命进化的趋势是向小的方向，大不等于伟大，微小的生命更能同大自然保持和谐。巨大的恐龙灭绝了，同时代的蚂蚁却生存下来。现在，如果有更大的灾难来临，一艘像您的着陆舱那样大小的飞船就可能把全人类运走，在太空中一块不大的陨石上，微人也能建立起一个文明，创造一种过得去的生活。"

沉默了许久，先行者对着他面前占据硬币般大小面积的微人人海庄严地说："当我再次看到地球时，当我认为自己是宇宙中最后一个人时，我是全人类最悲哀的人，哀大莫过于心死，没有人曾面对过那样让人心死的境地。但现在，我是全人类最幸福的人，至少是宏人中最幸福的人，我看到了人类文明的延续，其实用文明的延续来形容微纪元是不够，这是人类文明的升华！我们都是一脉相传的人类，现在，我请求微纪元接纳我作为你们社会中一名普通的公民。"

"从我们探测到方舟号时我们已经接纳您了，您可以到地球上生活，微纪元供应您一个宏人的生活还是不成问题的。"

"我会生活在地球上，但我需要的一切都能从方舟号上得到，飞船的生态循环系统足以维持我的残生了，宏人不能再消耗地球的资源了。"

"但现在情况正在好转，除了金星的气候正变得适于人类外，地球的气温也正在转暖，海洋正在融化，可能到明年，地球上很多地方将会下雨，将能生长植物。"

"说到植物，你们见过吗？"

"我们一直在保护罩内种植苔藓，那是一种很高大的植物，每个分枝有十几层楼高呢！还有水中的小球藻……"

"你们听说过草和树木吗？"

"您是说那些像高山一样巨大的宏纪元植物吗？唉，那是上古时代的神话了。"

先行者微微一笑，"我要办一件事情，回来时，我将给你们看我送给微纪元的礼物，你们会很喜欢那些礼物的！"

新　生

先行者独自走进了方舟号上的一间冷藏舱，冷藏舱内整齐地摆放着高大的支架，支架上放着几十万个密封管，那是种子库，其中收藏了地球上几十万种植物的种子，这是方舟号准备带往遥远的移民星球上去的。还有几排支架，那是胚胎库，冷藏了地球上十几万种动物的胚胎细胞。

明年气候变暖时，先行者将到地球上去种草，这几十万类种子中，有生命力极强的能在冰雪中生长的草，它们肯定能在现在的地球上种活的。

只要地球的生态能恢复到宏时代的十分之一，微纪元就拥有了一个天堂中的天堂，事实上地球能恢复的可能远不止于此。先行者沉醉在幸福的想象之中，他想象着当微人们第一次看到那棵顶天立地的绿色小草时的狂喜。那么一小片草地呢？一小片草地对微人意味着什么？一个草原！一个草原又意味着什么？那是微人的一个绿色的宇宙了！草原中的小溪呢？当微人们站在草根下看着清澈的小溪时，那在他们眼中是何等壮丽的奇观啊！地球领袖说过会下雨，会下雨就会有草原，就会有小溪的！还一定会有树，天啊，树！先行者想象一支微人探险队，从一棵树的根部出发开始他们漫长而奇妙的旅程，每一片树叶，对他们来说都是一个一望无际的绿色平原……还会有蝴蝶，它的双翅是微人眼中横贯天空的彩云；还会有鸟，每一声啼鸣在微人耳中都是一声来自宇宙的洪钟……是的，地球生态资源的千亿分之一就可以哺育微纪元的一千亿人口！现在，先行者终于理解了微人们向他反复强调的一个事实。

微纪元是无忧无虑的纪元。

没有什么能威胁到微纪元，除非……

先行者打了一个寒战，他想起了自己要来干的事，这事一秒钟也不能耽搁了。他走到一排支架前，从中取出了一百支密封管。

这是他同时代人的胚胎细胞，宏人的胚胎细胞。

先行者把这些密封管放进激光废物焚化炉，然后又回到冷藏库仔细看了好几遍，他在确认没有漏掉这类密封管后，回到焚化炉边，毫不动感情地，他按动了按钮。

在激光束几十万度的高温下，装有胚胎的密封管瞬间汽化了。

⑨

乡村教师

作者附言：

这篇小说同我以前的作品相比有一些变化，主要是不那么"硬"了，重点放在营造意境上。不要被开头所迷惑，它不是你想象的那种东西。我不敢说它的水准高到哪里去，但从中你将看到中国科幻史上最离奇最不可思议的意境。

他知道，这最后一课要提前讲了。

又一阵剧痛从肝部袭来，几乎使他晕厥过去。他已没力气下床了，便艰难地移近床边的窗口。月光映在窗纸上，银亮亮的，使小小的窗户看上去像是通向另一个世界的门，那个世界的一切一定都是银亮亮的，像用银子和不冻人的雪做成的盆景。他颤颤地抬起头，从窗纸的破洞中望出去，幻觉立刻消失了，他看到了远处自己度过了一生的村庄。

村庄静静地卧在月光下，像是百年前就没人似的。那些黄土高原上特有的平顶小屋，形状上同村子周围的黄土包没啥区别，在月夜中颜色也一样，整个村子仿佛已融入这黄土坡之中。只有村前那棵老槐树很清楚，树上干枯枝杈间的几个老鸦窝更是黑黑的，像是滴在这暗银色画面上的几滴醒目的墨点……其实村子也有美丽温暖的时候，比如秋收时，外面打工的男人女人们大都回来了，村里有了人声和笑声，家家屋顶上是金灿灿的玉米，打谷场上娃们在秸秆堆里打滚；再比如过年的时候，打谷场被汽灯照得通亮，在那里连着几天闹红火，摇旱船，舞狮子。那几个狮子只剩下咔嗒作响的木头脑壳，上面油漆都脱了，村里没钱置新狮子皮，就用几张床单代替，玩得也挺高兴……但十五一过，村里的青壮年都外出打工挣生活去了，村子一下没了生气。只有每天黄昏，当稀拉拉几缕炊烟升起时，村头可能出现一两个老人，扬起山核桃一样的脸，眼巴巴地望着那条通向山外的路，直到在老槐树挂住的最后一抹夕阳消失。天黑后，村里早早就没了灯光，娃娃和老人们睡得都早，电费贵，现在到了一块八一度了。

这时村里隐约传出了一声狗叫，声音很轻，好像那狗在说梦话。他看着村子周围月光下的黄土地，突然觉得那好像是纹丝不动的水面。要真是水就好了，今年是连着第五个旱年了，要想有收成，又要挑水浇地了。想起田地，他的目光向更远方移去，那些小块的山田，月光下像一个巨人登山时留下的一个个脚印。在这长荆条和毛蒿的石头山上，田也只能是这么东一小块西一小块的，别说农机，连牲口都转不开身，只能凭人力种了。去年一家什么农机厂到这儿来，推销一种微型手扶拖拉机，可以在这些巴掌大的地里干活儿。那东西真是不错，可村里人说他们这是闹笑话哩！他们想过那些巴掌地能产出多少东西来吗？就是绣花似的种，能种出一年的口粮就不错了，遇上这样的旱年，可能种子钱都收不回来呢！为这样的田买那三五千一台的拖拉机，再搭上两块多一升的柴油？！唉，这山里人的难处，外人哪能知晓呢？

这时，窗前走过了几个小小的黑影，这几个黑影在不远的田垄上围成一圈蹲下来，不知要干什么。他知道这都是自己的学生，其实只要他们在近旁，不用眼睛他也能感觉到他们的存在，这直觉是他一生积累出来的，只是在这生命的最后时间里更敏锐了。

他甚至能认出月光下的那几个孩子，其中肯定有刘宝柱和郭翠花。这两个孩子都是本村人，本来不必住校的，但他还是收他们住了。刘宝柱的爹十年前买了个川妹子成亲，生了宝柱，五年后娃大了，对那女人看得也松了，结果有一天她跑回四川了，还卷走了家里所有的钱。这以后，宝柱爹也变得不成样儿了，开始是赌，同村子里那几个老光棍一样，把个家折腾得只剩四堵墙一张床；然后是喝，每天晚上都用八毛钱一斤的地瓜烧把自己灌得烂醉，拿孩子出气，每天一小揍三天一大揍，直到上个月的一天半夜，抡了根烧火棍差点把宝柱的命要了。郭翠花更惨了，要说她妈还是正经娶来的，这在这儿可是个稀罕事，男人也很荣光了，可好景不长，喜事刚办完大家就发现她是个疯子，之所以迎亲时没看出来，大概是吃了什么药。本来嘛，好端端的女人哪会到这穷得鸟都不拉屎的地方来？但不管怎么说，翠花还是生下来了，并艰难地长大。但她那疯妈妈的病也越来越重，犯起病来，白天拿菜刀砍人，晚上放火烧房，更多的时间还是在阴森森地笑，那声音让人汗毛直竖……

剩下的都是外村的孩子了，他们的村子距这里最近的也有十里山路，只能住校了。在这所简陋的乡村小学里，他们一住就是一个学期。娃们来時，除了带自己的铺盖，每人还背了一袋米或面，十多个孩子在学校的那个大灶做饭吃。当冬夜降临时，娃们围在灶边，看着菜面糊糊在大铁锅中翻腾，灶膛里秸秆橘红色的火光映在他们脸上……这是他一生中看到的最温暖的画面，他会把这画面带到另一个世界的。

窗外的田垄上，在那圈娃们中间，亮起了几点红色的小火星星，在这一片银灰色的月夜的背景上，火星星的红色格外醒目。这些娃们在烧香，接着他们又烧起纸来，火光把娃们的形象以橘红色在冬夜银灰色的背景上显现出来，这使他又想起了那灶边的画面。他脑海中还出现了另外一个类似的画面：当学校停电时（可能是因为线路坏了，但大多数时间是因为交不起电费），他给娃们上晚课。他手里举着一根蜡烛照着黑板，"看见不？"他问，"看不显！"娃们总是这样回答，那么一点点亮光，确实难看清，但娃们缺课多，晚课是必须上的。于是他再点上一根蜡，手里两根举着。"还是不显！"娃们喊，他于是再点上一根，虽然还是看不清，娃们不喊了，他们知道再喊老师也不会加蜡了，蜡太多了也是点不起的。烛光中，他看到下面那群娃们的面容时隐时现，像一群用自己的全部生命拼命挣脱黑暗的小虫虫。

娃们和火光，娃们和火光，总是娃们和火光，总是夜中的娃们和火光，这是这个世界深深刻在他脑子中的画面，但始终不明其含义。他知道娃们是在为他烧香和烧纸，他们以前多次这么干过，只是这次，他已没有力气像以前那样斥责他们迷信了。他用尽了一生在娃们的心中燃起科学和文明的火苗，但他明白，同笼罩着这偏远山村的愚昧和迷信相比，那火苗是多么弱小，像这深山冬夜中教室里的那根蜡烛。半年前，村里的一些人来到学校，要从本来已很破旧的校舍取下椽子木，说是修村头的老君庙用。问他们校舍没顶了，娃们以后住哪儿，他们说可以睡教室里嘛，他说那教室四面漏风，大冬天能住？他们说反正都是外村人。他拿起一根扁担

227

和他们拼命，结果被人家打断了两根肋骨。好心人抬着他走了三十多里山路，送到了镇医院。

就是在那次检查伤势时，意外发现他患了食道癌。这并不稀奇，这一带是食道癌高发区。镇医院的医生恭喜他因祸得福，因为他的食道癌现处于早期，还未扩散，动手术就能治愈，食道癌是手术治愈率最高的癌症之一，他算捡了条命。

于是他去了省城，去了肿瘤医院，在那里他问医生动一次这样的手术要多少钱，医生说像你这样的情况可以住我们的扶贫病房，其他费用也可适当减免，最后下来不会太多的，也就两万多元吧。想到他来自偏远山区，医生接着很详细地给他介绍住院手续怎么办，他默默地听着，突然问：

"要是不手术，我还有多长时间？"

医生呆呆地看了他好一阵儿，才说："半年吧。"并不解地看到他长出了一口气，好像得到了很大安慰。

至少能送走这届毕业班了。

他真的拿不出这两万多元。虽然民办教师工资很低，但干了这么多年，孤身一人无牵无挂，按说也能攒下一些钱了。只是他把钱都花在娃们身上了，他已记不清给多少学生代交了学杂费，最近的就有刘宝柱和郭翠花；更多的时候，他看到娃们的饭锅里没有多少油星星，就用自己的工资买些肉和猪油回来……反正到现在，他全部的钱也只有手术所需用的十分之一。

沿着省城那条宽长的大街，他向火车站走去。这时天已黑了，城市的霓虹灯开始发出迷人的光芒，那光芒之多彩之斑斓，让他迷惑；还有那些高楼，一入夜就变成了一盏盏高耸入云的巨大彩灯。音乐声在夜空中飘荡，疯狂的、轻柔的，走一段一个样。

就在这个不属于他的世界里，他慢慢地回忆起自己不算长的一生。他很坦然，各人有各人的命，早在二十年前初中毕业回到山村小学时，他就选定了自己的命。再说，他这条命很大一部分是另一位乡村教师给的。他就是在自己现在任教的这所小学度过童年的，他爹妈死得早，那所简陋的乡村小学就是他的家，他的小学老师把他当亲儿子待，日子虽然穷，但他的童年并不缺少爱。那年，放寒假了，老师要把他带回自己的家里过冬。老师的家很远，他们走了很长的积雪的山路，当看到老师家所在的村子的一点灯光时，已是半夜了。这时他们看到身后不远处有四点绿荧荧亮光，那是两双狼眼。那时山里狼很多的，学校周围就能看到一堆堆狼屎。有一次他淘气，把那灰白色的东西点着扔进教室里，使浓浓的狼烟充满了教室，把娃们都呛得跑了出来，让老师很生气。现在，那两只狼向他们慢慢逼近，老师折下一根粗树枝，挥动着它拦住狼的来路，同时大声喊着让他向村里跑。他当时吓糊涂了，只顾跑，只想着那狼会不会绕过老师来追他，只想着会不会遇到其他的狼。当他上气不接下气地跑进村子，然后同几个拿猎枪汉子去接老师时，发现他躺在一片已冻成糊状的血泊中，半条腿和整只胳膊都被狼咬掉了。老师在送往镇医院的路上就咽了气，当时在火把的光芒中，他看到了老师的眼睛，老师的腮帮被深深地咬下一大块，已说不出话，但用目光把一种心急如焚的牵挂传给了他，他读懂了那牵挂，记住了那牵挂。

初中毕业后，他放弃了在镇政府里一个不错的工作机会，直接回到了这个举目无亲的山村，回到了老师牵挂的这所乡村小学，这时，学校因为没有教师已荒废好几年了。

前不久，教委出台新政策，取消了民办教师，其中的一部分经考试考核转为公办。当他拿到教师证时，知道自己已成为一名国家承认的小学教师了，很高兴，但也只是高兴而已，不像别的同事们那么激动。他不在乎什么民办公办，他只在乎那一批又一批的娃们，从他的学校读完了小学，走向生活。不管他们是走出山去还是留在山里，他们的生活同那些没上过一天学的娃们总是有些不一样的。

他所在的山区，是这个国家最贫困的地区之一。但穷不是最可怕的，最可怕的是那里的人们对现状的麻木。记得那是好多年前了，搞包产到户，村里开始分田，然后又分其他的东西。对于村里唯一的一台拖拉机，大伙对于油钱怎么出时怎么分配总也谈不拢，最后唯一大家都能接受的办法是把拖拉机分了，真的分了，你家拿一个轮子他家拿一根轴……再就是两个月前，有一家工厂来扶贫，给村里安了一台潜水泵，考虑到用电贵，人家还给带了一台小柴油机和足够的柴油，挺好的事儿，但人家前脚走，村里后脚就把机器都卖了，连泵带柴油机，只卖了一千五百块钱，全村好吃了两顿，算是过了个好年……一家皮革厂来买地建厂，什么不清楚就把地卖了，那厂子建起后，硝皮子的毒水流进了河里，渗进了井里，人一喝了那些水浑身起红疙瘩，就这也没人在乎，还沾沾自喜那地卖了个好价钱……看村里那些娶不上老婆的光棍汉们，每天除了赌就是喝，但不去种地，他们能算清：穷到了头县里每年总会有些救济，那钱算下来也比在那巴掌大的山地里刨一年土坷垃挣得多……没有文化，人们都变得下作了，那里的穷山恶水固然让人灰心，但真正让人感到没指望的，是山里人那呆滞的目光。

他走累了，就在人行道边坐下来。他面前，是一家豪华的大餐馆，那餐馆靠街的一整堵墙全是透明玻璃，华丽的枝形吊灯把光芒投射到外面。整个餐馆像一个巨大的鱼缸，里面穿着华贵的客人们则像一群多彩的观赏鱼。他看到在靠街的一张桌子旁坐着一个胖男人，这人头发和脸似乎都在冒油，使他看上去像用一大团表面涂了油的蜡做的。他两旁各坐着一个身材高挑穿着暴露的女郎，那男人转头对一个女郎说了句什么，把她逗得大笑起来，那男人跟着笑起来，而另一个女郎则娇嗔地用两个小拳头捶那个男的……真没想到还有个子这么高的女孩子，秀秀的个儿，大概只到她们一半……他叹了口气，唉，又想起秀秀了。

秀秀是本村唯一一个没有嫁到山外的姑娘，也许是因为她从未出过山，怕外面的世界，也许是别的什么原因。他和秀秀好过两年多，最后那阵好像就成了，秀秀家里也通情达理，只要一千五百块的肚疼钱（注：西北一些农村地区彩礼的一个名目，意思是对娘生女儿肚子疼的补偿）。但后来，村子里一些出去打工的人赚了些钱回来，和他同岁的二蛋虽不识字但脑子活，去城里干起了挨家挨户清洗抽油烟机的活儿，一年下来竟能赚个万把块。前年回来待了一个月，秀秀不知怎的就跟这个二蛋好上了。秀秀一家全是睁眼瞎，家里粗糙的干打垒墙壁上，除了贴着一团一团用泥巴和起来的瓜种子，还划着长长短短的道道儿，那是她爹多少年来记的账……秀秀没上过学，但自小对识文断字的人有好感，这是她同他好的主要原因。但二蛋的一瓶廉价香水和一串镀金项链就把这种好感全打消了，"识文断字又不能当饭吃。"秀秀对他说。虽然他知道识文断字是能当饭吃的，但具体到他身上，吃的确实比二蛋差好远，所以他也说不出什么。秀秀看他那样儿，转身走了，只留下一股让他皱鼻子的香水味。

和二蛋成亲一年后，秀秀生娃儿死了。他还记得那个接生婆，把那些锈不拉叽刀刀铲铲放到火上烧一烧就向里捅，秀秀可倒霉了，血流了一铜盆，在送镇医院的路上就咽气了。成亲办喜事儿的时候，二蛋花了三万块，那排场在村里真是风光死了，可他怎的就舍不得花点钱让秀秀到镇医院去生娃呢？后来他一打听，这花费一般也就二三百，就二三百呀。但村里历来都是这样儿，生娃是从不去医院的。所以没人怪二蛋，秀秀就这命。后来他听说，比起二蛋妈来，她还算幸运。生二蛋时难产，二蛋爹从产婆那儿得知是个男娃，就决定只要娃了。于是二蛋妈被放到驴子背上，让那驴子一圈圈走，硬是把二蛋挤出来，听当时看见的人说，在院子里血流了一圈……

想到这里他长出了一口气，笼罩着家乡的愚昧和绝望使他窒息。

但娃们还是有指望的，那些在冬夜寒冷的教室中，盯着烛光照着的黑板的娃们，他就是那蜡烛，不管能点多长时间，发出的光有多亮，他总算是从头点到尾了。

他站起身来继续走，没走了多远就拐进了一家书店，城里就是好，还有夜里开门的书店。除了回程的路费，他把身上所有的钱都买了书，以充实他的乡村小学里那小小的图书室。半夜，提着那两捆沉重的书，他踏上了回家的火车。

在距地球五万光年的远方，在银河系的中心，一场延续了两万年的星际战争已接近尾声。

那里的太空中渐渐隐现出一个方形区域，仿佛灿烂的群星的背景被剪出一个方口，这个区域的边长约十万公里，区域的内部是一种比周围太空更黑的黑暗，让人感到一种虚空中的虚空。从这黑色的正方形中，开始浮现出一些实体，它们形状各异，都有月球大小，呈耀眼的银色。这些物体越来越多，并组成一个整齐的立方体方阵。这银色的方阵庄严地驶出黑色正方形，两者构成了一幅挂在宇宙永恒墙壁上的镶嵌画，这幅画以绝对黑体的正方形天鹅绒为衬底，由纯净的银光耀眼的白银小构件整齐地镶嵌而成。这又仿佛是一首宇宙交响乐的固化。渐渐地，黑的正方形消融在星空中，群星填补了它的位置，银色的方阵庄严地悬浮在群星之间。

银河系碳基联邦的星际舰队，完成了本次巡航的第一次时空跃迁。

在舰队的旗舰上，碳基联邦的最高执政官看着眼前银色的金属大地，大地上布满了错综复杂的纹路，像一块无限广阔的银色蚀刻电路板，不时有几个闪光的水滴状的小艇出现在大地上，沿着纹路以令人目眩的速度行驶几秒钟，然后无声地消失在一口突然出现的深井中。时空跃迁带过来的太空尘埃被电离，成为一团团发着暗红色光的云，笼罩在银色大地的上空。

最高执政官以冷静著称，他周围那似乎永远波澜不惊的淡蓝色智能场就是他人格的象征，但现在，像周围的人一样，他的智能场也微微泛出黄光。

"终于结束了。"最高执政官的智能场振动了一下，把这个信息传送给站在他两旁的参议员和舰队统帅。

"是啊，结束了。战争的历程太长太长，以至我们都忘记了它的开始。"参议员回答。

这时，舰队开始了亚光速巡航，它们的亚光速发动机同时启动，旗舰周围突然出现了几千个蓝色的太阳，银色的金属大地像一面无限广阔的镜子，把蓝太阳的数量又复制了一倍。

远古的记忆似乎被点燃了，其实，谁能忘记战争的开始呢？这记忆虽然遗传了几百代，但在碳基联邦的万亿公民的脑海中，它仍那么鲜活，那么铭心刻骨。

两万年前的那一时刻，硅基帝国从银河系外围对碳基联邦发动全面进攻。在长达一万光年的战线上，硅基帝国的五百多万艘星际战舰同时开始恒星蛙跳。每艘战舰首先借助一颗恒星的能量打开一个时空蛙洞，然后从这个蛙洞时空跃迁至另一个恒星，再用这颗恒星的能量打开第二个蛙洞继续跃迁……由于打开蛙洞消耗了恒星大量的能量，使得恒星的光谱暂时向红端移动，当飞船从这颗恒星完成跃迁后，它的光谱渐渐恢复原状。当几百万艘战舰同时进行恒星蛙跳时，所产生的这种效应是十分恐怖的：银河系的边缘出现一条长达一万光年的红色光带，这条光带向银河系的中心移过来。这个景象在光速视界是看不到的，但在超空间监视器上显示出来。

那条由变色恒星组成的红带，如同一道一万光年长的血潮，向碳基联邦的疆域涌来。

碳基联邦最先接触硅基帝国攻击前锋的是绿洋星，这颗美丽的行星围绕着一对双星恒星运行，她的表面全部被海洋覆盖。那生机盎然的海洋中漂浮着由柔软的长藤植物构成的森林，温和美丽，身体晶莹透明的绿洋星人在这海中的绿色森林间轻盈地游动，创造了绿洋星伊甸园般的文明。突然，几万道刺目的光束从天而降，硅基帝国舰队开始用激光蒸发绿洋星的海洋。在很短的时间内，绿洋星变成了一口沸腾的大锅，这颗行星上包括五十亿绿洋星人在内的所有生物在沸水中极度痛苦地死去，它们被煮熟的有机质使整个海洋变成了绿色的浓汤。最后海洋全部蒸发了，昔日美丽的绿洋星变成了一个由厚厚蒸汽包裹着的地狱般的灰色行星。

这是一场几乎波及整个银河系的星际大战，是银河系中碳基和硅基文明之间惨烈的生存竞争，但双方谁都没有料到战争会持续两万银河年！

现在，除了历史学家，谁也记不清有百万艘以上战舰参加的大战役有多少次了。规模最大的一次超级战役是第二旋臂战役，战役在银河系第二旋臂中部进行，双方投入了上千万艘星际战舰。据历史记载，在那广漠的战场上，被引爆的超新星就达两千多颗，那些超新星像第二旋臂中部黑暗太空中怒放的焰火，使那里变成超强辐射的海洋，只有一群群幽灵似的黑洞飘行于其间。战役的最后，双方的星际舰队几乎同归于尽。一万五千年过去了，第二旋臂战役现在听起来就像上古时代缥缈的神话，只有那仍然存在的古战场证明它确实发生过。但很少有飞船真正进入过古战场，那里是银河系中最恐怖的区域，这并不仅仅是因为辐射和黑洞。当时，双方数量多得难以想象的战舰群为了进行战术机动，进行了大量的超短距离时空跃迁，据说当时的一些星际歼击机，在空间格斗时，时空跃迁的距离竟短到令人难以置信的几千米！这样就把古战场的时空结构搞得千疮百孔，像一块内部被老鼠钻了无数长洞的大乳酪。飞船一旦误入这个区域，可能在一瞬间被畸变的空间扭成一根细长的金属绳，或压成一张面积有几亿平方公里但厚度只有几个原子的薄膜，立刻被辐射狂风撕得粉碎。但更为常见的是飞船变为建造它们时的一块块钢板，或者立刻老得只剩下一个破旧的外壳，内部的一切都变成古老灰尘；人在这里也可能瞬间回到胚胎状态或变成一堆白骨……

但最后的决战不是神话，它就发生在一年前。在银河系第一和第二旋臂之间的荒凉太空中，硅基帝国集结了最后的力量，这支有一百五十万艘星际战舰组成的舰队在自己周围构筑了半径一千光年的反物质云屏障。碳基联邦投入攻击的第一个战舰群刚完成时空跃迁就陷入了反物质云中。反物质云十分稀薄，但对战舰具有极大的杀伤力，碳基联邦的战舰立刻变成一个个刺目的火球，但它们仍奋勇冲向目标。每艘战舰都拖着长长的火尾，在后面留一条发着荧光的航迹，这由三十多万个火流星组成的阵列形成了碳硅战争中最为壮观最为惨烈的画面。在反物质云中，这些火流星渐渐缩小，最后在距硅基帝国战舰阵列很近的地方消失了，但它们用自己的牺牲为后续的攻击舰队在反物质云中打开了一条通道。在这场战役中，硅基帝国的最后舰队被赶到银河系最荒凉的区域：第一旋臂的顶端。

现在，这支碳基联邦舰队将完成碳硅战争中最后一项使命：他们将在第一旋臂的中部建立一条五百光年宽的隔离带，隔离带中的大部分恒星将被摧毁，以制止硅基帝国的恒星蛙跳。恒星蛙跳是银河系中大吨位战舰进行远距离快速攻击的唯一途径，而一次蛙跳的最大距离是二百光年。隔离带一旦产生，硅基帝国的重型战舰要想进入银河系中心区域，只能以亚光速跨越这五百光年的距离，这样，硅基帝国实际上被禁锢在第一旋臂顶端，再也无法对银河系中心区域的碳基文明构成任何严重威胁。

"我带来了联邦议会的意愿，"参议员用振动的智能场对最高执政官说："他们仍然强烈建议：在摧毁隔离带中的恒星前，对它们进行生命级别的保护甄别。"

"我理解议会。"最高执政官说，"在这场漫长的战争中，各种生命流出的血足够形成上千颗行星的海洋了，战后，银河系中最迫切需要重建的是对生命的尊重。这种尊重不仅是对碳基生命的，也是对硅基生命的，正是基于这种尊重，碳基联邦才没有彻底消灭硅基文明。但硅基帝国并没有这种对生命的感情，如果说碳硅战争之前，战争和征服对于它们还仅仅是一种本能和乐趣的话，现在这种东西已根植于它们的每个基因和每行代码之中，成为它们生存的终极目的。由于硅基生物对信息的存贮和处理能力大大高于我们，可以预测硅基帝国在第一旋臂顶端的恢复和发展将是神速的，所以我们必须在碳基联邦和硅基帝国之间建成足够宽的隔离带。在这种情况下，对隔离带中数以亿计的恒星进行生命级别的保护甄别是不现实的，第一旋臂虽属银河系中最荒凉的区域，但其带有生命行星的恒星数量仍可能达到蛙跳密度，这种密度足以使中型战舰进行蛙跳，而即使只有一艘硅基帝国的中型战舰闯入碳基联邦的疆域，可能造成的破坏也是巨大的。所以在隔离带中只能进行文明级别的甄别。我们不得不牺牲隔离带中某些恒星周围的低级生命，是为了拯救银河系中更多的高级和低级生命。这一点我已向议会说明。"

参议员说："议会也理解您和联邦防御委员会，所以我带来的只是建议而不是立法。但隔离带中周围已形成 3C 级以上文明的恒星必须被保护。"

"这一点无须质疑，"最高执政官的智能场闪现出坚定的红色，"对隔离带中带有行星的恒星的文明检测将是十分严格的！"

舰队统帅的智能场第一次发出信息："其实我觉得你们多虑了，第一旋臂是银河系中最荒凉的荒漠，那里不会有 3C 级以上文明的。"

"但愿如此。"最高执政官和参议员同时发出了这个信息，他们智能场的共振使一道弧形的等离子体波纹向银色金属大地的上空扩散开去。

舰队开始了第二次时空跃迁，以近乎无限的速度奔向银河系的第一旋臂。

夜深了，烛光中，全班的娃们围在老师的病床前。

"老师歇着吧，明儿个讲也行的。"一个男娃说。

他艰难地苦笑了一下，"明儿个有明儿个的课。"

他想，如果真能拖到明天当然好，那就再讲一堂课。但直觉告诉他怕是不行了。

他做了个手势，一个娃把一块小黑板放到他胸前的被单上，这最后一个月，他就是这样把课讲下来的。他用软弱无力的手接过娃递过来的半截粉笔，吃力地把粉笔头放到黑板上，这时又一阵剧痛袭来，手颤抖了几下，粉笔哒哒地在黑板上敲出了几个白点儿。从省城回来后，他再也没去过医院。两个月后，他的肝部疼了起来，他知道癌细胞已转移到那儿了，这种疼痛越来越厉害，最后变成了压倒一切的痛苦。他一只手在枕头下摸索着，找出了一些止痛片，是最常见的用塑料长条包装的那种。对于癌症晚期的剧疼，这药已经没有任何作用，可能是由于精神暗示，他吃了后总觉得好一些。杜冷丁倒是也不算贵，但医院不让带出来用，就是带回来也没人给他注射。他像往常一样从塑料条上取下两片药来，但想了想，便把所有剩下的 12 片全剥出来，一把吞了下去，他知道以后再也用不着了。他又挣扎着想向黑板上写字，但头突然偏向一边，一个娃赶紧把盆接到他嘴边，他吐出了一口黑红的血，然后虚弱地靠在枕头上喘息着。

娃们中传出了低低的抽泣声。

他放弃了在黑板上写字的努力，无力地挥了一下手，让一个娃把黑板拿走。他开始说话，声音如游丝一般。

"今天的课同前两天一样，也是初中的课。这本来不是教学大纲上要求的，我是想到，你们中的大部分人，这一辈子永远也听不到初中的课了，所以我最后讲一讲，也让你们知道稍深一些的学问是什么样子。昨天讲了鲁迅的《狂人日记》，你们肯定不大懂，不管懂不懂都要多看几遍，最好能背下来，等长大了，总会懂的。鲁迅是个很了不起的人，他的书每一个中国人都应该读读的，你们将来也一定找来读读。"

他累了，停下来喘息着歇歇，看着跳动的烛光，鲁迅写下的几段文字在他的脑海中浮现出来。那不是《狂人日记》中的，课本上没有，他是从自己那套本数不全已经翻烂的鲁迅全集上读到的，许多年前读第一遍时，那些文字就深深地刻在他脑子里。

"假如一间铁屋子，是绝无窗户而万难破毁的，里面有许多熟睡的人们，不久都要闷死了，然而是从昏睡入死灭，并不感到就死的悲哀。现在你大嚷起来，惊起了较为清醒的几个人，使这不幸的少数者来受无可挽救的临终的苦楚，你倒以为对得起他们吗？

然而几个人既然起来，你不能说绝没有毁坏这铁屋的希望。"

他用尽最后的力气，接着讲下去。

"今天我们讲初中物理。物理你们以前可能没有听说过，它讲的是物质世界的道理，是一门很深很深的学问。

"这课讲牛顿三定律。牛顿是从前的一个英国大科学家，他说了三句话，这三句话很神的，它把人间天上所有的东西的规律都包括进去了，上到太阳月亮，下到流水刮风，都跑不出这三句话划定的圈圈。用这三句话，可以算出什么时候日食，就是村里老人说的天狗吃太阳，一分一秒都不差的；人飞上月球，也要靠这三句话，这就是牛顿三定律。

"下面讲第一定律：当一个物体没有受到外力作用时，它将保持静止或匀速直线运动不变。"

娃们在烛光中默默地看着他，没有反应。

"就是说，你猛推一下谷场上那个石碾子，它就一直滚下去，滚到天边也不停下来。宝柱你笑什么？是啊，它当然不会那样，这是因为有摩擦力，摩擦力让它停下来，这世界上，没有摩擦力的环境可是没有的……"

是啊，他人生的摩擦力就太大了。在村里他是外姓人，本来就没什么分量，加上他这个倔脾气，这些年来把全村人都得罪下了。他挨家挨户拉人家的娃入学，跑到县里，把跟着爹做买卖的娃拉回来上学，拍着胸脯保证垫学费……这一切并没有赢得多少感激，关键在于，他对过日子看法同周围人太不一样，成天想的说的，都是些不着边际的事，这是最让人讨厌的。在他查出病来之前，他曾跑县里，居然从教育局跑回一笔维修学校的款子，村子里只拿出了一小部分，想过节请个戏班子唱两天戏，结果让他搅了，愣从县里拉个副县长来，让村里把钱拿回来，可当时戏台子都搭好了。学校倒是修了，但他扫了全村人的兴，以后的日子更难过。先是村里的电工，村主任的侄子，把学校的电掐了，接着做饭取暖用的秸秆村里也不给了，害得他扔下自个的地下不了种，一人上山打柴，更别提后来拆校舍的房椽子那事了……这些摩擦力无所不在，让他心力交瘁，让他无法做匀速直线运动，他不得不停下来了。

也许，他就要去的那个世界是没有摩擦力的，那里的一切都是光滑可爱的，但那有什么意义？在那边，他心仍留在这个充满灰尘和摩擦力的世界上，留在这所他倾注了全部生命的乡村小学里。他不在了以后，剩下的两个教师也会离去，这所他用力推了一辈子的小学校就会像谷场上那个石碾子一样停下来，他陷入深深的悲哀，但不论在这个世界或是那个世界，他都无力回天。

"牛顿第二定律比较难懂，我们最后讲，下面先讲牛顿第三定律：当一个物体对第二个物体施加一个力，这第二个物体也会对第一个物体施加一个力，这两个力大小相等，方向相反。"

娃们又陷入了长时间的沉默。

"听懂了没？谁说说？"

班上学习最好的赵拉宝说："我知道是啥意思，可总觉得说不通：晌午我和李权贵打架，他把我的脸打得那么痛，肿起来了，所以作用力不相等的，我受的肯定比他大嘛！"

喘息了好一会，他才解释说："你痛是因为你的腮帮子比权贵的拳头软，它们相互的作用力还是相等的……"

他想用手比画一下，但手已抬不起来了，他感到四肢像铁块一样沉，这沉重感很快扩展到全身，他感到自己的躯体像要压塌床板，陷入地下似的。

时间不多了。

"目标编号：1033715，绝对目视星等：3.5，演化阶段：主星序偏上，发现两颗行星，平均轨道半径分别为 1.3 和 4.7 个距离单位，在一号行星上发现生命，这是红 69012 舰报告。"

碳基联邦星际舰队的十万艘战舰目前已散布在一条长一万光年的带状区域中，这就是正在建立的隔离带。工程刚刚开始，只是试验性地摧毁了五千颗恒星，其中带有行星的只有 137 颗，而行星上有生命的这是第一颗。

"第一旋臂真是个荒凉的地方啊。"最高执政官感叹道。他的智能场振动了一下，用全息图隐去了脚下的旗舰和上方的星空，使他、舰队统帅和参议员悬浮于无际的黑色虚空中。接着，他调出了探测器发回的图像：虚空出现了一个发着蓝光的火球，最高执政官的智能场产生了一个白色的方框，那方框调整大小，圈住了这颗恒星并把它的图像隐去了，他们于是又陷入无边的黑暗之中，但这黑暗中有一个小小的黄色光点，图像的焦距开始大幅度调整，行星的图像以令人目眩的速度推向前来，很快占满了半个虚空，三个人都沉浸在它反射的橙黄色光芒中。

这是一颗被浓密大气包裹着的行星，在它那橙黄色的气体海洋上，汹涌的大气运动描绘出了极端复杂的不断变幻的线条。行星图像继续移向前来，直到占据了整个宇宙，三个人被橙黄色的气体海洋吞没了。探测器带着他们在这浓雾中穿行，很快雾气稀薄了一些，他们看到了这颗行星上的生命。

那是一群在浓密大气上层飘浮的气球状生物，表面有着美丽的花纹，那花纹不停在变幻着色彩和形状，时而呈条纹状，时而呈斑点状，不知这是不是一种可视语言。每个气球都有一条长尾，那长尾的尾端不时炫目地闪烁一下，光沿着长尾传到气球上，化为一片弥漫的荧光。

"开始四维扫描！"红 69012 舰上的一名上尉值勤军官说。

一束极细的波束开始从上至下飞快地扫描那群气球。这束波只有几个原子粗细，但它的波管内的空间维度比外部宇宙多一维。扫描数据传回舰上，在主计算机的内存中，那群气球被切成了几亿亿个薄片，每个薄片的厚度只有一个原子的尺度，在这个薄片上，每个夸克的状态都被精确地记录下来。

"开始数据镜像组合！"

主计算机的内存中，那几亿亿个薄片按原有顺序叠加起来，很快，组合成一群虚拟气球，在计算机内部广漠的数字宇宙中，这个行星上的那群生物体有了精确的复制品。

"开始3C级文明测试！"

在数字宇宙中，计算机敏锐的定位了气球的思维器官，它是悬在气球内部错综复杂的神经丛中间的一个椭圆体。计算机在瞬间分析了这个大脑的结构，并越过所有低级感官，直接同它建立了高速信息接口。

文明测试是从一个庞大的数据库中任意地选取试题，测试对象如果能答对其中三道，则测试通过；如果头三道题没有答对，测试者有两种选择：可以认为测试没有通过，或者继续测试，题数不限，直到被测试者答对的题数达到三道，这时可认为其通过测试。

"3C文明测试试题1号：请叙述你们已探知的组成物质的最小单元。"

"嘀嘀，嘟嘟嘟，嘀嘀嘀嘀。"气球回答。

"1号试题测试未通过。3C文明测试试题2号：你们观察到物体中热能的流向有什么特点？这种流向是否可逆？"

"嘟嘟嘟，嘀嘀，嘀嘀嘟嘟。"气球回答。

"2号试题测试未通过。3C文明测试试题3号：圆的周长和它的直径之比是多少？"

"嘀嘀嘀嘀嘟嘟嘟嘟嘟。"气球回答。

"3号试题测试未通过。3C文明测试试题4号……"

"到此为止吧，"当测试题数达到10道时，最高执政官说，"我们时间不多。"他转身对旁边的舰队统帅示意了一下。

"发射奇点炸弹！"舰队统帅命令。

奇点炸弹实际上是没有大小的，它是一个严格意义上的几何点，一个原子同它相比都是无穷大，虽然最大的奇点炸弹质量有上百亿吨，最小的也有几千万吨。但当一颗奇点炸弹沿着长长的导轨从红69012舰的武器舱中滑出时，却可以看到一个直径达几百米的发着幽幽荧光的球体，这荧光是周围的太空尘埃被吸入这个微型黑洞时产生的辐射。同那些恒星引力坍缩形成的黑洞不同，这些小黑洞在宇宙创世之初就形成了，它们是大爆炸前的奇点宇宙的微缩模型。碳基联邦和硅基帝国都有庞大的船队，游弋在银河系银道面外的黑暗荒漠搜集这些微型黑洞，一些海洋行星上的种群把它们戏称为"远洋捕鱼船队"，而这些船队带回的东西，是银河系中最具威慑力的武器之一，是迄今为止唯一能够摧毁恒星的武器。

奇点炸弹脱离导轨后，沿一条由母舰发出的力场束加速，直奔目标恒星。过了不长的一段时间，这颗灰尘似的黑洞高速射入了恒星表面火的海洋。想象在太平洋的中部突然出现一个半径一百公里的深井，就可以大概把握这时的情形。巨量的恒星物质开始被吸入黑洞，那汹涌的物质洪流从所有方向汇聚到一点并消失在那里，物质吸入时产生的辐射在恒星表面产生一团刺目的光球，仿佛恒星戴上了一个光彩夺目的钻石戒指。随着黑洞向恒星内部沉下去，光团暗淡下来，可以看到它处于一个直径达几百万公里的大旋涡正中，那巨大的旋涡散射着光团的强光，缓缓转动着，呈现出飞速变幻的色彩，使恒星从这个方向看去仿佛是一张狰狞的巨脸。很快，光团消失了，旋涡渐渐消失，恒星表面似乎又恢复了它原来的色彩和光度。但这只是毁灭前最后的平静，随着黑洞向恒星中心下沉，这个贪婪的饕者更疯狂地吞食周围密度急剧增高的物质，它在一秒钟内吸入的恒星物质总量可能有上百个中等行星。黑洞巨量吸入时产生的超强辐射向恒星表面蔓延，由于恒星物质的阻滞，只有一小部分到达了表面，但其余的辐射把它们的能量留在了恒星内部，这能量快速破坏着恒星的每一个细胞，从整体上把它飞快地拉离平衡态。从外部看，恒星的色彩在缓缓变化，由浅红色变为明黄色，从明黄色变为鲜艳的绿色，从绿色变为如洗的碧蓝，从碧蓝变为恐怖的紫色。这时，在恒星中心的黑洞产生的辐射能已远远大于恒星本身辐射的能量，随着更多的能量以非可见光形式溢出恒星，这紫色在加深加深，这颗恒星看上去像太空中一个在忍受着超级痛苦的灵魂，这痛苦在急剧增大，紫色已深到了极限，这颗恒星用不到一个小时的时间走完了它未来几十亿年的旅程。

一团似乎吞没整个宇宙的强光闪起，然后慢慢消失，在原来恒星所在的位置上，可以看到一个急剧膨胀的薄球层，像一个被吹大的气球，这是被炸飞的恒星表面。随着薄球层体积的增大，它变得透明了，可以看到它内部的第二个膨胀的薄球层，然后又可以看到更深处的第三个薄球层……这个爆炸中的恒星，就像宇宙中突然显现的一个套一个的一组玲珑剔透的镂花玻璃球，其中最深处的一个薄球层的体积也是恒星原来体积的几十万倍。当爆炸的恒星的第一层膨胀外壳穿过那个橙黄色行星时，它立刻被汽化了。其实在这整个爆炸的壮丽场景中根本就看不到它，同那膨胀的恒星外壳相比，它只是一粒微不足道的灰尘，其大小甚至不能成为那几层镂花玻璃球上的一个小点。

"你们感到消沉？"舰队统帅问，他看到最高执政官和参议员的智能场暗下来了。

"又一个生命世界毁灭了，像烈日下的露珠。"

"那您就想想伟大的第二旋臂战役，当两千多颗超新星被引爆时，有十二万个这样的世界同碳硅双方的舰队一起化为蒸汽。阁下，时至今日，我们应该超越这种无谓的多愁善感了。"

参议员没有理会舰队统帅的话，也对最高执政官说："这种对行星表面取随机点的检测方式是不可靠的，可能漏掉行星表面的文明特征，我们应该进行面积检测。"

最高执政官说："这一点我也同议会讨论过，在隔离带中我们要摧毁的恒星有上亿颗，这其中估计有一千万个行星系，行星数量可能达五千万颗，我们时间紧迫，对每颗行星都进行面积检测是不现实的。我们只能尽量加宽检测波束，以增大随机点覆盖的面积，除此之外，只能祈祷隔离带中那些可能存在的文明在其星球表面的分布尽量均匀了。"

"下面我们讲牛顿第二定律……"

他心急如焚，极力想在有限的时间里给娃们多讲一些。

"一个物体的加速度，与它所受的力成正比，与它的质量成反比。首先，加速度，这是速度随时间的变化率，它与速度是不同的，速度大加速度不一定大，加速度大速度也不一定大。比如：一个物体现在的速度是110米每秒，2秒后的速度是120米每秒，那么它的加速度就是120减110除2，5米每秒，呵，不对，5米每秒的平方；另一个物体现在的速度是10米每秒，2秒后的速度是30米每秒，那么它的加速度就是30减10除2，10米每秒平方；看，后面这个物体虽然速度小，但加速度大！呵，刚才说到平方，平方就是一个数自个儿乘自个……"

他惊奇自己的头脑如此清晰，思维如此敏捷，他知道，自己生命的蜡烛已燃到根上，棉芯倒下了，把最后的一小块蜡全部引燃了，一团比以前的烛苗亮十倍的火焰熊熊燃烧起来。剧痛消失了，身体也不再沉重，其实他已感觉不到身体的存在，他的全部生命似乎只剩下那个在疯狂运行的大脑，那个悬在空中的大脑竭尽全力，尽量多尽量快地把自己存贮的信息输出给周围的娃们，但说话是个该死的瓶颈，他知道来不及了。他产生了一个幻象：一把水晶样的斧子把自己的大脑无声地劈开，他一生中积累的那些知识，虽不是很多但他很看重的，像一把发光的小珠子毫无保留地落在地上，发出一阵悦耳的叮当声，娃们像见到过年的糖果一样抢那些小珠子，抢得撅成一堆……这幻象让他有一种幸福的感觉。

"你们听懂了没？"他焦急地问，他的眼睛已经看不到周围的娃们，但还能听到他们的声音。

"我们懂了！老师快歇着吧！"

他感觉到那团最后的火焰在弱下去，"我知道你们不懂，但你们把它背下来，以后慢慢会懂的。一个物体的加速度，与它所受的力成正比，与它的质量成反比。"

"老师，我们真懂了，求求你快歇着吧！"

他用尽最后的力气喊道："背呀！"

娃们抽泣着背了起来："一个物体的加速度，与它所受的力成正比，与它的质量成反比。一个物体的加速度，与它所受的力成正比，与它的质量成反比……"

这几百年前就在欧洲化为尘土的卓越头脑产生的思想，以浓重西北方言的童音在二十世纪中国最偏僻的山村中回荡，就在这声音中，那烛苗灭了。

娃们围着老师已没有生命的躯体大哭起来。

"目标编号：500921473，绝对目视星等：4.71，演化阶段：主星序正中，带有九颗行星。这是蓝 84210 号舰报告。"

"一个精致完美的行星系。"舰队统帅赞叹。

最高执政官很有同感："是的，它的固态小体积行星和气液态大体积行星的配置很有韵律感，小行星带的位置恰到好处，像一条美妙的装饰链。还有最外侧那颗小小的甲烷冰行星，似乎是这首音乐最后一个余音未尽的音符，暗示着某种新周期的开始。"

"这是蓝 84210 号舰，将对最内侧 1 号行星进行生命检测，检测波束发射。该行星没有大气，自转缓慢，温差悬殊。1 号随机点检测，白色结果；2 号随机点检测，白色结果……10 号随机点检测，白色结果。蓝 84210 号舰报告，该行星没有生命。"

舰队统帅不以为然地说："这颗行星的表面温度可以当冶炼炉了，没必要浪费时间。"

"开始 2 号行星生命检测，波束发射。该行星有稠密大气，表面温度较高且均匀，大部为酸性云层覆盖。1 号随机点检测，白色结果；2 号随机点检测，白色结果……10 号随机点检测，白色结果。蓝 84210 号舰报告，该行星没有生命。"

通过四维通信，最高执政官对一千光年之外蓝 84210 号舰上的值勤军官说："直觉告诉我，3 号行星有生命可能性很大，在它上面检测 30 个随机点。"

"阁下，我们时间很紧了。"舰队统帅说。

"照我说的做。"最高执政官坚定地说。

"是，阁下。开始 3 号行星生命检测，波束发射。该行星有中等密度的大气，表面大部为海洋覆盖……"

来自太空的生命检测波束落到了亚洲大陆靠南一些的一点上，波束在地面上形成了一个约五千米的圆形。如果是在白天，用肉眼有可能觉察到波束的存在，因为当波束到达时，在它的覆盖范围内，一切无生命的物体都将变成透明状态。现在它覆盖的中国西北的这片山区，那些黄土山在观察者的眼里将如同水晶的山脉，阳光在这些山脉中折射，将是一幅十分奇异壮观的景象，观察者还会看到脚下的大地也变成深不可测的深渊；而被波束判断为有生命的物体则保持原状态不变，人、树木和草在这水晶世界中显得格外清晰醒目。但这效应只持续半秒钟，这期间检测波束完成初始化，之后一切恢复原状。观察者肯定会认为自己产生了一瞬间的幻觉。而现在，这里正是深夜，自然难以觉察到什么了。

这所山村小学，正好位于检测波束圆形覆盖区的圆心上。

"1号随机点检测，结果……绿色结果，绿色结果！蓝84210号舰报告，目标编号：500921473，第3号行星发现生命！"

检测波束对覆盖范围内的众多种类生命体进行分类，在以生命结构的复杂度和初步估计的智能等级进行排序的数据库中，在一个方形掩蔽物下的那一簇生命体排在首位。于是波束迅速收缩，会聚到那座掩蔽物上。

最高执政官的智能场接收到从蓝84210号舰上发回的图像，并把它放大到整个太空背景上，那所山村小学的影像在瞬间占据了整个宇宙。图像处理系统已经隐去了掩蔽物，但那簇生命体的图像仍不清晰，这些生命体的外形太不醒目了，几乎同周围行星表面的以硅元素为主的黄色土壤融为一体。计算机只好把图像中所有的无生命部分，包括这些生命体中间的那具体形较大的已没有生命的躯体，全部隐去，这样那一簇生命体就仿佛悬浮在虚空之中，即使如此，它们看上去仍是那么平淡和缺乏色彩，像一簇黄色的植物，一看就知是那种在它们身上不会发生任何奇迹的生物。

一束纤细的四维波束从蓝84210号舰发射，这艘有一个月球大小的星际战舰正停泊在木星轨道之外，使太阳系暂时多了一颗行星。那束四维波束在三维太空中以接近无限的速度到达地球，穿过那所乡村小学校舍的屋顶，以基本粒子的精度对这十八个孩子进行扫描。数据的洪流以人类难以想象的速率传回太空，很快，在蓝84210号舰主计算机那比宇宙更广阔的内存中，孩子们的数字复制体形成了。

十八个孩子悬浮在一个无际的空间里，那空间呈一种无法形容的色彩，实际上那不是色彩，虚无是没有色彩的，虚无是透明中的透明。孩子们都不由得想拉住旁边的伙伴，他们看上去很正常，但手从他们身体里毫无阻力地穿过去了。孩子们感到了难以形容的恐惧。计算机觉察到了这一点，它认为这些生命体需要一些熟悉的东西，于是在自己的内存宇宙的这一部分模拟这个行星天空的颜色。孩子们立刻看到了蓝天，没有太阳没有云更没有浮尘，只有蓝色，那么纯净，那么深邃。孩子们的脚下没有大地，也是与头顶一样的蓝天，他们似乎置身于一个无限的蓝色宇宙中，而他们是这宇宙中唯一的实体。计算机感觉到，这些数字生命体仍然处于惊恐中，它用了亿分之一秒想了想，终于明白了：银河系中大多数生命体并不惧怕悬浮于虚空之中，但这些生命体不同，他们是大地上的生物。于是它给了孩子们一个大地，并给了他们重力感。孩子们惊奇地看着脚下突然出现的大地，它是纯白色的，上面有黑线划出的整齐方格，他们仿佛站在一个无限广阔的语文作业本上。他们中有人蹲下来摸摸地面，这是他们见过的最光滑的东西，他们迈开双脚走，但原地不动，这地面是绝对光滑的，摩擦力为零，他们很惊奇自己为什么不会滑倒。这时有个孩子脱下自己的一只鞋子，沿着地面扔出去，那鞋子以匀速直线运行向前滑去，孩子们呆呆地看着它以恒定的速度渐渐远去。

他们看到了牛顿第一定律。

有一个声音，空灵而悠扬，在这数字宇宙中回荡。

"开始3C级文明测试，3C文明测试试题1号：请叙述你所在星球生物进化的基本原理，是自然淘汰型还是基因突变型？"

孩子茫然地沉默着。

"3C文明测试试题2号：请简要说明恒星能量的来源。"

孩子茫然地沉默着。

…………

"3C文明测试试题10号：请说明构成你们星球上海洋的液体的分子构成。"

孩子仍然茫然地沉默着。

那只鞋在遥远的地平线处变成一个小黑点消失了。

"到此为止吧！"在一千光年之外，舰队统帅对最高执政官说，"不能再耽误时间了，否则我们肯定不能按时完成第一阶段的任务。"

最高执政官的智能场发出了微弱的表示同意的振动。

"发射奇点炸弹！"

载有命令信息的波束越过四维空间，瞬间到达了停泊在太阳系中的蓝84210号舰。那个发着幽幽荧光的雾球滑出了战舰前方长长的导轨，沿着看不见的力场束急剧加速，向太阳扑去。

最高执政官、参议员和舰队统帅把注意力转向了隔离带的其他区域，那里，又发现了几个有生命的行星系，但其中最高级的生命是一种生活在泥浆中的无脑蠕虫。接连爆炸的恒星像宇宙中怒放的焰火，使他们想起了史诗般的第二旋臂战役。

不知过了多长时间，最高执政官智能场的一小部分下意识地游移到太阳系，他听到了蓝84210号舰舰长的声音：

"准备脱离爆炸威力圈，时空跃迁准备，三十秒倒数！"

"等一下，奇点炸弹到达目标还需多长时间？"最高执政官说，舰队统帅和参议员的注意力也被吸引过来。

"它正越过内侧1号行星的轨道，大约还有十分钟。"

"用五分钟时间，再进行一些测试吧。"

"是，阁下。"

接着听到了蓝84210号舰值勤军官的声音："3C文明测试试题11号：一个三维平面上的直角三角形，它的三条边的关系是什么？"

沉默。

"3C文明测试试题12号：你们的星球是你们行星系的第几颗行星？"

沉默。

"这没有意义，阁下。"舰队统帅说。

"3C文明测试试题13号：当一个物体没有受到外力作用时，它的运行状态如何？"

数字宇宙广漠的蓝色空间中突然响起了孩子们清脆的声音："当一个物体没有受到外力作用时，它将保持静止或匀速直线运动不变。"

"3C 文明测试试题 13 号通过！3C 文明测试试题 14 号……"

"等等！"参议员打断了值勤军官，"下一道试题也出关于甚低速力学基本近似定律的。"他又问最高执政官："这不违反测试准则吧。"

"当然不，只要是测试数据库中的试题。"舰队统帅代为回答，这些令他大感意外的生命体把他的注意力全部吸引过来了。

"3C 文明测试试题 14 号：请叙述相互作用的两个物体间力的关系。"

孩子们说："当一个物体对第二个物体施加一个力，这第二个物体也会对第一个物体施加一个力，这两个力人小相等，方向相反！"

"3C 文明测试试题 14 号通过！3C 文明测试试题 15 号：对于一个物体，请说明它的质量、所受外力和加速度之间的关系。"

孩子们齐声说："一个物体的加速度，与它所受的力成正比，与它的质量成反比！"

"3C 文明测试试题 15 号通过，文明测试通过！确定目标恒星 500921473 的 3 号行星上存在 3C 级文明。"

"奇点炸弹转向！脱离目标！！"最高执政官的智能场急剧闪动着，用最大的能量把命令通过超空间传送到蓝 84210 号舰上。

在太阳系，推送奇点炸弹的力场束弯曲了，这根长几亿公里的力场束此时像一根弓起的长杆，努力把奇点炸弹挑离射向太阳的轨道。蓝 84210 号舰上的力场发动机以最大功率工作，巨大的散热片由暗红变为耀眼的白炽色。力场束向外的推力分量开始显示出效果，奇点炸弹的轨道开始弯曲，但它已越过水星轨道，距太阳太近了，谁也不知道这努力是否能成功。通过超空间直播，全银河系都在盯着那个模糊的雾团的轨迹，并看到它的亮度急剧增大，这是一个可怕的迹象，说明炸弹已能感受到太阳外围空间粒子密度的增大。舰长的手已放到了那个红色的时空跃迁启动按钮上，以在奇点炸弹击中太阳前的一刹那脱离这个空间。但奇点炸弹最终像一颗子弹一样擦过太阳的边缘，当它以仅几万米的高度掠过太阳表面上空时，由于黑洞吸入太阳大气中大量的物质，亮度增到最大，使得太阳边缘出现了一个刺眼的蓝白色光球，使它在这一刻看上去像一个紧密的双星系统，这奇观对人类将一直是个难解的谜。蓝白色光球飞速掠过时，下面太阳浩瀚的火海黯然失色。像一艘快艇掠过平静的水面，黑洞的引力在太阳表面划出了一道 V 形的划痕，这划痕扩展到太阳的整个半球才消失。奇点炸弹撞断了一条日珥，这条从太阳表面升起的百万公里长的美丽轻纱在高速冲击下，碎成一群欢快舞蹈着的小小的等离子体旋涡……奇点炸弹掠过太阳后，亮度很快暗下来，最后消失在茫茫太空的永恒之夜中。

"我们险些毁灭了一个碳基文明。"参议员长出一口气说。

"真是不可思议，在这么荒凉的地方竟会存在 3C 级文明！"舰队统帅感叹说。

"是啊，无论是碳基联邦，还是硅基帝国，其文明扩展和培植计划都不包括这一区域，如果这是一个自己进化的文明，那可是一件很不寻常的事。"最高执政官说。

"蓝 84210 号舰，你们继续留在那个行星系，对 3 号行星进行全表面文明检测，你舰前面的任务将由其他舰只接替。"舰队司令命令道。

同他们在木星轨道之外的数字复制品不一样，山村小学中的那些娃们丝毫没有觉察到什么，在那间校舍里的烛光下，他们只是围着老师的遗体哭啊哭。不知哭了多长时间，娃们最后安静下来。

"咱们去村里告诉大人吧。"郭翠花抽泣着说。

"那又咋的?"刘宝柱低着头说,"老师活着时村里的人都腻歪他,这会儿肯定连棺材钱都没人给他出呢!"

最后,娃们决定自己掩埋自己的老师。他们拿了锄头铁锹,在学校旁边的山地上开始挖墓坑,灿烂的群星在整个宇宙中静静地看着他们。

"天啊!这颗行星上的文明不是 3C 级,是 3B 级!!"看着蓝 84210 号舰从一千光年之外发回的检测报告,参议员惊呼起来。

人类城市的摩天大楼群的影像在旗舰上方的太空中显现。

"他们已经开始使用核能,并用化学推进方式进入太空,甚至已登上了他们所在行星的卫星。"

"他们基本特征是什么?"舰队统帅问。

"您想知道哪些方面?"蓝 84210 号舰上的值勤军官问。

"比如,这个行星上生命体记忆遗传的等级是多少?"

"他们没有记忆遗传,所有记忆都是后天取得的。"

"那么,他们的个体相互之间的信息交流方式是什么?"

"极其原始,也十分罕见。他们身体内有一种很薄的器官,这种器官在这个行星以氧氮为主的大气中振动时可产生声波,同时把要传输的信息调制到声波之中,接收方也用一种薄膜器官从声波中接收信息。"

"这种方式信息传输的速率是多大?"

"大约每秒 1 至 10 比特。"

"什么?!"旗舰上听到这话的所有人都大笑起来。

"真的是每秒 1 至 10 比特,我们开始也不相信,但反复核实过。"

"上尉,你是个白痴吗?!"舰队统帅大怒,"你是想告诉我们,一种没有记忆遗传,相互间用声波进行信息交流,并且是以令人难以置信的每秒 1 至 10 比特的速率进行交流的物种,能创造出 3B 级文明?!而且这种文明是在没有任何外部高级文明培植的情况下自行进化的?!"

"但,阁下,确实如此。"

"但在这种状态下,这个物种根本不可能在每代之间积累和传递知识,而这是文明进化所必需的!"

"他们有一种个体,有一定数量,分布于这个种群的各个角落,这类个体充当两代生命体之间知识传递的媒介。"

"听起来像神话。"

"不,"参议员说,"在银河文明的太古时代,确实有过这个概念,但即使在那时也极其罕见,除了我们这些星系文明进化史的专业研究者,很少有人知道。"

"你是说那种在两代生命体之间传递知识的个体?"

"他们叫教师。"

"教……师?"

"一个早已消失的太古文明词汇,很生僻,在一般的古词汇数据库中都查不到。"

这时,从太阳系发回的全息影像焦距拉长,显示出蔚蓝色的地球在太空中缓缓转动。

最高执政官说:"在银河系联邦时代,独立进化的文明十分罕见,能进化到 3B 级的更是绝无仅有,我们应该让这个文明继续不受干扰地进化下去,对它的观察和研究,不仅有助于我们对太古文明的研究,对今天的银河文明也有启示。"

"那就让蓝 84210 号舰立刻离开那个行星系吧,并把这颗恒星周围一百光年的范围列为禁航区。"舰队统帅说。

北半球失眠的人,会看到星空突然微微抖动,那抖动从空中的一点发出，呈圆形向整个星空扩展，仿佛星空是一汪静水，有人用手指在水中央点了一下似的。

蓝 84210 号舰跃迁时产生的时空激波到达地球时已大大衰减，只使地球上所有的时钟都快了 3 秒，但在三维空间中的人类是不可能觉察到这一效应的。

"很遗憾，"最高执政官说，"如果没有高级文明的培植，他们还要在亚光速和三维时空中被禁锢两千年，至少还需一千年时间才能掌握和使用湮灭能量，两千年后才能通过多维时空进行通信，至于通过超空间跃迁进行宇宙航行，可能是五千年后的事了，至少要一万年，他们才具备加入银河系碳基文明大家庭的起码条件。"

参议员说："文明的这种孤独进化，是银河系太古时代才有的事。如果那古老的记载正确，我那太古的祖先生活在一个海洋行星的深海中。在那黑暗世界中的无数个王朝后，一个庞大的探险计划开始了，他们发射了第一个外空飞船，那是一个透明浮力小球，经过漫长的路程浮上海面。当时正是深夜，小球中的先祖第一次看到了星空……你们能够想象，那对他们是怎样的壮丽和神秘啊！"

最高执政官说："那是一个让人向往的时代，一粒灰尘样的行星对先祖都是一个无限广阔的世界，在那绿色的海洋和紫色的草原上，先祖敬畏地面对群星……这感觉我们已丢失千万年了。"

"可我现在又找回了它！"参议员指着地球的影像说，她那蓝色的晶莹球体上浮动着雪白的云纹，他觉得她真像一种来自他祖先星球海洋中的一种美丽的珍珠，"看这个小小的世界，她上面的生命体在过着自己的生活，做着自己的梦，对我们的存在，对银河系中的战争和毁灭全然不知，宇宙对他们来说，是希望和梦想的无限源泉，这真像一首来自太古时代的他真的吟唱了起来，他们三人的智能场合为一体，荡漾着玫瑰色的波纹。那从遥远得无法想象的太古时代传下来的歌谣听起来悠远、神秘、苍凉，通过超空间，它传遍了整个银河系，在这团由上千亿颗恒星组成的星云中，数不清的生命感到了一种久已消失的温馨和宁静。

"宇宙的最不可理解之处在于它是可以理解的。"最高执政官说。

"宇宙的最可理解之处在于它是不可理解的。"参议员说。

当娃们造好那座新坟时，东方已经放亮了。老师是放在从教室拆下来的一块门板上下葬的，陪他入土的是两盒粉笔和一套已翻破的小学课本。娃们在那个小小的坟头上立了一块石板，上面用粉笔写着"李老师之墓"。

只要一场雨，石板上那稚拙的字迹就会消失；用不了多长时间，这座坟和长眠在里面的人就会被外面的世界忘得干干净净。

太阳从山后露出一角，把一抹金晖投进仍沉睡着的山村；在仍处于阴影中的山谷草地上，露珠在闪着晶莹的光，可听到一两声怯生生的鸟鸣。

娃们沿着小路向村里走去，那一群小小的身影很快消失在山谷淡蓝色的晨雾中。

他们将活下去，在这块古老贫瘠的土地上，收获虽然微薄、但确实存在的希望。

长篇小说

《魔鬼积木》（7.5万字），
　福建少儿出版社，2002年

《超新星纪元》（20万字），
　作家出版社，2003年1月，
　同年12月由台湾稻田出版社再版

《当恐龙遇见蚂蚁》（7.5万字），
　北京少儿出版社，2004年

《球状闪电》（20万字），
　四川科学技术出版社，2005年

《三体》（19万字），
　《科幻世界》杂志连载

《三体 —黑暗森林》（32万字），
　重庆出版社，2008年

《三体——死神永生》（36万字），
　重庆出版社，2010年

选　集

《带上她的眼睛》（15万字），
　人民文学出版社，2004年

《带上她的眼睛》（与上重名，内容不同）（28
万字），上海科普出版社，2004年

《爱因斯坦赤道》（18万字），
　台湾天海文化出版社

《流浪地球》（17万字），
　台湾天海文化出版社

《流浪地球》（24万字），
　长江文艺出版社，2008年

《白垩纪往事　魔鬼积木》（21万字），
　长江文艺出版社，2008年

《时光尽头》（28万字），
　花山文艺出版社，2010年

《白垩纪往事》（31万字），
　辽宁少儿出版社，2010年8月

《天使时代——中国科幻名家名作大系》（20万
字），人民邮电出版社，2012年7月

中篇小说

《地火》（2.4万字），
　《科幻世界》杂志2000年2月，
　后由作家出版社《中国九十年代科幻佳作
集》收入

《流浪地球》（2.8万字），
　《科幻世界》杂志2000年7月

《乡村教师》（2.3万字），
　《科幻世界》杂志2001年1月，
　收入《2001年中国最佳科幻小说集》

《全频带阻塞干扰》（2.8万字），
　《科幻世界》杂志2001年10月，
　获2001年银河奖，收入《2001年中国最佳科幻小说集》

《中国太阳》（2.8万字），
　《科幻世界》杂志2002年1月，
　获2002年中国科幻小说银河奖，
　收入《2002年中国最佳科幻小说集》

《天使时代》（2.7万字），
　《科幻世界》杂志2002年7月

《吞食者》（2.8万字），
　《科幻世界》杂志2002年11月，
　获2002年中国科幻小说银河奖读者提名奖

《大艺术系列——诗云、梦之海》（4.5万字），
　《科幻世界》杂志2003年5月

《光荣与梦想》（2.8万字），
　《科幻世界》杂志2002年7月

《地球大炮》（2.7万字），
　《科幻世界》杂志2002年10月

《镜子》（3.2万字），
　《科幻世界》杂志2004年12月

《赡养上帝》（2万字），
　《科幻世界》杂志2005年1月

《赡养人类》（2.7万字），
　《科幻世界》杂志2005年11月

《山》（2.1万字），
　《科幻世界》杂志2005年1月

《创世纪》（中篇版，2万字），
　《科幻大王》杂志2004年9月

《白垩纪往事》（2.4万字），
　《科幻大王》杂志2004年9月

短篇小说

《鲸歌》（7000字），
　《科幻世界》杂志1999年6月

《微观尽头》（4200字），
　《科幻世界》杂志1999年6月

《坍缩》（6400字），
　《科幻世界》杂志1999年7月

《带上她的眼睛》（8500字），
　《科幻世界》杂志1999年10月，
　由《青年文摘》《少年文学》转载

《微纪元》（14000字），
　《科幻世界》杂志2001年6月

《信使》（4300字），
　《科幻大王》杂志2001年1月

《混沌蝴蝶》（14000 字），
　《科幻大王》杂志 2001 年 3 月

《纤维》（4800 字），
　《惊奇档案》杂志 2001 年 10 月

《命运》（5600 字），
　《惊奇档案》杂志 2001 年 11 月

《朝闻道》（17000 字），
　《科幻世界》杂志 2002 年 1 月

《思想者》（12000 字），
　《科幻世界》杂志 2002 年 12 月

《西洋》（9000 字），
　《2001 年中国最佳科幻小说集》

《圆圆的肥皂泡》（1.2 万字），
　《科幻世界》杂志 2004 年 3 期

《欢乐颂》（1.6 万字），
　《九州幻想》杂志，2005 年 10 月

《月夜》（8000 字），
　2008 年《生活》

《2018 年 4 月 1 日》（8000 字），
　2008 年《时尚先生》

《太原之恋》（10000 字），
　2010 年《九州幻想》第 1 期

评论及其他文章

《越长越小的文明》（5000 字），
　2003 年《科幻世界》第 1 期

《远航！远航！》（5000 字），
　2003 年《科幻世界》第 5 期

《向前半个世纪的胡思乱想》（1 万字），
　《企业家》杂志 2006 年 1 月

《技术奇点二题》（1 万字），
　《读客》，2011 年

《重返伊甸园》（8000 字），
　《南方文坛》，2011 年

《一世和十万个地球》（8000 字），
　《周末画报》，
　2012 年《世界科幻博览》杂志评论专栏 2007
　年 1-12 期

短篇小说《带上她的眼睛》获 1999 年中国科幻银河奖

中篇小说《流浪地球》获 2000 年中国科幻银河奖

中篇小说《全频带阻塞干扰》获 2001 年中国科幻银河奖

中篇小说《中国太阳》获 2002 年中国科幻银河奖

中篇小说《地球大炮》获 2003 年中国科幻银河奖

短篇小说《海水高山》获 2003 年《东方少年》科幻征文一等奖

中篇小说《镜子》获 2004 年中国科幻银河奖

中篇小说《赡养上帝》获 2005 年中国科幻银河奖

长篇小说《三体》获 2006 年中国科幻银河奖

长篇小说《超新星纪元》获 2010 年赵树理文学奖

长篇小说《三体——死神永生》获 2011 年度《当代》长篇小说五佳

长篇小说《三体——死神永生》获 2011 年华语科幻星云奖最佳长篇小说奖，2010、2011 年华语
科幻星云奖最佳科幻作家奖